Vernon God Little

维农少年

[英] DBC·皮埃尔 著

孤蓬 陈静 译

人民文学出版社

**Vernon
God
Little**

目录

出屎啦

1

玛蒂里欧的天气真是热死人，不过游廊上报亭里的报纸上登载的却全是令人胆寒的冷消息。不用猜谁星期二整夜站在路上——那准是永远揩不干净鼻涕的老婆子莱丘加太太。我说不上她当时是在发抖，还是飞蛾和透过柳树的游廊灯光弄皱了她的皮肤，反正她就像葬礼上的缎子一样在大风中抖动。不管怎样，天亮时人们看到她两脚之间有一滩尿。这告诫你城里循规蹈矩的日子已像狼嗥一般逝去，也许已一去永不复返。只有老天知道，我曾经尽心尽力想弄明白这个世界是如何运作的，也得到过我们会无限风光的暗示。不过，发生过这些事情以后，我不再轻易认同这些暗示了。我是说，我这过的算是他妈的什么日子？

这天是星期五。我呆在警长的办公室里，觉得这是上学或诸如此类时候的一个星期五。学校，他妈的就别提它啦。

我坐在透过一排门照进来的光柱之间，身上只穿着鞋子和星期四换上的内衣。看来，我是迄今为止他们逮到的头一个。我没惹祸，别错怪我。星期二那天的事与我一点关系也没有。虽说如此，今天还是没有人愿意呆在这儿。你也许还记得那个叫什么克拉伦斯的家伙，就是去年冬天报上登过的那个老黑人。他就是曾在这间全是木头的大厅里，面对着摄像机打盹的那个变态的家伙。报导说，这表明他对自己罪行带来的结果毫不在乎。我想，他们所说的"结果"就是斧子砍出来的伤口吧。这个老克拉伦斯的脑袋给人剃得光溜溜的，活像一头动物。他穿着医院里精神病人穿的衣服，戴着果冻罐子底儿似的眼镜，就是那种满嘴尽是牙花子可就是没有牙齿的人戴的玩意儿。在法庭上他们把他关在一个动物园关动物的笼子里，后来判处他死刑。

我只低头盯着我的耐克鞋瞧。是"乔丹新杰克"型的，不是闹着玩儿的。我本该吐一口唾沫在鞋上，把它擦一擦的。可是我光着身子呢，这样干也就没有多大意义啦。哼，我的手指头黏糊糊的。我敢发誓，按手印时弄上的印泥到世界末日那天也擦不干净。这些蟑螂，还有他妈的印泥。

一个巨大的阴影融入走廊那黑暗的一侧，那是一个女人。她走近了，一个门厅里射出的光亮凸显出她抱在怀里的巴恩烧烤牛排盒子，还有我的一袋衣服、一部她正对着讲话的手机。她走得慢，一身是汗，脸抽搐成皱巴巴的一团。虽然穿着警服，你也看得出她是居里家的人。还有一个警官跟在她身后来到走廊上，她挥手让他走开。

"我来录初步的口供，待会儿做陈述时我会再叫你的。"说完她把电话移到嘴上，清清嗓子。她的声音很尖，几乎是在厉声尖叫。"哼，哼，我没说你是傻瓜。我只是解释，从工（统）计学的角度看使用特警队可以减少伤亡。"她吱吱的叫声太响，把怀里那个盛烧烤牛排的盒子都震落在地上。她嘴里嘟囔着，弯下腰去："午饭只有色拉，呸，我向上帝起誓。"电话打完啦，这时她才看见我。

我坐起来，仔细听是不是我妈来接我了，可是她没来。我就知道她不会来，由此可见我是多么精明。但我仍旧等着。我，维农·天才·利特尔，真是他妈的一个天才。

这位警官把那包衣服扔到我膝盖上。"过来。"

妈不会来啦。她会在城里争取人们同情我，不遗余力。她会说："唉，维恩①让他们毁啦。"她仅在早晨一起喝咖啡的好朋友当中用我的昵称维恩，其用意是表明我们母子关系是他妈的多么铁，而不是乱糟糟地纠结在一起，真令人笑掉大牙。我可以保证，假如我老妈带着一本用户指南来，那上面最终会告诉你如何叫她滚得远远的。大家都知道星期二的事全怪耶稣②。可是妈妈明白吗？我在协助警方调查，仅仅知道这一点就会让她患上妥瑞症③，就是那种胳膊随意乱比划的怪病，不管它叫什么。

这个警官把我带进一间屋里，里面有一张桌子、两把椅子。屋里没有窗子，门上贴着我的朋友耶稣的照片。我坐在那把脏兮兮的椅子上，一边穿衣服，一边努力想象这会儿只是上周末，同往常一样，停滞的时光通过没有刻度盘的空调机一点点地渗入城里。我想象一条西班牙猎犬想从喷水器口接水喝，结果却碰了鼻子。

"你就是维农·格雷格里·利特尔？"这位女士给我一根烤肋条，不过又显得有些不情愿。老实说，看到她的下巴为了那根肋条颤动不已，你就是当时接过来也会后悔的。

她把我那根肋条放回盒子里，又拿出一根自己吃。"哼哼，我们就从头开始吧。你平时住在比乌拉大道 17 号？"

——————————————

① Vern 维恩，维农（Vernon）的昵称。

② 耶稣，此处及下文指作者的朋友，名为 Jesus。

③ 又称抽动秽语综合症，是一种非常严重的痉挛疾病，包括运动痉挛、声音痉挛以及综合痉挛，通常在 21 岁前发病，有些病人有内部意志驱使运动的感觉，并伴随着心情焦虑。

3

"是的，长官。"

"住在那儿的还有什么人？"

"就我妈妈，没有别人。"

"多丽丝·埃莉诺·利特尔……"烤肉汁滴下来，落到她的姓名牌上。那上面写着"魏茵·居里副警长"。"你十五岁啦？这可是一个惹麻烦的年龄啊。"

她是在开他妈的玩笑还是怎的？我把新杰克鞋并在一起蹭蹭，寻找道德支撑点。"长官，这件事会花很长时间吗？"

有那么一会儿她睁大了眼睛，以后又眯成一条细缝。"维农啊，我们是在讨论谋杀案的帮凶。需要花多长时间，我们就得花多长时间。"

"那么……"

"不要对我说你同那个墨西哥小子没有什么关系，也不要告诉我除了你他还有别的朋友。别给我说这些，压根儿就别张口。"

"长官，我是说，一定有很多证人看到了我没有看到的情况。"

"是吗？"她四下里张望一番才说："可是我在这儿没有看到别的什么人。你看到了吗？"我像个傻瓜似的四处看看。哼，她跟着我的视线转，把我的目光拉回来。"利特尔先生，你一定明白自己为什么会来到这儿吧？"

"当然，我想是的。"

"啊哈。我要说明一点，我的职责就是揭露真相。你认为这事不容易吧，可是我要先提醒你，工计表明世界上支配人生的力量主要有两种。你能说出影响所有人间生活的这两大力量吗？"

"哦，富有和贫困？"

"不是富有和贫困。"

"善与恶？"

"不对。是原因和结果。在我们开始谈话之前，我要你说出生活在世间的两类人。你能说出大家都公认存在着的这两类人吗？"

"是制造原因和得到结果的人吧?"

"不对。是公民和骗子。你在听我说吗,利特尔先生?你在听吗?"

哼,我想说的大概是:"没有。我的心思在湖上,和你他妈的女儿在一起厮混呢。"不过我没有说出口。就我所知,她没有女儿。现在我要花一整天去想我本该怎样说。真他妈的见鬼。

居里副警长从一根骨头上撕下一条肉,它吧唧吧唧地钻进她嘴里去,像一条屎,已经快拉出来了,却又缩回去。"我想你知道骗子是怎样一个人吧?骗子是一个变态分子,一个在黑白之间涂抹灰色区域的家伙。我有责任告诉你,灰色区域根本不存在。事实就是事实,否则就是谎言。你在听我说吗?"

"是的,长官。"

"我真的希望如此。你能不能说明星期二早上十点一刻你在哪里?"

"我在学校里。"

"我问的是,在上什么课?"

"哦,数学课。"

居里放下手里的骨头盯着我:"关于黑与白,我刚才给你列举过哪些重要的事实呢?"

"我并不是说我在上课……"

有人敲门,解救了我那将要绞成一团的耐克鞋。一个发式呆板的脑袋伸进屋来。"维农·利特尔在这儿?他妈来电话啦。"

"好吧。艾琳娜。"她瞪了我一眼,似乎是在说"别懈怠",随后用手里那根骨头指一指门。我便跟着这呆板的女人来到接待室里。

若不是我老妈来电话就好啦,我就他妈的高兴死啦。我跟你说句悄悄话儿:就像我一生下来她就在我脊背上插了把刀子一样,现在她只要出一点儿他妈的声音就像是转了一下那刀把儿。如今我爹不在我身边跟我一块儿挨刀,那把刀就戳得更深。看到那部电话我的双肩便耸起来，嘴巴也张开来。我知道她会说什么，一字不差。她会用把我操个死去活来的腔调哭诉道："维农，你没事吧？"我可以担保，一定是这样。

"维农，你还好吗？"我感到刀锋插进来，在零割碎切我的肉。

"我没事儿，妈。"这会儿我的声音又小又傻。这是我在潜意识里恳求她别那样悲戚戚的，可这就像猫咪左右不了一条烂狗子一样，根本没有用处。

"你今天上过厕所没有？"

"活见鬼，妈妈……"

"唉，你不是有、有那个毛病嘛。"

她打电话来不是要转动那把刀子，而是要用一把他妈的标枪替代它。本来不该对你说这个，就是我小时候解大便的时间往往不确定。不说这些叫人恶心的细节啦，我老妈把这件事加在刀子上，时不时地都可以转动刀把儿。有一回，她还给我的老师写信提到这件事，那个婊子自己也想找机会戳我一刀，于是便在班上讲了这件事。你不相信？总有一天我会被她搞死的。这些天来插在我身上的刀子就像一根他妈的烤肉叉子，上面沾满了屎。

她说："我是说，你今早没有时间上洗手间，所以我担心，呃……"

"我真的没事儿。"在她把那一整套他妈的"金猪"① 刀子插进我身体之前，我仍旧彬彬有礼。我处于被绑为人质的境地。

"你在干嘛呢？"

"听居里副警长讲话呢。"

"卢戴尔·居里吗？好啊，告诉她我在减肥协会里认识她姐姐蕾娜。"

"妈，她不叫卢戴尔。"

"若是巴里，帕姆半个月同巴里见一回面，在星期五……"

---

① Ginzu Knife Set，疑为 Ginsu Knife Set，"金厨"品牌的刀具。

"她也不叫巴里。我得走啦。"

"好吧。车还没有修好。我又正在为莱丘加烤蛋糕呢，所以只好让帕姆去接你啦。维农……"

"嗯?"

"在车上坐端正，城里到处都是摄像机。"

魔术贴粘扣带像蜘蛛似的攫住我的脊柱。灰蒙蒙的地方摄在录像上也是看不到的。待一泡屎叫人看得清清楚楚的时候，谁也不想呆在这儿了。别误解我，我不是说这是我的错。对此我很平静，明白吗? 在悲伤的表面之下，我心中十分安详，因为我知道真相最终会大白于天下。为什么电影结局都是幸福的? 那是因为它们仿效生活。关于这一点，你我都明白。可是我家老太太他妈的偏偏不懂得这一点，真是的。

我拖着腿慢慢走回大厅，坐在我刚才坐过的那把椅子上。居里便道:"利特尔先生。我这就从头再开始，也就是说，你要说出一些真相。年轻人，关于星期二的事，博克尼警长已胸有成竹。你该感到欣慰的是，你只要同我谈就行啦。"她伸手去摸自己的阴部，但是在最后那一瞬间转而去摸枪。

"长官，当时我在体育馆后面，事情发生时我根本没有看到。"

"你刚才还说，你在上数学课来着。"

"我是说，那是我们上数学课的时间。"

她斜眼瞟我一眼道:"你在体育馆后面上数学课?"

"不是的。"

"那么你为什么不在课堂上?"

"我去替纳克尔斯先生办一件事来着，结果、结果耽误了。"

"纳克尔斯先生?"

"我们的物理老师。"

"他教数学?"

"不是的。"

"哼哼。你这番话说得很不清楚呢，利特尔先生。一团糨糊。"

你不知道我多么渴望自己是让－克劳德·范达美①。那时候我就会把她那把破枪插进她的屁眼里，然后和一个做衬裤广告的女模特儿一道溜之大吉。可是瞧瞧我吧：乱蓬蓬的一大丛褐色头发、眼睫毛像是骆驼的。还有老态龙钟的狗崽子脸，好像上帝造我时是透过一个他妈的放大镜干的。我的尊容马上会叫你明白，在我的电影里我把饭吐到自己腿上，他们便会派来一个护士来见我，而不是做衬裤广告的女模特儿。

"长官，我有证人。"

"是吗。"

"纳克尔斯先生看见我了。"

"还有谁？"她用手拨拉一下盒子里的干骨头。

"有一群人呢。"

"是吗。可是现在这些人都到哪儿去啦？"

我想弄明白那些人如今在哪里，可是记忆就是不肯回到脑子里来。它就是一滴泪，像一颗湿乎乎的子弹一样穿过眼睫毛，来到我眼睛里。我坐在那儿，全然不知所措。

居里说："好极啦。他们不爱热闹，是不是？好啦，维农，让我问你两个简单的问题。第一个，你吸毒吗？"

"哦，不吸。"

她紧紧盯着我的瞳仁儿瞧，逼得我的目光翻过墙去看外面，然后再迫使我看着她的眼睛。"第二个，你有武器吗？"

"没有。"

她的嘴唇绷紧了。她从腰带上的皮套里掏出手机，把指头放在

---

① 电影演员让－克劳德·范达美（Jean－Claude Van Damme，1960－），又译尚格·云顿，比利时人，少年时代曾习武，练习过日本空手道、跆拳道等武术。他曾在《血点》（Bloodsport，1988）、《铁拳无敌》（Lionheart，1990）等动作片中扮演主角，成为世界闻名的动作影星。

一个键上，与此同时她一直死死盯着我。接着她猛按那个键。电影《碟中谍》中的主题曲在大厅另一侧的某一电话上唧唧响起。"是警长吧？"她说："请你到会见室里来一下好吗？"

若是那个盒子里还有肉，她便不会叫警长来。盒子里没有肉了，这使她沮丧、使她转而去寻找别的乐趣了。这是我刚刚才弄明白的：我变成他妈的肉啦。

过了一会儿，门开了。一条水牛皮挤进屋来，里面裹着博克尼警长的灵魂。他问道："就是这个孩子？"好像是说，操，不是他，是多莉·帕顿①。"他还肯合作吗，魏茵？"

"不能说他肯，长官。"

"那么让我跟他谈一会儿。"他关上门。

居里从桌上收回她那肥肥的大奶子，转身朝着角落，好像那样别人就看不见她了。警长冲着我呼出一阵幽长的腐臭气味。

"孩子，被惹恼的人们就在外面。被惹恼的人们很快就会做出裁决。"

"我根本不在现场，长官。我有见证人。"

他冲着居里呆着的那个角落扬一扬眉毛。她朝他眨巴一下眼睛。"长官，我们正在调查呢。"

博克尼从巴恩烧烤牛排盒子里抽出一根啃得干干净净的骨头，走到门口那张照片那儿，围着耶稣的脸、他的大片血迹和他凄凉的眼睛画圈儿。接着他把目光停在我身上。"他跟你说过话，对不对？"

"没有说起这件事，长官。"

"即便是这样，你得承认，你们俩走得很近。"

"我并不知道他要杀人。"

警长转向居里。"检查过利特尔的衣服吗？"

她说："我的搭档检查过。"

---

① 多莉·帕顿（1946—）是美国著名乡村音乐歌星。

"内裤呢？"

"是普通的紧身短裤。"

博克尼咬着嘴唇想了一会儿。"检查过里面吗，魏茵？你知道，某些行为会使男人的屁眼松弛。"

"内裤看来是干净的，长官。"

我明白这话他妈的指的是什么。没有人会站出来明说，这就是我所生活的地方的特点。我努力控制住自己。"长官，如果你指的是男同性恋，我不是。我们从小孩子时候起就是朋友，我不知道他怎么会变得……"

警长的小胡子下面浮现出一丝似笑非笑的笑容。"这么说你是一个正常的男孩啦，孩子？你喜欢车子、枪，还有女朋友？"

"当然。"

"好，好吧。我们得看看你说的是不是真的。一个姑娘身上有几个可以让人办事儿的地方？也就是说你能塞进两三个手指的地方？"

"可以办事儿的地方？"

"腔，孔道。"

"哦。两个吧？"

"错啦。"警长洋洋自得，好像他妈的刚刚发现了相对论似的。

操。我的意思是。我怎么会知道？曾经有一回，我把指尖儿放进一个穴中。别问我那是谁的穴。它令我想起暴风雨后迷你市场的装货间，一股股湿透的硬纸板和变质牛奶从那儿发出刺鼻的气味。无论如何，我认为那与你们的色情业所说的不是一码事儿，与我认识的那位名叫泰勒·菲格罗亚的姑娘也没有关系。

博克尼警长把骨头扔回盒子里，冲着居里点点头说："把他的陈述记下来。拘留他。"说完他便咯吱咯吱地走出房间。

"魏茵？"一个警察在门外嚷道："吃饭啦。"

居里应声而动。"你听到警长的话啦。我会同另一位警官来记下你的陈述。"

待她两条大腿的相互摩擦声听不见了，我把鼻子伸向四周，寻找哪怕是一点儿模糊的慰藉，比方说一星半点暖烘烘的烤面包味儿、嚼薄荷糖的口气。可是，除了汗臭味和烧烤酱的气味，我吸进的气味全是学校里的，譬如一帮小流氓看见一个不大说话却有文学才能的学生独自呆在一个角落里时产生的冲动。再就是，把木材锯开做他妈的十字架时散出的气味。

2

妈妈最好的朋友叫帕米拉，大家都简称她帕姆。她比妈妈还胖，因此妈妈同她在一起时很开心。妈妈其他的朋友都更苗条些，因此她们不是她最好的朋友。

帕姆来到啦。她朝警长的秘书发出的吼声响彻三个县。"老天呀。他在哪儿呢？艾琳娜，你看到维恩了吗？嗨，我喜欢你的头发！"

"不会显得太蓬松吧？"艾琳娜叽叽喳喳地说。

"不会的，棕色真的很适合你呢。"

我想你没法不喜欢艾琳娜，我不是说你会喜欢想象她如何像一个庞然大物那样慢吞吞地挪过来或是干点别的什么。她身上有一种不会伤害别人的愉悦气质。她做的事情不外乎是吃东西。

"你们给他吃过东西没有？"

艾琳娜道："我想魏茵给他买了排骨。"

"魏茵·居里？她本该按照普林逊金食谱减肥的。她老公巴里真该开着卡车来接她！"

"老天，她差不多都快住进巴恩烧烤牛排店里啦。"

"唉，天哪。"

艾琳娜道："维农在那屋里。你最好在外面等等。"

于是门飞快地推开来。帕姆蹒跚地走进来，她的腰板挺得直直的，好像头顶上放着一摞书似的。这是因为她的重心与别人的不同。"维恩，你吃排骨了吗？你今天吃了什么？"

"早饭。"

"啊，天哪。咱们还是打巴恩烧烤店那儿走吧。"你同她说什么都没有用。信我的，她一定会打巴恩烧烤店那儿走的。

"帕姆，我走不了。我得呆在这儿。"

"别犯傻。我们走。"她拽我的胳膊，力度很大，把我拉得站起来。"艾琳娜，我要把维恩带走。你对魏茵·居里说一声吧，这个孩子还没有吃饭呢。我的车还在前面别人的车旁边停着呢。在我遇见巴里之前，她最好先减掉几磅。"

"别带他走，帕姆。魏茵还没有问完话呢……"

"他并没有戴上手铐嘛，再说，一个孩子总还有吃饭的权利吧。"帕姆提高嗓门，屋里的家具在摇动。

艾琳娜说："规矩不是我定的。我只是说……"

"魏茵无权拘留他，这你是知道的。我们走啦。"接着帕姆又补充一句："我喜欢你的头发。"

待我们走到走廊上，仍听得到艾琳娜在叹气。我的耳朵四下里煽动，仔细听居里或警长的动静，不过他们的办公室里似乎都没有人。其实我说的是警长的办公室。接下来，还没有回过神来我便已在帕米拉的大力挟持下快步走出了大楼。告诉你，谁也没法子跟这个很现代的女人争执。

屋外，大块大块的乱云遮住了太阳。随着云而来的暴风雨前这儿总会刮风，就像一条湿漉漉的狗呼出的气息。闪电像打嗝一般时断时续，只是没有雷声。命运也像云一样变幻莫测。它们提醒我赶快溜出城去，去看奶奶或是干点别的什么，直到风平浪静、真相大白于天下以后再回来。先去把家里的毒品扔掉，然后就上路。

帕姆的旧水星车引擎盖上闪过一道亮光。玛蒂里欧城里死板的建筑物在闪光中颤抖，抽油机融化了，整条居里街上都洒着喷出的原油。就是这样，原油、长耳大野兔和姓居里的人在玛蒂里欧到处都是。这里原是德克萨斯第二强的城市，仅次于卢岭。那些在卢岭被打得落花流水的人一定会爬到这儿。近来，我们这儿最棒的事情莫过于一个星期六晚上得来速餐厅①里挤满了人。我没有去过很多地方，但是我就近观察过这个地方，结果肯定是一样的。所有的钱财、人们的置业欲求都在城市中心展示出来，以后再像渐渐趋于平静的海浪一样向外部延伸。在中心地带，健康的女孩子们穿着白得耀眼的短裤四处招摇，然后是大群身穿运动短裤和印花棉布裤的人向外围扩散，直到边缘处，身着松松垮垮紫色内衣的女孩身上横七竖八地系着一些带子。近郊只有一家破旧的店铺出售围巾一类的东西，这里没有洒水车，也没有草坪。

帕姆道："为什么我就只能吃鸡肉混合餐？"

他妈的。问得好。即使是在冬天，这部水星车也散发出一股炸鸡块的味道，今天它臭得就像一个魔鬼的子宫。帕姆停下车，从刮雨器下拉出一个反光罩。我四下里望望，看到每一部车子都有一个。赛博·哈里斯从街道那一端骑着自行车穿过薄暮而来，给大家分发这东西。帕姆打开它，眯着眼睛瞧上面的字："哈里斯店，欢迎惠顾。"

她说："你瞧瞧。我们正好剩下一笔买一份鸡肉混合餐的钱。"

他妈的大麻烦令我怎么都高兴不起来。帕姆又挤进车里。看得出来，此刻她心里萦绕的念头无非是待会儿点什么做主菜以外的配菜。不过最终她一定会来上一份凉拌卷心菜的，因为我老妈说过那东西有益健康。那是蔬菜嘛。至于我自己，我要一份更健康的东西，譬如搭下午的公共汽车离开这个城市。

在盖伯特街拐角处，一部警车响着警报器超过我们的车。别问我为什么，总之他们是无法拯救孩子啦。帕姆以后会怀念这个街角

---

① 得来速（Drive－Thru）是一种汽车餐厅，可提供免下车预约服务等。

的。它他妈的非常传统呢。瞧，她往那里走了。她得往回开两个街区，她会说："天哪，这个城里没有什么东西能永远存在。"文字和摄影记者一群群地在城里游荡。我始终低着头，仔细在地上寻找火蚁①。帕姆发音不准，把它们叫做"哈蚁"。鬼知道还有什么动物他妈的会在何时爬到她的车上，弄得她不停地从他妈的这部车子里爬上爬下。我发誓这是一个蛮荒的鸟王国②。

除了脚上的耐克鞋，今天出现在巴恩烧烤店里的人都是一身黑。他们把鸡块往盒子里装，这时我便一一辨认出他们鞋的型号。城里就像一个俱乐部，你看他们的鞋子就找到了知音。事实上，有几款鞋他们甚至不卖给外人。我看着这些身着黑衣的人忙忙碌碌地四处乱窜，脚下蹬着各种颜色的鞋子。透过帕姆的车窗看到古怪的情景时，她古老的音响一定会响起格伦·坎贝尔③唱的歌曲《加尔维斯顿》。这是自然法则，因为帕姆只有这一盒录音带，那就是《格伦·坎贝尔金曲荟萃》。她第一次放这盒带子时它就出了故障，不停地唱同一首歌。这就是命运吧。每一回帕姆都会跟着唱这首歌的一部分，就是关于那个姑娘的那几句。我猜她从前有一个来自沃顿的男朋友。与这儿相比，沃顿距离加尔维斯顿更近一些。我估计还没有人写出歌颂沃顿的歌儿。

"维恩，快吃下面那几块，要不就粘糊啦。"

"那么上面这几块就会落到下面去。"

"唉，天呀。"她俯身去端盛着饮料的纸杯，可是还来不及够到湿纸巾，我们就拐进了自由大道。今天，她一定忘记了自由大道上

---

① 火蚁是一种红蚂蚁，它的唾液中含有甲酸，人被它咬到之处会红肿，有如火灼伤般疼痛感。

② 维农联想到的"蛮荒王国"（Wild Kingdom）是 1963 年开始在美国播映的电视节目，向观众介绍自然界与野生动物。1988 年停播，2002 恢复播映。

③ 格伦·坎贝尔（1936—），一译葛伦坎伯，美国乡村音乐歌手，14 岁时自组乐团演唱乡谣音乐，22 岁时便已成为炙手可热的巨星歌手。

发生的事儿。

瞧瞧那些在学校那儿哭泣的姑娘吧。

加尔维斯顿，啊，加尔维斯顿……

另一部豪华旅行车停在我们前面，上面有更多的鲜花、更多的姑娘。车子慢慢绕过地上的污垢。手里端着照相机的陌生人走回来，把这些场景全拍下来。

我仍旧听得到你的海浪拍击……

站在那些姑娘和鲜花后面的是妈妈们，妈妈们身后是学生们的指导员。穿着棕色制服的童子军小姑娘们则站在宠物公园里。

我望着火光在炮口闪烁……

住在这条街上的人们站在自家门口，茫然不知所措。上个星期，彭妮的店里送来的窗帘颜色不对，妈妈所谓的朋友利昂娜便已茫然不知所措啦。她做事一向是毛毛躁躁的。

"唉，我的天哪。维恩，上帝呀，瞧瞧那些小小的十字架吧。"我感觉到帕姆的手放在我肩上，我自己正在抽泣、吞咽着唾沫。

挂在警长办公室门后的那张耶稣的照片就是在这个犯罪现场拍的，与我最后看到他时的角度不同。照片上看不到其他死尸，也没有那些扭曲的无辜者的脸，与我心中的那一幅照片全然不同。星期二在我心中崩裂，就像他妈的大出血似的。

我擦拭枪，梦见了加尔维斯顿……

耶稣·纳瓦罗生下来便有六个指头，两只手都是。这还不是他最与众不同之处。他死去时发生的事情才是最最怪异的呢。他没有料到自己会在星期二死去。人们还发现他穿着女人的真丝内裤。现在，这内裤已成为调查的重点。想想看，这叫什么事儿啊。他老爸说那是警察给他栽的桩，好像在说："我们是女人内衣班的，不准动。"我他妈的却认为根本不是那么回事儿。

那天早上的事情涌上我心头。"嗨，蛛丝①，别他妈的骑那么快呀！"我记得我这样冲着他嚷来着。

我们在骑车上学的路上遇到迎面刮来的大风，它们就像暑假到来之前的那个星期二一般沉重。物理课，接着是数学，以后又是物理，最后我们在实验室里做一个愚蠢的实验。他妈的人间生活就像地狱一般。

耶稣的马尾辫在一道道阳光中旋转，他好像在与头顶的树木一起旋转。他在变，老耶稣以印第安人的方式变得帅气，第六个手指的残根儿几乎看不出来了。不过他仍旧行动笨拙，脑瓜也很笨。我们孩提时代确定无疑的逻辑已被海水冲走，在海滩上留下怒气和怀疑的卵石，它们随着情感的新波动碰撞在一起。

我的这位好伙计有一回学戴维·莱特曼②的表情真是学得像极啦，如今却被腺酸绑架、丢了命。时髦的歌曲和带香味的性激素——就是被老妈发现后会被废掉的那种东西，一定烧坏了他的大脑。你会感觉到那不是寻常的性激素。他有事瞒着我，以前他从不这样的。他变得很古怪。谁也不知道他为什么会变成这个样子。

我看过一个关于青少年的节目，那上面说行为榜样是成长的关键，这与狗的成长一样。可以想见，制作这个节目的人准是从未见过耶稣的爹，或是我爹，以便考察一番行为榜样的事儿。不管怎么

---

① "蛛丝"（Zoose）是耶稣的外号。"蛛丝"本是美国一家摇滚乐队的名字的一部分，Dig Hay Zoose. 若用西班牙语念，"蛛丝"的发音与"耶稣"相仿。
② 戴维·莱特曼是美国哥伦比亚广播公司（CBS）周一到周五晚上十一点至午夜的一档聊天节目"戴维牙擦骚"（Late Show with David Letterman）的主持人，他用生动犀利的语言针砭时弊。

说，我爹一直到最后都比纳瓦罗先生强，虽然我也感到沮丧，因为他不让我用他的枪，不像纳瓦罗先生那样准许耶稣用他的。如今我却要诅咒我看见我爹的枪的那一天，我想耶稣也会诅咒看见他爹的枪的那一天。他需要一个全然不同的行为榜样，可是却没有人做他的榜样。放学以后，我们的老师纳克尔斯先生总是同他在一起，不过我拿不准花里胡哨的老纳克尔斯那些逗人乐的漂亮话是不是能当真。我是说，那家伙已经三十多啦，你却只知道他会坐下撒尿。[①]他总和耶稣在一起，在他的住处、在车里。他柔声细语，低着头，就像在电视上看到的那些看护别人的人。我有一回看到他们拥抱在一起，我想只是像兄弟俩那样。真的，别瞎猜。关键是，后来纳克尔斯提出减少接触。从那以后，耶稣的状态每况愈下。

绰号叫"猪油屁股"的洛瑟·拉贝开着他老爸的卡车经过，冲着我的伙计吐舌头，嚷道："骗子，墨西哥佬！"

耶稣低头不语。我有时为他感到痛心，为他用翻新材料制作的二手"乔丹新杰克"型耐克鞋、为他妈的另类生活方式感到痛心，假如那就是你所说的新颖、有收获的方式的话。他的秉性曾经像一只合脚的运动短裤一样，与他相符。那会儿我们是宇宙之王，运动鞋上的灰尘比运动鞋本身还要紧。我们带着他爹的枪在郊外荒野里乱打，朝废弃的啤酒罐子、西瓜和垃圾开枪。就好像我们在成为孩子之前已经是成人了，在我们现在无论成为他妈的什么人之前就是成人了。我感觉到生活的奇特使自己的嘴唇粘在一起，我望着我的伙伴骑着自行车与我并肩前行。他的目光呆滞，自从弄明白纳克尔斯所说的减少接触是什么意思之后。看得出来，他已经陷入一场操他妈的哲学思维中去了。

他问我："伙计，还记得上个星期课堂上我们听过的那个伟大的

---

① "坐下撒尿"亦是美国抗议歌手戴骆维（David Rovics）演唱的一首歌的歌名（Sit Down to Piss）。

思想家吗?""就是那个名字的发音听起来像'蛮牛女的孔洞'①的人?"

"对。他说过,除非你亲眼看到,什么都没有发生过。"

"我只记得问过奈洛尔他是否听说过一个'蛮牛女的孔洞',他却说'我只会开汽车。'我们只是拉了一摊他妈的大得不能再大的屎。"

耶稣咂咂嘴。"呸,你这个害虫②。你总想着拉屎,还有鬼话、还有女孩身上的气味。这是真的,伙计。蛮牛女的孔洞问过那个小猫的事儿。那是一个谜语,说的是如果有一只小猫装在一个盒子里,盒子里还放着一个没有盖子的毒气瓶子,或是类似的玩意儿,那么这只小猫随时都会撞翻瓶子……"

"那是谁的小猫?我想他们准是腻歪透了……"

"去你妈的,害虫。我是认真的。这是一个实在的哲学问题。小猫在这个盒子里一定会在某一时刻死掉。蛮牛女的孔洞问的是,是不是可以从技术上说它已经死了,除非有人看见它还活着、知道它还活着。"

"把这个他妈的小猫踩死不是会容易得多吗?"

"你这个混蛋,这不是弄不弄死小猫的问题。"这几天我不用费劲儿就可以惹耶稣发脾气,他说的事情都变得很严肃。

"那你他妈的想说什么,爵士乐③?"

他皱起眉头缓慢地回答我,就像在用铲子把每个字儿从心里掏出来似的。"如果说除非你亲眼看到,否则事情不算发生了的话,那么如果你知道它们将要发生但不告诉任何人,是不是就不算发生了

---

① 根据发音和上下文推断,维农所说的"蛮牛女的孔洞"应为德国唯心主义哲学家伊曼努尔·康德(Immanuel Kant, 1724—1804)。

② "害虫"的拼法 Vermin, Verm 与维农的拼法 Vernon、维农的爱称的拼法 Vernie 相近,大概是维农的绰号。

③ 爵士乐的发音 jazz 或 jezz 与耶稣的发音 Jesus 相近,因此成为耶稣的绰号。

呢⋯⋯?"

这些话传到我耳朵里时,外形像一座陵墓的玛蒂里欧中学从树丛中猛地跃入视野。一股凉气像一条蛆虫似的,很快在我身上掘了一个洞,再爬了过去。

3

太他妈的迟啦。当你看到一只长耳大野兔时,它当然同时也看到了你。这是自然界的实情,我这样说只是防备你不明白这一点。这也适用于魏茵·居里,我看到她在我家门口的路上,她的巡逻警车上空乌云密布。

"帕姆,停车!让我在这儿下车⋯⋯"

"沉住气,咱们就要到家了。"帕姆一旦行动起来就不容易停下。

我家的房子是用剥去树皮的木料建造的,这条街上的房子均是如此。不等你透过柳树林看到我家,你就会先看到隔壁的抽油机。我不知道你们那儿怎样,不过在这儿人们是要装饰抽油机的,甚至还为此展开竞赛。我们的抽油机装扮得像一只蟑螂,有脑袋和脚。这只巨大的蟑螂在隔壁抽尘土,嘭嘭嘭地抽个不停。今年得奖的是卡拉维拉大道上的哥斯拉牌抽油机。

帕姆的车减速时,我看到街上有来自各家媒体的记者,一个陌生人懒洋洋地站在停在莱丘加家那棵柳树底下的一部客货两用车旁。他扒拉开一根树枝看着我们开过去。他笑嘻嘻的,别问我他为什么要笑。

帕姆眯着眼睛仔细瞧柳树后的动静,嘴里说:"那个人一上午都呆在那里。"

我问道:"他是一个陌生人还是媒体的人?"

帕姆摇摇头,在我家门口停下车子。"他不是这儿的人。我只知道这一点。不过他有一部便携式摄影机呢……"

那蟑螂操、操、操不停地响,好像每四秒钟就响一回。油门、刹车、油门、刹车,帕姆停车就像渡轮停靠码头一般。操、操、油门、刹车。我被堵在玛蒂里欧这个陷阱里出不来啦。在街对面,莱丘加太太家的窗帘完全遮着。老波特太太和她的狗库尔特一起在二十号她家纱门后张望。库尔特不大不小,毛色黑白相间。它理应在他妈的狗吠荣誉厅里拥有一席之地,虽然它自从星期二以来一声都没出。真怪,狗竟然能通人性。

紧接着,一个人影投射在车上。是魏茵·居里。"谁在这儿呀?"她问道,同时拉开了车门。她说话的声音是从嗓子眼儿深处发出的,像一只鹦鹉的叫声。你听了会想到要瞧瞧她嘴里,看那里是不是有一根小拳击手套般的舌头。

妈妈穿过我家的门廊走出来,手里端着一盘看起来很不起眼的陈旧喜庆蛋糕。她情绪不佳,像一头受到惊吓的鹿。上一回我见到她这副样子时,我爹还活着呢,虽然"受到惊吓的鹿"可以指她遇到随便什么事情的反应,从放错地方的蛙型烤炉防热手套直到世界末日的真正到来。不过这会儿她的手套就搁在烤盘底下呢。她走下台阶,经过我家的那棵柳树,平时她喜欢坐在那棵树下的如愿长凳上。这条如愿凳是这儿的一个新景观,不过这鬼东西已经陷入泥地去了。她不管不顾,直接扑向帕姆的车子。

"你怎样,伙计?"她这样对我说。打我小时候起,刚刚表露出长着一根小鸡鸡的迹象,她便开始以这种装腔作势、下贱的"查特怒加①的小伙计"的腔调说些废话。我觉得自己的鸡鸡都给吓蔫儿了,便想躲开,但是没有用,因为她已经追上来,把唾沫、口红,还有他妈的鬼才知道是什么玩意儿涂抹在我脸上。她一直在微笑,就是以前见过的那种笑法,可是没法儿确切描述。给你点儿线索:

① 田纳西州东南部城市。

在那部电影里那个当妈的去一个年轻人家做客，到末了他们只好把她手里他妈的那把剪刀夺下来。

"哼哼。"这时魏茵·居里来到我俩中间。"我想，你的小伙计从我们审他的地方溜走啦。"

"魏茵，就叫我多丽丝好啦。我也算是居里家的人呢。我跟卢戴尔、雷纳，还有所有的人都相处得可好啦。"

"是这样吗，利特尔太太？让我解释一下这是怎么回事……"

"好呀，这些点心正唱着歌儿邀请你们品尝呢。魏茵，来一点好吗？"

"太太，我想制定法律的人不是我。"

妈妈说："至少，请到家里来吧。没有必要上火、发脾气。我们总会把事情弄清楚的。"我很紧张，不想让居里在我的房间里乱翻或是干点别的什么，特别是我的壁橱或是别的地方。

居里说："我看维农恐怕必须跟我走一趟。我们还要到他的房里去看一看。"

"唉，老天。魏茵，他没有做错事，他一向是别人叫他干什么就干什么……"

"是吗。他的确没有做什么，只是撒谎。我相信他，让他单独呆了一会儿，他就溜了。我们仍旧没有弄清那个悲剧性事件发生时他在哪儿。"

"他压根儿就不在现场。"

"他跟我们说的可不是这样。他说他在上数学课。"

我纠正她的说法："那是我们上数学课的时间。"看在基督的份上，给我印在他妈的 T 恤衫吧。

于是居里道："既然你没有什么要隐瞒的，那就不必担心。"

"嗯，不过，魏茵，报上说那个案子已经公开而且结案了，大家都知道起因。"

居里的眼皮忽闪了一下，她说："也许大家都知道结果，利特尔太太。我们会查清起因的。"

"可是报上说……"

"太太，报上说的事情多啦。实情是我们把这个县的尸体袋都用光啦。我自己认为，一个枪手没法儿单枪匹马做这个案子。"

妈跌跌撞撞地走到她的如愿凳上坐下，那些糕饼丢在一边。凳子的几只脚深浅不一地陷入地里，妈趔趄一下才坐稳。这个鸟凳子每个星期摆放的位置都不一样，就像跟她的脑袋挂钩了似的。"唉，我不知道为什么这些事情都发生在我身上。我们有证人，魏茵，证人！"

居里叹了口气道："太太，你是知道的，那些所谓的证人是不难找到的。你儿子也许知道，也许不知道。实情是不等我跟他谈完他就溜之大吉了。假如有无懈可击的不在犯罪现场证明，人们是不会那样做的。"

她俩说了这么多话，帕姆这才把她的身子从水星车里挪出来。她与车子脱离接触时，车子如释重负似的咕哝一声。火蚁匆匆忙忙地在座位上爬来爬去。

"是我带他出来的，魏茵。我发现他差点儿要饿死啦。"

居里双臂抱在胸前道："给过他东西吃……"

"胡说。那种普里特金低脂餐还不够一个正在成长的孩子塞牙缝的。"说着，她用犀利的目光扫了一眼居里。"那玩意儿怎样，魏茵，我是说那种普里特金低脂餐？"

"挺好，哼哼。"

居里像一只被戳个透心凉的甲虫，狼狈不堪。仍旧站在莱丘加家的柳树底下，那个五官抽搐在一起、带着便携式摄录机的陌生人捕捉到我的眼神，以后又盯着魏茵瞧。他脸上仍挂着吉凶未卜的笑容，是那种叫我神思恍惚的阴森森的笑。为什么会这样？我也说不清楚。居里根本不在意，只是斜着眼瞟他。这个家伙穿着褐色工装裤和白色的晚礼服，打扮得像老里卡多·摩尔腾波姆，也就是那个妈妈最喜爱的、在梦幻岛上跟那矮子斗法的人[①]。后来他像企鹅一样摇摇摆摆地穿过道路，把他的摄录机装在一个三脚架上。这说明他要么是旅游者，要么是记者。如今要判断谁是记者得看他们的名字。注意到他妈的当地记者的名字有多么怪异吗？譬如说泽季·哈亭、奥尔多·马纳尔多这类狗屎名字。

居里不理会那个摩尔腾波姆，她说："好啦。让我把这孩子带到城里去。"孩子，孩子个屁。

妈妈说："哦，等一等。你应该知道的：维农有一种毛病。"她的声音沙哑，好像我已患上癌症似的。

"见鬼，妈！"

"维农·格雷格里，你知道你有那种毛病！"

老天，操。我真不知道该说什么好啦。那个摩尔腾波姆在路边偷着乐。

"我们会照管他的。"居里边说边拿一只手在大腿上蹭。她用她的身体拱着我顺着车道往前走，假如你的屁股蛋长得像他妈的碰碰车上的那两颗撞击球，这倒是非常有效的执法手段。

"可是他没有做错什么事情啊！再说他又有急病。"有个屁的急病。

正在这时，命运出来干预啦，像出了一张牌似的。利昂娜·邓特的埃尔多拉多车嘶嘶响着开过来。这是一个来自地狱的游动子宫，车上载着妈妈的另外两位所谓的"朋友"，一位是乔吉特，另一位是贝蒂。她们常常不请自来。星期二之前，莱丘加是这帮人的头儿。现在她不愿管事儿，除非有人求她。

至少有两个牛皮可吹时，利昂娜·邓特才会露面，这样你便可以知道自己在生活中的地位。她去莱丘加家时总需要积攒大约五件

---

① 《梦幻岛》是一部 1970 年代起流行的美国电视连续剧，由里卡多·蒙特尔班主演，但是维农误将他的姓名记为"里卡多·摩尔腾波姆"。

要办的事，我们不在其中，因此我们只是小意思，甚至是智能像胎儿一样的低级生物。利昂娜的大腿和屁股像母牛一般粗壮，奶子却小得不能再小。她差不多算得上是一个标致的金发女郎，说起话来声音甜蜜蜜的，那全是搜刮她前夫的钱包才打造出来的。那是她死掉的丈夫，不是第一个那个溜掉的。她从来不谈那个跑掉的男人。

乔吉特·博克尼是这帮人里最老的，一个干瘪的老婆子，头发呈现出涂过清漆般的烟草色。我们只叫她乔吉。如今她嫁给了警长，不过别以为他们还会做什么事。记住：就像你在电视上野生动物节目里看到的犀牛一样，她背上栖息着一只寄生的鸟儿。那就是贝蒂·普理查德。妈妈的另一个所谓的"朋友"。

贝蒂脸上总是挂着一副闷闷不乐的表情，像是贴了一张标签说："好啦，我知道。"她有个十岁的儿子，叫布拉德利。那个小捣蛋摔坏了我的游戏机，可是不承认。你什么事情都不能告诉他，因为有人宠着他，想干什么就干什么。我呢，我只能在遇到机会时干点儿什么。

这时命运打出了一张牌出来干预啦，戴着金丝眼镜儿的利昂娜闪亮登场，在那部巡逻警车后面停下来。里卡多·摩尔腾波姆，就是那个扮成记者的家伙，像一个斗牛士那样夸张地挥挥手，随后便走到一边去，因为那个胖女人站到我家的草坪上，流出的肥油渗透了一英亩土地。那一刻表明妈妈的戏班子是由一帮神经像棉花糖一样坚韧的人支撑的。不过现在就等着看她们融化吧。

"嗨，魏茵！"利昂娜喊道。她出来挑头，因为她是这些人中最年轻的，也就是说还不到四十。

"怎么回事呀，魏茵？"乔吉特·博克尼也嚷道："我老公在警局里厌烦你啦？"

妈听出了弦外之音："魏茵只是在做常规检查呢。姑娘们，来喝点儿汽水吧。"

利昂娜问："还有麻烦吗，多丽丝？"

妈妈嚷道:"哎呀,糟啦。这些点心出汗啦!"信我的,这些点心没有生命,因此也就不会出汗。

魏茵·居里清清嗓子预备讲话,可就在这时候摩尔腾波姆端着他的摄录机、脸上摆出鳄鱼的微笑来到她身边道:"队长,对着摄录机说几句好吗?"

他身边聚集起一批听众:帕姆、乔吉、利昂娜,还有贝蒂。乔吉抽起烟来,她摆出一副打算耗下去的架势。贝蒂一扫刚才的忧郁神情,朝乔吉怒目而视。她退后一步道:"你想把抽烟的样子放到电视上吗,乔吉?"

乔吉道:"嘘!要上电视的不是我,是她。别惹我,贝蒂。"

居里副警长的嘴唇绷紧了,她长长地吸一口气,朝记者皱眉道:"首先我要告诉你,先生。我只是一个副警长。第二,若要了解最新消息,你应该同新闻发布室联系才对。"

摩尔腾波姆道:"我只是要写一篇背景介绍。"

居里上上下下仔细打量他一番说:"是吗?你是何方神圣呀?"

"长官,我是美国有线电视新闻网的尤拉利奥·莱德斯马,愿为你服务。"阳光照在他口里的金牙上,熠熠生辉。"全世界上的人都等着看节目呢。"

居里嘿嘿乐了,她摇头道:"玛蒂里欧离全世界还远着呢,莱德斯马先生。"

"今天世界的中心就是玛蒂里欧,长官。"

居里的目光飘向帕姆。帕姆的嘴巴大咧着,像快餐食品广告上的孩子。她的嘴灿烂地先摆出电视形状的口型,以后又说:"你们家的巴里会为你而自豪的!"

居里副警长仔细瞧瞧自己道:"可我不能就像这样站在这里吧?"

帕姆啧啧道:"魏茵,你这不是挺光鲜的嘛。"

"是吗。呵呵。确切地说,你要我讲什么?"

莱德斯马先生道:"别紧张嘛,我会一步步引导你的。"不等居里来得及反对，他已经安好三脚架，摄影机的镜头对准了她。他走上前来，声音浑厚，简直能让木头溶解。"我们再次穿上丧服，这是一件已被变幻中的世界带来的毁灭性结果弄得百孔千疮的衣衫。今天，位于德克萨斯州中部玛蒂里欧的善良市民们同我一道提出质疑：我们该怎样医治美国？"

"哼哼哼。"居里张嘴哼哼着，好像她他妈的知道该如何回答这个问题。不对，魏茵，嘘，他还没有讲完呢。

"我们要从第一线开始，要从那些悲剧过后肩负变革使命的人们那儿开始，也就是专业执法人士。居里副警长，此时此刻，这个小区在你看来是否与以前不同呢？"

"哦，我们也是第一次遇到这种事儿。"她这样说，简直就是一句他妈的废话。

"不过是否有更多的人找你出主意，寻求道德上或民事上的支持？"

"先生，从冬季（统计）学角度看，我们这儿的心理辅导员比警官还多。他们不执法，我们也不提供心理咨询。"

"那就是说，这个小区正在齐心协力面对挑战喽？"

"当然，我们从卢岭得到人力增援，警犬是从史密斯县运来的。休斯顿的一个委员会甚至送来一些自制的牛奶巧克力软糖。"

"显然，你腾出宝贵的时间同幸存者……"说到这儿，莱德斯马做手势要我过去。

居里支吾道："先生，幸存者们活下来了。不过我的职责是找到罪行发生的起因。直到罪行发生的起因大白于天下，而且得到纠正，我们这个城市不会罢休…"

"但是起因仍无法确定，而且没有头绪？"

"先生，凡事皆有潜在的原因。"

"你的意思是说，这个小区必须从自身内部寻找起因，也许还要就它在这个悲剧中所扮演的角色面对严酷的事实？"

"我是说，我们必须找到那个引发悲剧的人。"

莱德斯马的眼睛里闪过几道耀眼的光芒。他伸手捏住我的肩膀，把我拉进画面里。

"是这个年轻人引发的吗？"

居里的下巴缩回去，就像蜗牛身上被喷上醋一样。"呃呃呃，我可没有那么说。"

"那么，美国的纳税人为什么付钱让你在造成他终身创伤的这第一天拘留他呢？"

其他记者从街上朝我们涌来。居里的脸上沁出汗珠。"莱德斯马先生，我没有更多的要说啦。"

"副警长，这是公共的地盘，就连上帝也不能不让我拍摄。"

"我只是要说，法律不是我制定的。"

"这孩子违法了？"

"嗯，我说不上。"

"你会拘留他，以防万一他犯过法？"

"嗯哼。"

警长太太的那张苦脸拉得很长，几乎都要耷拉到奶子上了。而且她的奶子还生得很低。莱德斯马打量着她，他不停地搅动舌头，腮帮子也在不住地鼓动。居里试图偷偷走开，可是，像摆弄一支枪那样，莱德斯马迅速把摄影机镜头转过来对准她。

"或许你可以告诉我们给你下命令的那位警长的大名？"

从乔吉特·博克尼平时那种说话方式你看得出她根本不在意她的警长老公。不过她现在可是在乎啦。她的手机伴随着一大堆面巾纸从手袋里飞出来。

"是伯特伦吗？魏茵正在这儿拍电视节目呢。"

过了一秒钟，居里的手机在她衣袋里响起来。"是警长？没有的事，长官。我向上帝起誓。班德拉路？离这儿大概有两个街区。狗？是，长官，马上就去。"

莱德斯马合上他的摄影机，望着魏茵慢吞吞地走向车子，一副垂头丧气的样子。接着，就像一声惊雷紧紧追逐抽油机上最后一丝亮光那样，他转向我，慢慢眨巴一下眼睛。那准是慢镜头的，因为它快得真他妈的不得了。我努力不笑出来或拉一摊像他妈的德克萨斯州那么大的屎。

"你本该给我讲讲事情经过的。"他只是嘴动，却不出声，还拿一根短短的胖手指戳戳点点。我只是点点头，跟着我老妈与利昂娜、乔吉和贝蒂一道来到门廊上。她做手势把她们让进屋里，再站在纱门后窥探老波特太太，就是那个不生孩子、没有人关注的波特太太是否仍守在她家门口观望。她还在那儿，不过装作没有看我们。那条叫库尔特的狗子也在盯着我们瞧，只是它丝毫不加掩饰。

在纱门劈啪响着关上之前，你还看到帕米拉在我家门口先加速再慢腾腾地停车。她超过居里，拿一根手指戳戳她的徽章周围的污垢。

"噢——喔，魏茵，这是烤肉酱。"

在一个黑白分明的世界里，我房间里的每一样东西都他妈的是对我不利的证据。乱七八糟堆在那儿的袜子和内衣裤里藏着秘密的梦境。我的计算机上有必须要从光驱里抹去的历史记录，比如我为老赛拉斯打印的截肢人的性爱照片。他没有计算机。明白了吧。赛拉斯是一个变态的老狗崽子。真的，压根儿别去他那儿。他拿东西跟我们这些孩子换照片，你知道我说的是什么。我留意要抹去计算机上的历史记录，或是如同纳克尔斯先生所说"搞虚拟的卫生"。我的眼睛在屋里其他地方四处瞟。上个星期洗好的衣服堆在我床上，下面垫着妈妈的那本女用贴身内衣裤产品目录。我得把它送回她的房间，心里无比企盼她永远别翻到六十七或六十八页。你知道那是怎么回事儿的。再就是我的壁橱了，耐克鞋盒子塞在最里面，里面有两根大麻烟卷，还有两针致幻剂。别想错了。我只是替泰勒·菲格罗亚保存这些东西。

昏暗的灯光穿透窗外的黑暗射进屋来，这微弱的光吸引我走过去观看人们送到莱丘加家门廊上的一堆乱蓬蓬的花儿和泰迪玩具熊。现在那儿看起来像黛比公主①或随便哪个死去的公主的家。那些东西仍堆成一堆，还没有打开。这样你就知道这是莱丘加家买来的。没有人会为马克斯送花，这才是这件事情最可悲之处。真的很可悲啊。

我在自己的凝胶状的脑子里研究这个悲剧性的常规。比方说，莱丘加家不得不给他们自己送泰迪玩具熊。知道为什么吗？因为马克斯是个混蛋。想起这一点我便觉得自己该受到十分尖刻的诅咒，等着凶恶的猎犬扑上来撕咬我，把我他妈的灵魂送进地狱。不过此刻我的眼眶里充满泪水，我为马克斯、为我所有的同学哭泣。真相是会弄坏事情的，就像以往人人都会诅咒死者，如今却纷纷拥上前说他们全是上帝最好的天使。我正在弄明白的是，这个世界每天都在通过它的屁眼哈哈大笑，当屎橛子掉出来时却一次次撒谎。就好像我们都在像吃他妈的普里特金低脂饮食那样靠听人撒谎过日子。我是说，我这过得算是他妈的什么日子？

我扯过一件 T 恤衫，用它的下摆擦擦眼睛，想忘掉这些事情。眼看着大家都十分焦虑，我应该理清这一团自己弄出的这许多麻烦，可是我觉得自己像一团脏兮兮的屎。突然间，我想起学过的东西，那就是一旦你计划去做一件事情、估计会花多长时间，那么命运之神就会给你那么多时间，此后下一件要你做的事情才会来临。

这时妈从厨房里嚷道："维恩？维——恩！"

———————————

① 欧美童装、洋娃娃品牌。

4

"维——恩？"

"干什么？"我大声叫道。妈压根儿不肯答腔。当妈的总是这样的，她们只是监听你说话时的声调。假如你事后问她们你说了什么，她们他妈的压根儿就不知道。不过你说话的声音必须对头，比方说要蠢得够劲儿。

"维恩！"

我关上壁橱门，穿过厅里来到厨房，吃早饭的台子那儿呈现出一副我熟悉的情景。利昂娜与老妈一起待在厨房里，在烤箱那儿忙活。布拉德利·普理查德坐在起居室的小地毯上，假装不知道你看见他把手指插进屁股眼儿里啦。大家都装作看不见。人们不就是这样吗？他们不愿说："布拉德利，把你他妈的手指从你他妈的屁眼儿里拔出来。"以免自己高级绿温特硬糖似的美好日子给毁啦。因此他们只是假装看不见布拉德利的手指在屁眼儿里塞着。出于同样的缘由，他们试图避免这个老城里的丧葬活动带来的悲伤。只是他们做不到，这你是知道的。他们的肋骨受到悲痛的重压。唯一给人带来希望的人是帕姆，她像搁浅在海滩上的船，呆在这房间黑暗一端我爹的旧沙发上，她身上穿的夏威夷印花长裙褶皱里露出一根士力架巧克力棒。

我来到吧台内侧开放式厨房里，利昂娜还在不惜力气地吹牛。她得先把妈唬住，她的嗓门儿时大时小。"嗨，太干净啦，哇，多丽丝，太棒啦。"活像一条美人鱼。接着，就在妈被恭维得飘飘然之际，她把妈撂倒了。

"我说，我告诉过你我要找一个女佣的事儿吗。"

妈的嘴巴瘪了瘪。"哎，哦。"

你得屏住气等着看第二件事儿。乔吉把一道道极细的香烟烟雾喷到贝蒂身上，当时她俩正假装看电视呢。像极细的道道烟雾一般恬淡的微笑表明她们了解全部内情。妈仍在为那只烤箱着急。若是没有别的事情发生，这可以让她把他妈的脑袋伸过去。一滴像一只甲虫那样大的汗珠顺着她的鼻梁流下来，啪地一声溅落在棕色的漆布上。

利昂娜道："对啦，我从夏威夷一回来她就开工。"

屋里的人都如释重负。妈问道："天哪，又要去度假？"

利昂娜把头发朝后拂拂道："趁我年轻，你知道的，托德希望我做些美好的事情。"她说这话时就好像真有其事一般。

乔吉在起居室里嚷道："鬼话，今天我就不信。"这表明这些吹牛的话该打住啦。

贝蒂道："知道，我知道。"

"你以为事情已经发展到极点，就在这时候——嘭地一声！"

"哦，真是的。我知道。"

"她减了六磅体重，一盎司也不少。我上个星期还见过她的。一个星期就减了六磅啊！"乔吉一边说着，一边吐出一圈圈烟雾，贝蒂用手把它驱散。

利昂娜道："全是那个减肥食谱的功效，就是那些螃蟹。"

帕姆阴郁地在后面嘀嘀咕咕。

贝蒂道："我知道。可是她为什么不坚持上减肥中心去呢？"

乔吉道："宝贝，魏茵·居里很走运，她还不至于撑破那鬼短裤。我不明白她为什么要那样。"

帕姆道："巴里威胁她来着。他给她一个月的时间去掉身上松松垮垮的烂肉，否则他就离开她。"

乔吉把嘴撅得老高，好让自己的话越过头顶飞进帕姆耳朵里："那就不该用普里特金低脂疗法。她需要的是威尔默减肥方案。"

妈从厨房里嚷道："乔吉特，威尔默减肥方案对我没有效果，至少现在还没有。"

利昂娜和贝蒂定睛望了对方一眼。乔吉轻声咳嗽一声道:"我认为你还没有弄明白它的妙处,多丽丝。"

"嗯,我想我还在试着用呢,你瞧……对了,我有没有告诉你我订购了双开门冰箱?"

利昂娜道:"哦。是特别版的?什么颜色的?"

妈低头望着地板:"哦,杏黄套色的。"

瞧瞧她吧。她脸红了,满头是汗,一头棕发,弯腰驼背地呆在棕色厨房里。躯体里,她的器官在加速工作,试图把胆汁变成草莓奶;外表上,她的棕色的生活一成不变,在她裙子上那个滑稽的红蝴蝶结周围开始腐败。

我从洗衣房那儿喊她:"妈?"

"好啊,你在那儿啊。去问问那个电视台的人想不想喝杯可口可乐。外面准有九十度呢。"

"是那个穿的像里卡多·摩尔腾波姆的人?"

"嗯,他可是比里卡多·蒙特尔班年轻多啦。是不是,姑娘们?而且更帅……"

帕姆道:"哼,哼。"

乔吉把身子探出椅子,以便吸引妈的注意:"你打算把一个完全不认识的人请进家里来,是不是?"

"乔吉特,咱们玛蒂里欧人可是有好客的好名声的……"

乔吉轻蔑地说:"嗯,哼。自从上次他们的车子坏了以后,我可没有在这儿见过这么多拉拉队员。"

"倒也是,不过他与别人不同。"

除了帕姆,所有的女人都闭紧嘴巴,交换一下眼色。乔吉还清了清嗓子。

布拉德利·普理查德已经抠完了屁眼。现在他该按常规进入下一个程序,即编造一些理由去抠鼻子。我溜进厨房时,他看到了我。

我指指自己的屁股，然后吸吮一下手指。

"妈呀。"他尖声叫道。

炎热的天气使比乌拉大道变得松软。我走到一些小孩子建起的出售柠檬水的摊子那儿，就在第12大道旁边，可是他们要五十美分才肯告诉我那个记者上哪儿去了。于是我往回走，查看停在莱丘加家那棵柳树下的那部红色客货两用车。我的鼻子贴在车窗玻璃上挤扁了，看得到座位后面有一只午餐盒，里面有半只褐色的苹果。车厢地下有些电线，还有一本翻得稀烂、题为《在媒介中成功》的旧书。接着，我看到莱德斯马的脑袋枕在一双旧靴子上。他光着身子四仰八叉地睡在一张帆布垫子上，闭着眼，肌肉厚实平滑。我看到他时，他正在那里蠕动身体。

他猛地用一只肘撑起身子，擦着眼睛道："嘿！小大人儿，来到门口啦。"

我把一只走失的泰迪玩具熊轻轻放在莱丘加家的草坪上，绕着走到另一侧。车门一开便涌出一股热浪，向我身上袭来。这家伙的脸色如蜡一般，他肯定已过三十岁。我看得出来，我老妈喜欢他，不过我也不敢非常肯定。

我问他："你就住在这部车里？"

"嗯，汽车旅馆住满了。不管怎么说，这让我的运通卡借记卡舒服啦。"他伸手去拿衣服，这时一大把小玻璃药瓶滚落在地上。

"我妈说请你来喝杯可口可乐。"

"我可以用用你们的洗手间吧，或许还能吃点东西。"

"我们有喜庆蛋糕。"

"喜庆蛋糕？"

"别问啦。"

莱德斯马从地上抓起一把小瓶子，一边穿工装裤一边把它们塞进衣袋里。他用转得很快的黑眼睛瞅着我道："你妈今天有点儿心情紧张吧。"

"今天要算是她比较舒心的日子呢。"

他像哮喘病人那样干笑道:"呵呵,呵呵,呵呵。"笑完他又在我胳膊上拍了一把,就像我爹对我友好时那样。我们顺着路往回走,来到车道上,不过莱德斯马在妈那条如愿长凳那儿停了一下,整了整他的卵蛋。接着他摇摇头望着我。

"维恩,你是无辜的,对不对?"

"嗯——嗯。"

"我不知道这为什么叫我伤心,嗯。这一堆狗屎像雨点一样落到了你头上。我不由得想到:这他妈的算过的是什么日子?"

"告诉我,究竟是怎么回事。"

他把一只手按在我的肩上道:"我会想法子帮你的。"

我只是低头望着我的新杰克鞋。说实话,与人亲密无间根本就是我不习惯的,特别是当你看到一个家伙光着身子的时候。接下来你就会被人拍到他妈的一部电视电影里,在那里发抖。我猜想,他感觉到了我的心思,于是把手拿开,又去把玩了一番他的卵蛋。他把身子靠在那条如愿长凳上,把它几乎弄翻了。

他站直身子道:"操,你们就不能把它摆在平坦一点的地方吗?"

"行啊,比方说放回那家店里去。"

他笑道:"小大人,你真该讲讲你的事儿,澄清你的名声,人们喜欢倒霉鬼。"

"你刚才给居里副警官做的那个节目怎样?"

"哦,摄影机没有开。"

"滚出城去。"

"就算做好事吧,咱们俩都是倒霉鬼。"

"你也算倒霉鬼?"我说这话时波特太太家的门开了,她的狗库尔特把鼻子伸出来嗅。

莱德斯马道:"这个世界上只有倒霉鬼和精神病人,像那个大屁股副警长一样的精神病人。你再考虑考虑吧。"

我没想多久。你得在电视上发抖，这真是他妈的自然法则。你得发抖，被他妈的整惨。我知道得很清楚，你若是看过妈看的那些法庭戏，你也就会明白的。"瞧瞧他多么冷血。他把十个人剁成块儿，吃掉他们的内脏。可是根本不在意别人会怎么想。"假如你是无辜的就该发抖吗？我可是看不出其中的逻辑。要叫我说，那些不吃你的内脏的人可能会更冷血。不过也不一定。我学到的一件事就是，陪审团的人也看我老妈看的电视剧。假如你不哆嗦，你就他妈的有罪。

"我不知道。"说完我便走向我家门廊。

莱德斯马落在后面。"维恩，别低估大众。他们希望看到正义得以伸张。我说，让他们得到他们想要的吧。"

"可是——可是我什么都没有做啊。"

"嗯，可是谁知道呢？人们下结论时并不全凭事实说话，假如你不出场划下道儿来，总会有人替你划的。"

"要我干什么？"

"划——道——儿。你从来没有听说过思考模式转移吗？比方说，你看到一个人把他的手放在你奶奶的屁股上。你会怎么想？"

"他是一个坏种。"

"对啦。不过你又了解到，一只能致人死命的小虫子爬到那儿去了。这个人不顾心里有多么恶心，出手去救奶奶。你又会怎么想？"

"他是一个英雄。"不过他并没有遇到我奶奶。

"这就对啦，这就是思考模式转移。那个行为没有变化，你藉以做出判断的信息改变了。由于不了解实情，你原本打算把这个家伙钉死在十字架上的。如今你却想同他握握手。"

"我不想。"

"我只是打个比方，笨蛋。"他哈哈大笑，一拳捣在我六根肋骨上。"待到在电视屏幕上展示出来，事实便会黑白分明的，但是专业人士得从大堆大堆的亦黑亦白的东西里筛选出黑的和白的。你需要给自己定位，就像市场上的一件产品。监狱里关满了没有设法给自己定位的人。"

"等着瞧。我有一个证人，你瞧着。"

莱德斯马走上门廊的阶梯。"好啊。那个猪屁股副警长对此很感兴趣呢。第一个疯子会伸出一根指头指向你，公众舆论会跟着他转。你可是全身赤裸，很引人注目呢，小大人。"

我们穿过纱门走进凉爽的厨房里。妈在那儿，已经用她的烧烤手套擦干了汗，脸上还沾着一小块喜庆蛋糕。其他那些老鸟儿都装出很自然的样子。

莱德斯马道："女士们！你们在这儿享受，却把我像奴隶一样丢在外面？"

妈说："喔，是思麦德马先生。"

"尤拉利奥·莱德斯马，太太。不过受过教育的人都叫我拉里。"

"好啊，给你拿罐可乐好吗，莱斯马先生。减肥型，或是减肥而且脱咖啡因的？"有大人物来访总会让妈开心，比如医生那类人。她的眼睫不停地忽闪，就像快死掉的苍蝇在扑动翅膀。

拉里把他的屁股挪到厨房里的长凳上，蠕动着坐舒服一些。"谢谢，只要水就妥啦，再来块蛋糕也好。我还真想跟你们分享一个激动人心的消息，只要你们有兴趣。"

帕姆在后面嘟囔道："等你们说完了再叫醒我。"

拉里掏出那些小玻璃瓶子，那里面装着尿一样的玩意儿。"这是西伯利亚人参合剂。"他把一瓶塞到我手里，挤挤眼睛道："比伟哥强。"

"嘿嘿。"女人们都乐了。

妈说："拉里，这么说你是睡在车里的，或是……"

"这会儿我是睡在车里的。从这儿到奥斯汀①的汽车旅馆都住满

---

① 奥斯汀是德克萨斯州州府。

啦。我听人说镇上有些慷慨的居民会把客人请到家里去，不过我还没有遇到这样的人。"

妈朝厅里瞥了一眼道："哦，呃哼。我是说……"

"多丽丝，你总不至于让维农喝那玩意儿吧？"瞧啊，这是乔吉分散妈的注意力的技巧，令我产生很复杂的感情。我是说，我感到高兴的是她打了妈的岔，不让她开口邀请莱德斯马住下来。不过现在大家都转而来关注我。

莱德斯马道："哦，这是无害的，只是一种很有效的消除精神压力的东西。"

乔吉看着我玩弄那个小药瓶。她眯起眼睛，这是一个他妈的坏兆头。"维恩，你看起来像是真的很有精神压力呢。你找到暑期工作了吗？"

"没呢。"说完我喝下人参合剂。那味道土腥气很重的。

"多丽丝，你听说哈里斯那小伙子买了一部卡车的事儿吧？是福特车，还付了现金呢。我认识的男孩都有暑期工作啦。当然，他们都理了发。"

布拉德利坐在地上说："那不系（是）福特。"

贝蒂责备道："布拉德利，我希望你不要再说'不系'。"

"去你的。"

"布拉德利·埃弗雷特·普理查德，不准那样同我说话！"

"那又怎么啦？我发誓我就是说过'去你的'又怎么啦。我就是要说。狗屎！"他啐了一口唾沫，在地毯上滚过去，站起来朝贝蒂扑过去，猛地朝她肚子上打了一拳。

"布拉德利！"

"去你的，去你的，去你妈的！"

我一声不响。拉里朝我这边瞧瞧，看到我渴求般地盯着厅里。他先吞下他的人参合剂，然后说："感谢你的帮助，小大人。也许你的房间里的工作环境会好些。"说完他转向妈道："维恩答应帮我核对一些本地的数据，但愿这不成问题……"

妈说："哦，没有问题，拉里。太棒啦。"

"快点儿，维恩。你们听见了吗，姑娘们？他替拉里干活儿，替他派对（核对）资料！"

我急忙像老鼠似的溜了。乔吉说："看来那就是他能找到的唯一工作啦。叫我说，他的头发看起来就像犯了事儿的人。再说啦，他的鞋子也帮不上忙，跟那个变态疯子麦斯金的鞋一样……"

操她妈。我一脚踢开一堆脏衣服，冲进我的卧室里，再砰地关上门。既然人人都这样看待我，我这会儿认真考虑的是由洗衣房门溜出去，再跳上一部公共汽车去奶奶家，跟谁也不说，事后再打个电话或是什么的。我是说，整个世界都知道这他妈的悲剧是耶稣引发的。只是因为他死啦，他们没法他妈的为这件事宰了他，他们就要找一个顶（替）罪羊。照顾你的就是这些人。至于我，上星期二我本是愿意解释清楚这些事情的原委的。可是，你们瞧，我处境困难。我必须考虑家庭的声誉，还要保护我妈，这倒不是因为我是一家之长。不管怎样，谁若因为是某人的朋友，就敢把指头指向我，他一定会后悔莫及的。待到真相大白的时候，他就他妈的哭都来不及啦。大家都明白，真相一定会到来，看哪一部电影都他妈的会看到的。

透过卧室门，我仍旧听得到众人在说话，他们像糟糕的演员那样说话。拉里道："考验每个人的时刻到了。"

"知道，我知道。"

利昂娜说："魏茵咄咄逼人。难道她就感受不到我们的悲痛？"

乔吉像狗叫一般咳嗽一声："我老公把魏茵逼得太厉害，他给她一个月时间提高办案定罪率，否则就要她走人。"

妈问道："你是说他最终要把她从警察队伍里赶出去？"

"更糟。他大概会让她当艾琳娜的助手。"

利昂娜说："呀，老天啊。可艾琳娜就像一个传达员，地位同巴里的工作一般低下。"

帕姆在嘿嘿笑着阴险地说:"更低一些。"

一时间你听不见人讲话啦,那就是说人人都在唉声叹气。接着妈走开了。"嗯,对于魏茵这当然是不寻常的一个月。就看她处理维农这件事和别的事情的样子,我要说她不很顺利呢。"

拉里道:"得。也许那些狗会提供点儿线索。"

利昂娜问:"什么狗?"

"警犬,从史密斯县运来的。"

妈问道:"哎,可是这会儿狗能干什么呢?"

拉里道:"我可以称呼你多丽丝吗?"他压低声音道:"你瞧,多丽丝,人们质疑一个精神正常的人怎么会精心安排这样一件暴虐的惨事来。他们正在想是否与吸毒有关联,如果关于有一条毒品供应链的传言确有其事,那些专门训练的狗很快就会找到它,就像抬起腿来撒尿一样容易。"

妈怒气冲冲地说:"哼,好嘛。我真想现在就把它们招到这儿来,把这件牵涉到维农的事儿了结掉。"

我把那些毒品从橱柜里的那个鞋盒子中取出,放进衣袋里。我捏过大麻烟卷儿的手湿漉漉的。那条叫库尔特的狗在外面狂吠。

5

公平地说,关于老多伊奇曼先生的谣言并没有明说他真的干过哪个女学生。没准儿他只是摸摸她们或其他之类的事儿,你明白的。真令人恶心,不过别误解我的意思。他从前是一所学校的校长之类的人物,一副正直公义的派头,那是还没到他们会为那种事逮捕你的年代。甚至是访谈节目出现之前的事情,在那个时代你仅仅因为口碑不好就会遭到排斥。也许他曾在居里街那家花里胡哨、不分男女的理发店里理发,店里摆着咖啡机和应有尽有的一切东西。如今这些东西都不复存在。如今他蹑手蹑脚地穿过屠宰场后面那条溪谷来到肉类加工厂理发师的店里。对了,那家肉类加工厂每逢星期六都有理发师值班。这天早上店里只有老多伊奇曼先生和我,再就是妈。

"你别听维农的。那家不分男女的理发店常不开门。"

她自以为裹上头巾、戴上墨镜别人就看不见她了,这个不停地抽风的隐身女人。至于我,我穿一件红得没法儿再红的 T 恤衫,活像一个该死的六岁的小屁孩儿一类的角色。我并不想穿这个,可是她把其他衣服都湿漉漉地泡在洗衣房里,以这种办法控制你穿什么。

"好啦,动手吧,先生,它还会长回来的。"

"见鬼,妈……"

"维农,我只是想尽力帮你。咱们还要给你找双像样儿的鞋子。"

我的屁股上开始冒汗。灯关上了,只有一道光透过门斜照在那些绿瓦片上。空气中弥漫着一股肉味。苍蝇守卫在摆在房间中央的两把非常古老的理发椅周围,椅子上的白皮革已变为棕色,裂着缝,硬得几乎像塑料。我仔细检查一番,以免胳膊上的肉被夹住。我坐在一把椅子上,多伊奇曼坐在另一把上,他的双手在理发时穿的罩衫下四处游走。他乐于等待。这时屋外有人吹哨子,肉类加工厂的军乐队在院子里的沙土上集合起来。"布拉普、巴普、巴布",乐队开始操练。我透过门望出去,看到一位指挥大概已有八万岁了,行进时她屁股上耷拉下来的肉拍打着大腿。于是,我的目光又飞快地移到摆放那部电视机的屋子角落里。

"你看看,维农,他没有胳膊、没有腿,却穿戴得很整齐。他还有工作,瞧,他还在股票市场上投资呢。"

人们问电视上那小子,他如此多才多艺,有什么感想。他只是耸一耸肩膀道:"大家不都是这样吗?"

理发师大力挥舞剃刀劈向空中,一个被劈为两半的苍蝇落在桌上。"巴里来过这儿,他说可能有一个运毒品的渠道。"

多伊奇曼道："对，是有一个偷毒品的渠道。"

"是一个运毒品的渠道，或是贩武器的。"

"另一个农场①，嗯哼。我听说那是一种女人内裤崇拜。你听说那是一种女人内裤崇拜吗？"

总的来说，今天我很不顺。如果他们会找到毒品，我可不想呆在这儿。这会儿我身上装着两根大麻烟卷，衣袋里还有两粒迷幻药。据泰勒说，这种胶囊很厉害，只要吃下去一粒，你就会觉得你的脑袋会从你的鼻子里抛出去似的。我本想在来这儿的路上把它们扔掉，可是命运在跟我作对。

命运总是他妈的在跟我作对。

我要做的事情就是装好背囊溜之大吉，一往直前，形单影只，就像你在电视上看到的。把泰勒给我的毒品扔掉，以后就开溜。我干得一定会比昨晚好，昨晚拉里和全世界的媒体都在我家外面安营扎寨了。我离开我家门廊只有四步之遥他们便吸着鼻子跟上来了。他们认为这些垃圾是我从背包里取出来的。昨晚是个长夜，伙计，幽灵和悟到的那些事情更令人感受到长夜漫漫、令人毛骨悚然。我悟到的事情就是我必须行动。

理发师说："魏茵就要带着那些狗来啦。我要告诉她，我们要的是一支反恐特警队，带着一些自动枪，那些能把犯罪人身上的肉一块块撕下来的枪，而不是狗子。"喀嚓、喀嚓，他把我的脑袋推平了。我低头瞧瞧地上，看耳朵是否被他割下来了。

多伊奇曼道："肉比狗子强。"

妈说："坐着别动，维恩。"

"我有事要做。"

"嗯，哈里斯的店或许可以接受你。"

---

① 此处暗示多伊奇曼耳聋，他将 link（运毒品的渠道）理解为 slink（偷毒品的渠道），将 firearm（武器）理解为 farm（农场）。

"你说什么？"

"给你一个事做。听说赛博·哈里斯还买了一辆卡车呢！"

"我要说的不是这个。赛博的爸爸正巧就是这个店的店主。"

"得啦。你现在也算是家里的男子汉啦。我指望你好好干一番呢。我认识的男孩子都有工作。就是这样。"

"哪些孩子？都是谁啊，妈？"

"嗯，比方说兰迪和艾瑞克。"

"兰迪和艾瑞克都死啦。"

"维农·格雷格里。我只是要说，如果你想证明你已经长大啦，现在就是你该懂得世上的事情的时候啦。做个男子汉。"

"对，你说得对。"

"还有，别在别人面前自作聪明。别像上一次我发现那些内裤之后那样。"这时多伊奇曼的手在理发店的罩衫下面抽动了一下。

"讨厌，妈妈！"

"好啊，你就诅咒你妈妈吧！"

"我并没有诅咒你啊！"

"老天爷，假如你父亲还活着……"

"魏茵来啦。"理发师道。我急忙从椅子上出溜下来，把罩衫从脑袋上褪下。

"好啊，维农。我经历过的事情多了去啦。来吧，你就来羞辱你的母亲吧。"

去她妈的。我匆匆推开纱门，来到太阳地里。一部史密斯县的卡车透过行进中的军乐队员们的大腿投射过来它的阴影。玛蒂里欧也许是他妈的一个笑话，可是别跟史密斯县的孩子们一起混。呀，史密斯县有装甲运兵车。长号喷射出耀眼的光芒，小号上映出我的形象。躲起来吧，在人群中消失，最后隐身于大院陡起的那一端的灌木丛中。

往山上攀登时炽热的草在我脸上擦过，吃蚊子的鹰在空中抽筋儿似的乱飞，但是灰尘厌倦了这一切，不再扬起来。天上悬着一片云，就在我空虚、绝望的身子上方。我老妈不会来追我。她会留下来给那些孩子们讲我的烂事儿，这样待他们下次见到我时脸上便会挂出心照不宣的微笑。去他妈的内裤吧。也没有什么毒品网，他妈的对不对？耶稣从来就没有那么多鬼钱。这是一个疯人城。看明白了吗？科学认为这个城里有亿万个脑细胞，你若是在过二十一岁生日之前打个嗝儿，他们只会产生两种想法：一是你他妈的怀孕啦，二是你在吸毒。去他妈的。我要离开这儿啦。每当我生气的时候生活就会变得很简单。我知道该做什么，而且我他妈的就要去做。去他妈的内裤吧，我不理会它。内裤里是我他妈的屁股。

我要告诉你一个学问：像我老妈这样拿刀子戳人后还要转一下刀把儿的人实际上是把除睡觉以外的时间都用在撒谎上啦，他们像蜘蛛那样编织巨大的谎言网。真的。他们把他妈的宇宙中的每一个词儿都记下来，用到戳你的那把刀子上。最终你说过什么话也无关紧要，你觉察到这些话都凝结在刀锋上。比如说："哇，看见那部车子吗？""嗯，是蓝色的，跟你在圣诞节晚会上穿的那件外衣颜色一样。还记得吗？"我终于弄明白了一件事情，那就是父母之所以占上风就是因为他们利用你一次次的沉默和你所有的烂事对付你，时刻准备跟你斗。别搞错，他们在他妈的几分之一秒之内就能把你砍翻，比你梦想要用的大炮快多啦。如我所说，每逢无事可做之时，一旦孩子不再显得那么出众，父母就会出于一种他妈的冲动去砍他们。

我站下不动。道路拐弯处响起吱吱扭扭的声音，是那部红色客货两用车拖着卷起的一团团尘土冲下坡来。像一个得了老年痴呆症的人记不住什么是好东西一样，我瞧瞧我的 T 恤。"砰"，我的目光射向拉里。他嘎吱一声刹住车，用手掌压下电动窗。车子的挺杆与我的心跳合拍，嘭、嘭、嘭。

"小大人。"

我招招手，好像我正待在他妈的小超市的冷冻部里一样。我本该把身上带的毒品就地扔掉，可是那些狗就在附近。它们会察觉的。总之，我在生活中并不是很有主意的，尤其是在我充满痛苦之时、在我的怒气已消散之际。这他妈的要我的命啦。若想把毒品扔在这儿，范达美①就是你的伙计啦。

拉里喊我过去："看见那些警察了吗？他们刚从你家里出来。快上车。"

装着人参合剂的小瓶子在地上丁丁当当地响。我们抄一条新路往家里开去。

"你的头发呢？"镜子里，拉里的眉毛耷拉下来。看得出，这面镜子已经很久没有对准道路了。

我只是说："别问。"

"你准备去什么地方吗？"

"苏里南。"

他大笑起来。"你是怎样到这儿来的？今早我没有看见车啊……"

"我们走来的。"我本该说我妈的车送去修啦。可是车子不在修理铺里。车子已卖掉，钱用来买了厅里的新地毯，就是布拉德利用来擦手指的那一块。

"你认为警察想要什么？"

"不知道。"

"嘿。"拉里摇摇头道："你明白，事情不会变得更容易。听我的。我在太阳落山前便可以编辑出一篇报导，今晚就发出去。怎么样，维恩？我看已经到了你讲讲自己的事情的时候啦。你的真实、实在的故事。"

"也许吧。"我懒散地斜靠在座位上，觉察到拉里在瞧着我。

"你甚至不用出现。我可以把朋友和家人讲的片段拼接在一起。

---

① 即上文提及的动作片演员尚格·云顿。

摄影机里什么都有哇，小大人。发话吧。"拉里的话我听明白啦，可我坐在那里盼着马里恩？纳克尔斯会讲一讲他的鬼故事。他知道我是清白的，他在现场。我真不敢相信压力全集中到我身上来了，再说我还有家庭秘密要保守，他却荡来荡去、可恶地保持沉默。我是说，他究竟想瞒着什么呢？

肉类加工厂传来的一个错误的音符把我们哼哧哼哧地送上比乌拉大道，卷起路上七零八落的树叶。我走后那里出现了一个小市场，就在抽油机那儿。有一个摊子在卖玛蒂里欧的烧烤围裙，跟帕姆的一样。旁边有些记者在玩一块钱一次的游戏，赢休斯顿出产的软糖。有一个卖软糖的心情郁闷地系上围裙。那些卖围裙的心情很不爽地嚼着嘴里的软糖。我的脸变得像一张肥胖的猴子脸。身边的日子像疯狗一般高速运转，你却像被冷冻一般，那时你就会摆出这张脸谱。比如说，抽油机那儿出现了一个商场，可我仍在为早上从家里出来时就纠缠着我的那些问题伤脑筋。我低头不语，用脚把人参合剂瓶子拢到一起。

拉里道："喝一瓶。"

"你说什么？"

"喝点儿人参养养神。"

他说话时我才注意到人参合剂的颜色和我手里的迷幻药一样，跟尿差不多。狗永远不会嗅到人参合剂里面的东西。我俯身拿一瓶，这时拉里急刹车以免压上莱丘加家柳树下的一只走失的泰迪玩具熊。我摇晃了一下，手里的大麻烟卷儿掉下来。

拉里熄了火，瞧瞧那些大麻烟，捡起一根来闻一闻，咧开嘴乐了。他望着我道："得，若是不想拿出来让我抽一口，你还不如早点说。"

"唉，其实这不是我的。"

"倒也是，归你所有的时间还不很长。"说完他对着镜子皱皱眉头。

我急速转身看着那部史密斯县的卡车慢慢拐上比乌拉大道，就在我们后面那个街区那儿。我的肠子就像被他妈的维可牢尼龙搭扣黏住一般。

拉里道："来，把东西给我。"他欠起身子，把大麻烟塞进座位上的一条裂缝里。

"谢啦。我马上回来。"我飞跑过我家草坪，冲进房里，穿过厅里来到我的卧室。我把人参合剂的盖子掀开，把泰勒的迷幻药丸放进去。它们立即同那尿水混合起来，再盖上盖子，这个瓶子看起来就像新的一样。我把这个瓶子扔进那个耐克鞋盒子里，紧挨着我的挂锁钥匙，再把盒子放回橱柜里。我蹓跶着回到门廊上。出过一身大汗后，我现在满不在乎，完全冷静下来。我看到魏茵·居里、妈，还有一个史密斯县的警官坐着卡车来了。车上的空调把他们的头发吹得像水下的海草，妈的还好，飘飘洒洒，更像一朵敏感的银莲花。拉里不声不响地坐在莱丘加家柳树下的阴凉处。我想，老拉里最终还算像样儿。如同那个从前爱说话的该死的纳克尔斯先生所说，他是"一个好蛋"。

命运突然打出它常打的牌。利昂娜的埃尔多拉多车疾速越过那部抽油机驶来，车上满载一车发霉、干瘪的老女人以及深切、凄苦的愿望。妈枯萎了。我必须承认，这些女人挑这个他妈的时辰来可真是了不起，就好像她们有探测丑闻的雷达之类的东西一般。她们像情景喜剧里的洗衣机吐出的肥皂泡似的从车里冒出来，不过布拉德利没有下车。看得出来，他坐在车子后座上，正在吃一条鼻屎。贝蒂·普理查德下车后便像一只他妈的鸡似的在草坪上昂首阔步地四处走。

"我想用洗手间，我说不上是不是感染了。"

利昂娜和乔吉站在我家那棵柳树旁的高地上，朝妈挥一挥手："嘿，多丽丝。"我差一点儿就回到屋里，可是魏茵·居里动作麻利得令人想不到，她从驾驶室里钻出来喊道："维农·利特尔，请到这儿来。"

"多丽丝，这又是一次挫折吧？"利昂娜问，语气中流露出巴不得如此的渴望。

妈道："没什么，姑娘们。屋里有软糖呢。"

利昂娜道："我们没有多少时间啦。他们要在三点钟来铺沉降式天井呢。"

"哦，我还以为是送我的特版冰箱的人来了呢。"妈便边说边急匆匆地跑过去。"我看到车啦，还以为是新冰箱运到了……"

我喊她"妈？"她没听见。

乔吉伸出一只胳膊搂着她的肩头，两人一起进屋去了。"亲爱的，假如他一定要打扮成这样，他们当然会找他的麻烦。他的头发理得也太恶心啦。"

纱门劈啪响着关上了。妈的声音渐渐消逝在黑暗中："唉，我管不了他。你知道男孩子……"

居里道："维农，咱们出去兜兜风吧。"

我仔细瞧着她，想在她脸上看出她是不是知道了真情、是不是就要向我道歉。根本没有这样的表情。"长官，我压根儿就不在现场……"

"是吗。这就难解释我们找到的那些指纹啦。是不是？"

想象一下，我在一部史密斯县警长的卡车里，在三幢木头房子之间的路上静静地坐着。甲虫在柳树上啾啾叫，却没有人注意到它们。螳螂似的抽油机在厨房里的餐桌搭起来的街市摊位后面隆隆而鸣，这些摊位设在一块草长得很高、从玛蒂里欧的边缘地带一直蔓延到奥斯汀的草地上。这时，布拉德利·普理查德来到车窗前，鼻子朝天。一个指头指着他的鞋子。

他宣布道："马克斯牌气垫鞋。新的。"

他闭着眼站在那儿，等着我飞他妈的一个吻过去亲他，或是承受不住哭起来，或是做出别的什么事来。这狗娘养的。

我把一条腿举到窗前让他瞧。"乔丹新杰克。"

他眯着眼瞅了一会儿才指着我的耐克鞋耐心地解释道："旧的。"以后又指着他自己的鞋强调说："新的。"

我指着他的鞋说："一部芭比野营车的价钱。"再指着我的说："一架中程小飞机的价钱。"

"不对。"

"就是他妈的这样。"

"到牢里去享福吧。"

他先慢吞吞地穿过草坪，接着急匆匆地冲上门口的台阶。在我自己家门口，他伸出一根指头朝我晃一晃。纱门吱地一声关上，我才看不见他的指头了。警官们正要发动车子，纱门又猛地推开了。我老妈冲出来，紧赶慢赶地来到路上。

"维农。我爱你！忘掉以前的事儿吧。要知道，即使是杀人犯，他们的家人也是爱他们的。"

"见鬼啦，妈。我可不是杀人犯！"

"嗯，我知道。我只是举个例子。"

拉里坐在他的车上，飞快地瞥了我一眼，两只手像摄影机那样比划着。他喊道："说出那个字儿来！

妈无助地站在我们车后的路上，下巴紧贴在胸前。她的嘴撇起来，做好了流眼泪的准备。这一景象带来的痛苦令我悲痛欲绝、翻肠倒肚。我疾速转身，从后窗里看到拉里冲向她、把一只手放在她的肩上。她泪淋淋的脑袋朝他的手上靠过去。他让自己的肩膀滑下去吸收她的泪水，然后站直了，沉重地凝视着我们的卡车渐渐消失。

我无法接受这一现实。我一跃跨过居里身旁，竭尽他妈的全力朝她身边的车窗外喊道："拉里，干吧。把他妈的实情告诉他们吧！"

今晚牢里有一股酸溜溜的味儿。死气沉沉，就像你坐下后屁股与底裤之间的味道。在后面，一部电视在嗡嗡响。我侧耳细听，想听到晚间新闻报导我是清白的，可是播出的却是天气预报节目。我恨这个鬼节目。这时走廊那一端传来一个人嗡嗡的说话声。脚步声走近了。

"别让我发现那些汉堡包没啦，我是认真的。当然，对啦，这是行为博士餐饮革命，嗯哼。你别哼哼唧唧地唤你的小情人啦。也别告诉我这是他妈的减肥汉堡包。对不对？当然，他妈的蛋白质，哼——嗯哼。什么？因为除了你他妈的那个腔以外，没有别的新闻，你就……"

这人在我的囚室外面停了下来。穿过铁栅透过来的亮光照出一张操他妈挤满牙齿的嘴。他的胸牌上写着"巴里·E·居里，看守所所长"。看到我醒着，他把手机塞进脖子上一个袋里。

"利特尔，你没有在那儿扯你的那根鸡巴吧？你没有从早到晚捏你的小鸡鸡吧？"他猥亵地奸笑，就像世界小姐刚刚吸吮过他的鸡巴或是什么的。即使隔着很远的距离，他的口臭也熏得你够呛，好像有一大块东西贴到你脸上，留下一股洋葱和猪油的气味。我发誓，这家伙是一个令人厌恶的丑类。经过那场毁灭性的可怕事件之后，如果人人都变得这样令人生厌，我想最好还是离开这个镇子，甚至离开德克萨斯，直到他们把这件事情整明白了。像人们现在这样折腾，就连奶奶家也还他妈的不够远。

巴里继续在牢里巡视，下半夜在电视机附近呆着。我在囚室里的床上再度躺下，不由自主地想到关系重大、令人胆寒的未来。还记得那部老片子《危情》吗？那里面的女孩在墨西哥有一幢海滨别墅。我可以逃到那里去，待事情平息了妈妈也可以去那儿看我。她会喜极而泣，这个腆着老脸的多丽丝·利特尔可以由出演《危情十日》的凯西·贝茨①扮演。看到我的住处一尘不染、我的生活体面而且井井有条，她会流下自豪的眼泪。知道是怎么回事啦？我们来

---

① 美国电影演员，曾在根据恐怖小说家斯蒂芬·金的作品改编的《危情十日》中扮演迷恋作家的超级书迷，并因此获奥斯卡及金球奖。

到未来,已经证明小维农清白无辜。他要给他妈买一头陶制的驴子,或是莱丘加太太当作一笔大买卖来做的色拉器皿。卖色拉器皿的那人准会对我说:"你要莱丘加太太买的那种还是要豪华版的?"这就将他妈的矛头对准了莱丘加太太的屁股。明白啦?这绝对是我的新计划。我喜欢那儿的食物,墨西哥卷、卡普契诺咖啡,以及所有的一切。人们说那儿的钱不值钱,好啊,我可以充分利用这一点。人们一定要住在那些海滩上的房子里,真住。

可是我内心悲观的一面说:"得啦小子,忘记假期吧。你真正需要的是一块蛋糕,里面裹着一个他妈的炸弹。"我身上这个悲观主义者说话带一种纽约口音,我也不知道为什么会这样,我不管这个。那个女孩儿的问题需要考虑。你必须承认,从未见过男人独自一人跑掉的。要带上的女孩儿是泰勒·菲格罗亚。她如今在休斯顿,在读大学之类的,那是因为她比我年纪大。不过她是一个十分迷人的女孩儿,必须带上她。潮湿的空气穿过囚室的栅栏吹拂着我,在我心里变为从她裙边飘来、令我心醉神迷的荷尔蒙激素。我要带着这个女孩儿去墨西哥,做不到我就不是人。现在我已长大成人、已坐过牢,经历过一切,事情就不一样了。在学校里我同她走得并不很近,虽然有一次我们差点儿就要成事儿。我说差一点儿,因为他妈的那就是我的一贯作风,我已经把她捏在手里却又放她走了。你从来就没有学会在生活中何时该做一个混蛋。有一回,高班学生聚会,他们没有请我,不过泰勒去了,脸蛋柔和得像裤衩一样,只是她水汪汪的大眼睛在流泪。她离开聚会的地方,瘫倒在教堂停车场上的一部别克车后座上,当时我碰巧在那儿骑自行车。她醉成一滩烂泥,要我过去,她说起话来声音黏糊糊的,像刚刚被人咬了一口的蛋糕。她的衣服里掉出一些毒品,散落在车子周围的地上。我把它拾起来,她要我替她保管,万一她失去知觉或是怎么的。我保留着它,你明白的。她他妈的喝得太多啦,开始喊我的名字,还在车子后座上扭来扭去。甭问在我们学校里谁他妈的开别克,不过她坐在那儿就给这小子的车升值啦。我帮她把裙子往下褪了褪。"这样她就可以喘口气啦。"这是她的话，不是我说的。我甚至不知道一个人可以从下面那儿喘气儿。褐色的威娜宝香波洗过的头发贴在她身上，一直垂到她的屁股上。那儿，灰色的全棉三角裤露出来。那分裂成两片儿的天堂浸润在平凡的露水里。她醉啦，不过神智还算清楚。

猜你们他妈的主人公都做了什么，猜一猜吧。维农·大屌·利特尔来到他们聚会的地方，找到她最好的朋友出来照料她，我连一指头都没有动过她的内裤，虽然我距离她的内裤很近，得了那种欲罢不能、有贼心没贼胆的病，今天害得我好惨。她的吊袜带与大腿之间凹陷下去的那令我他妈的梦魂萦绕的地方散发出浓郁的棉布、杏仁松饼、奶油干酪和尿的气味。那也不对，哼，我进去了。我是昂首阔步进去的，像一个你在电视上看到的、远距离给人看病的医生，显得他妈的成熟极啦。她就在那儿，这可他妈的要了我的命啦。我想再去找她，可是一旦你犯傻坐失良机，命运就会按照常规关你的机。他们说找不到她，有十亿个理由，全是他妈的废话、废话、废话。关于泰勒·菲格罗亚，就说到这儿吧。

不过今晚我就把我的手权当了她的嘴，每一回摸弄我的小弟弟就把我带到距离她的棉布内裤更近的地方，就会挖出气孔使她身上的水果味儿逃逸出来毁了我。老天，那可是墨西哥水果的味儿。若是我能遂意就好啦。我在梦里痛快了一回，从走廊里隐约传来电视新闻的片言只字，像传染病一般喧闹。接着，有一个犯人一边打呼噜一边放声大笑。

6

"你碰过那个包？留下了指王（纹）子？"阿布蒂尼先生这样问我。他的名字的其他部分我根本记不住

"指纹？哦，我想是的。"本来今天即使不与这种人见面，我就够不自在的了。

阿布蒂尼是个胖子，就是铁砧那种胖法。他说话太快，给人一种脸似乎在朝上仰的感觉。他是我的律师，法官指定的。我想除了阿布蒂尼之外没有人星期日还在这儿工作。我知道不容许再说其他地方与这儿不同之类的话，不过你我私下里说一句，这个阿布蒂尼是一个集多少世纪以来花言巧语、口是心非伎俩之大全的产物。日科菲特·阿布蒂尼发出响动："乒、乒、乒！"他穿一身白衣服，像古巴大使一类的人物。单凭他他妈的那双鞋子，陪审团就得给我定罪。这倒不是说他的鞋子是我最大的麻烦，它根本不是我的麻烦。知道为什么吗？如果你找来一帮优柔寡断的白人，就是那些组织糕饼义卖一类活动的人，让他们组成陪审团，再从不知哪儿弄来一个油嘴滑舌的人，那么他们很可能根本不信他说的。他是一个滑头的家伙，他们看得出来，却无法做什么正经事情同他抗衡，因为如今大家都得装作能友好相处的样子。他们只是不信他的话。这是我学到的一样东西。

因此，这个他妈的什么阿布蒂尼先生站在我的牢房里，　头是汗，或许已经准备好要说些"因此"之类的话。他的眼睛飞速扫过手里的一份文件，全是与我有关的。

他哼哼唧唧地说："你说说，发生了屎（什）吗（么）。"

"嗯，你说什么？"

"告诉我学校发生的屎（事）。"

"哦。你瞧，我不在教室里，回到那里的时候……"

阿布蒂尼举起一只手道："你去了茅庞（房）？"

"嗯，是的。不过那不是……"

阿布蒂尼在他的卷宗里唰唰记下，嘶嘶道："非常无力的证据呀。"

"不是这样的。你瞧，我……"

这时警卫当当地敲门。阿布蒂尼拍拍我的胳膊道："嘘。我明白啦。你今天没法儿获释。我们想法子保释你吧。"

今天早晨巴里不上班，另一个看守带我们穿过警长办公室的后门，顺着居里街后面的胡同走下去。阿布蒂尼说今天法庭上不会有媒体的人，因为我还是个青少年。再说，人人都去参加葬礼了。正如那个现在已被吓傻的讨厌鬼纳克尔斯先生所说，那是一个"吸引力有限的选项"。今天热得难忍，初夏就已经这样热，有点反常。虽然仿佛听得见居里街上行人身上穿的棉布衣服的悉悉索索响，小孩子们在洒水器那儿跳来跳去的声音，但是四周很安静，就像你屏住了呼吸似的。星期日特有的景象，不过它们全都浸泡在不断涌出的湿漉漉的眼睛里，被自己悲哀的浪头裹挟着冲来。

从警长的办公处再往下走过三座房子便是玛蒂里欧从前的妓院，那里一度是蛮荒的西部最漂亮的房子之一。不过如今那些卖春女郎不见了，房子隔壁就是法院。唯一一位留下来的女郎是魏茵·居里，肥得像木桶、他妈的笑个不停。她在后院等着我们，眉间流露出得意的神色。他们带我爬上阶梯，走进几乎全空的法庭里。法警把我塞进一个小木围栏里，四周还有栅栏围着。假如你把你的耐克鞋、卡尔文·克莱因牌内衣、你的青春年少、实实在在的清白无辜都考虑到，在这儿你也许可以勇敢面对。真让你受不了的是那股气味。法庭里的气味有点像一年级小学生的教室，你会不由自主地找寻用手指画的画儿。我说不上这是不是他们有意安排的，意在让你退却、让你产生幻觉。老实说，法庭和一年级的教室里大概都用空气清新剂，目的只是让你神智清楚。"灵魂之罪"一类的玩艺儿使你在学校就像到了法庭上，最后来到法庭上之后却又像回到了学校里。你准备好要看看用手指画的画儿，结果却看见一个坐在锯短了底座的打字机后面的女人。法庭，嘿，操。

人人都在翻弄面前的文件时，我观察一下四周。妈没法儿赶来，这倒也不是坏事。我明白在合法的世界里人们并不承认刀子的说法。

那把刀子是看不见的，这是它使起来得心应手的原因。明白事情怎样运作吗？我知道，正是这种方式驱使人们犯下最最阴暗的罪行，使他们堕入病态。每个人都一边问候你或说些类似天真无邪的话，一边转动插在你身上的刀子，我知道这种事情。如果你试图告诉他们有人正在呜咽着转动插在你身上的刀子，法庭上的人准会笑得连屎都拉在裤子里。不过他们笑的原因却不是因为他们看不到那把刀子，而是因为他们知道别人不会接受这种想法。你可能会站在十二个好人面前，他们人人身上都背负着刀子般的某种心理负担，他们至爱的人一旦心血来潮便会转动刀柄，只是他们不承认。他们会忘记事情的真相，沉溺于一切都一目了然的电视剧的故事模式之中。我可以保证，就是这样的。

那个坐在锯短底座的打字机后面的女人对坐在另一端的那个年纪大的保安说："啊，真是的。我和我的姑娘们拿到的是同一份产品目录。"

那保安说："别开玩笑。真是一样的？"他的舌头把唾沫推到嘴巴外面。这说明他在琢磨她刚说过的话。一些唾沫在他嘴角上堆积着，他考虑一会儿后才说："别忘了，法官也有女儿呢。"

"的确。"打字员说。

他们转身将匕首般的目光投向我。打字员的匕首裹在舒洁纸巾里，我猜他们这是避免身上沾上屎。我只是低头瞧我的耐克鞋。事情已经远远超出了一个他妈的玩笑。我明白，司法制度并不是为我这样的人建立的。那是为出头露面更多的人建立的，就像你在电影里看到的那些人。拉倒吧，如果证据今天仍不能到来，如果所有的人不道歉、送我回家，我就弃保潜逃，越过那条他妈的国境线。就像电影《危情》里描绘的那样，今晚我要消失在清凉的夜色里。瞧着吧，我一定要这样干，要和那些飞蛾一道哼哼着飞过国境，带着我天真烂漫的学问和从前对女性的梦想。

这时一个警官张口道："全体起立。"

一个眉清目秀、留着灰白短发、戴着变焦眼镜的女士在那一张最高的写字台后坐下。她面前的牌子上写道："海伦·E.居里法官"。入座时她的转椅礼貌地发出咯咯响声。那是上帝的椅子。

她说："魏茵，这一定是你办的案子吧？是不是呀？"

"哦——嗬嗬。我们有一个犯罪嫌疑人呢，法官。"

阿布蒂尼起身道："我方申请只做储备青鱼（初步聆讯）。"①

法官从她的眼镜儿上方睐着眼瞧他。"初步聆讯？那么等一下。我要你们双方留意德克萨斯州的家庭法典。这是一个少年犯罪的案例。魏茵，我希望你遵守适用此案的诉讼文书送达规定。"

"哦，嗯。"

"还有，为什么起诉书的文档里没有询问记录？"

这时大门咯吱一声在我身后开了，博克尼警长挤进屋里。他摘下帽子，魏茵像一根骨头似的挺直身子。

她说："法官大人，我们希望一件特别的证据会先到庭。"

"你们希望那件证据到庭？难道你们希望它会飞进来吗？这个年轻人已经拘留多久啦？"

"哦……"魏茵瞟了警长一眼。他站在门边，双臂交叉抱在胸前，十分镇静。

"好啊！"居里法官劈手从桌上抄起一张纸来。"你们真想起诉？"她摘下眼镜，瞪了魏茵一眼道："你们就只有那些指纹？"

"请听我解释，法官大人，是这样的……"

"副警长，我很怀疑单凭一组指纹就煽起大陪审团的火。你甚至不能除去他们的霜。"

"不止一组，法官大人。"

"不论你有多少也无关紧要，它们全是从同一件证据上取得的，

---

① 如上文所示，阿布蒂尼咬字不清。在此他将 preliminary hearing（初步聆讯）读为 pearlymoney herring。

55

就是那个装运动衣的包。我要说的是：得啦。假如那是一支枪，或许……"

"法官大人，昨晚有些新信息进入公众视野，我想……"

"法庭对你怎样想不感兴趣，魏茵。当你拿起一根一头尖的棍子搅起这凌乱的程序之时，我们只是想听你说出你真正知道的东西。"

"嗯。这孩子撒谎啦，他接受询问时逃走啦……哦……"

居里法官像一个一年级小学老师那样双手紧抱在胸前道："魏茵·米利森特·居里，我要提醒你，这孩子不会在这儿受审。考虑到我面前的这些特殊情况，我倒想释放你的嫌疑人，再跟警长就呈交本法庭的手续质量问题好好谈一次。"

她凝视着魏茵，犀利的目光穿透她的每一个毛孔，不论她有多少个毛孔。在房间另一端，警长的嘴唇绷得紧紧的。他戴上帽子，脚下咯吱咯吱响着退出门去。我不知道你生活在何处，不过在这儿我们用嘴唇讲授人生的严酷课程。

阿布蒂尼站起来道："反对！"

法官说："安静，阿布蒂尼先生。我们还有其他一些律师，随叫随到。"

魏茵耸耸眉头道："法官大人，这个新情况，你是知道的……"

"不，我并不知道。迄今为止，我知道的情况不多。"

打字员与居里对望一眼，都叹了一口气。那个老法警立即皱着眉转向我。站在我身后的看守低声道："她还没有看到呢。"庭上的人都绷紧了嘴唇。

"法官大人，有些新发现的实情披露了，我们正在跟进呢。"

"那么我要释放你的嫌疑人，直到你拿出那些特别的证据。我还要你为引起这些麻烦道歉。"

像是被高压电击中一般，一阵希望、激动和赤裸裸的恐惧带来的震颤传遍全身。你以为我会傻呆在这儿，等所谓的司法制度把它的屎盆子扣在我身上？操他妈。从玛蒂里欧开往奥斯汀①或圣安东尼奥②的公共汽车每两小时就有一班。自动柜员机里有五十二美元，那部柜员机离格雷伊车站只隔着一个街区，钱是奶奶给我的，是我帮她打理草坪的工钱。从这儿出发，走过五个街区就是格雷伊车站。

那个打字员叹口气，嘴唇抿得更紧了。接着，她欠身靠向法官席，附耳同她说了几句。居里法官一边听她说一边皱起了眉头。她戴上眼镜，仔细瞧瞧我，再看看打字员。

"下一个案情通报是什么时间？吃午饭时？"

打字员点点头，一只充满正义感的眼睛瞥向魏茵。这时法官举起锤子敲敲说："休庭，两点再审。"

"嘭。"

于是法警喊道："全体起立。"

因学问的磨练而心硬起来的人、意志如钢却又不动声色的人、脾气大却又曾建功立业的粗蛮老家伙或许会在休庭时呆在牢房里独自吸一根香烟。他们大概不用跟妈妈说话。

"哎，维农。我要问的是，你自个儿一间？或是他们把你跟别人安排在一起？就是说，跟别的男人一起……"

巴里站在电话机那儿，色迷迷的，那眼光简直能看透到山羊的屁里夫。今天这个午餐时辰，艾琳娜的眉毛也耸得很高，达到她呆板的发型能够容忍的最大限度。我不知道你住在哪儿，不过在这儿我们都用眉毛占据道德高地。

妈接着说："哎，你听说过那些好孩子的事儿，那些清白的孩子。他们总是……你明白的，你听说过那些大汉的事儿。就是那些坏透了的罪犯，他们总是缠住那些清白的孩子，然后就……"

---

① 德克萨斯州的首府。
② 德克萨斯州南部城市。

在这个自由国家里生活了上帝才知道多少年以后，她仍旧没法儿说出："你有没有让哪一个判了无期徒刑的犯人操你的屁股啊？"事情就是这么没劲儿。如果两条狗在大街上操，这里有个女人会拉上窗帘，有一搭无一搭地跟人说话。可是就我所知，她也许每天晚上都把他妈的一根消防栓塞进屁眼儿里，只是为了追求刺激。伙计，我告诉你。

她的腔调像他妈的卧室里的绒布，擦去了我青涩色的勃起。我这过的算是他妈的什么日子？窗外的光亮呼唤我、歌唱屋外人行道上融化的冰淇淋和附近小泪珠的幽灵。夏天的衣服充满新鲜气息，墨西哥就在南面。可是这一切都与我无关。我被罚看着艾琳娜擦拭警长的车座，这已是我到来后的第二次啦。

我在想警长的车座平时是不是也这样备受关注，如果真是这样，为什么还没有被擦得什么也不剩。正在这时，我看到屋里有一部电视机，艾琳娜的目光立即转到那里去了。

正在播放午间新闻，听得到喧嚣的喇叭声、敲鼓声。后来一个讨厌的家伙的脸出现在远方，透过一路驶远的史密斯县警长的车后窗往外瞧。

妈说："维农，我有几句话要问你呢。"

"我得走了。"

"哎，维农。"

"咔嚓。"

我的眼睛紧盯着屏幕。一阵清风吹得裹在莱丘加家的泰迪玩具熊上的玻璃纸沙沙作响，紧接着吹断了拉里的一根头发，把它吹得飘起来。抽油机有节奏地伴着它的声音吱吱响。"随着处于某一致命的因果关系链中的一个新玩家的被捕，这个骄傲的社区从星期二的大劫难中走出决定性的一步。正是这张网击倒了这个一度平静祥和的小镇。

巴里骑在一把椅子上说："别他妈的想看到我被打倒。"

"在邻居眼里，维农·格雷格里·利特尔似乎是一个正常的，但是有点儿别扭的少年，他是那种走在城里的街道上不会引人注意的孩子。也就是说，在今天之前他就是这样的。"

黑暗天空下不停跳动的犯罪现场录像中的大批画面充斥着屏幕，装尸体的袋子拖过地上，留下点点滴滴的血迹，哭嚷的女人们的唾液像比萨饼里的奶酪甩来甩去。接着出现一张我的学生照，我在咧着嘴笑。

乔吉·博克尼说："我明显看出这个孩子发生了变化。"看得出来，她的香烟藏在家里早餐桌上的水果色拉盘子后面。"他穿的鞋子更具侵略性，他还执意要理那种光头……"

贝蒂在她身后道："我早就知道。"

接着，镜头切换到利昂娜·邓特那儿。她的手袋上"古琦"①品牌名写得太大，因此手袋应高大很多才会般配。"哇，不过他看起来是一个很正常的孩子呢。"

摄影机顺着走廊来到我房里，配音中加入阴沉、无序的木琴音乐。拉里在我的床前站住，面对着镜头道："人们向我描绘的维农·利特尔似乎是一个不合群的孩子，他没有什么亲密的朋友，更乐意玩电脑游戏、读书。"紧接着，摄影机恶毒地对准丢在床前的一堆衣服，那本女人内衣目录显现出来。"不过我们在维农·利特尔的藏书中没有找到斯坦贝克、海明威之类的名著。事实上，他的趣味仅仅限于这些……"屏幕上哗哗翻过书页，一些不知羞耻的躯体闪过，一度渗透于我血液中的耻辱感随即也被割裂。接着翻到六十七页，便不再往下翻了。拉里问道："这是无罪的证据，还是一条令人恐惧的线索，导向星期二的罪行隐现出的错乱性态呢？"拉得不准的小提琴音乐与木琴声混在一起。镜头摇向我的电脑屏幕，对准注明"家庭作业"的文件夹，点击一下便出现我为老赛拉斯·班存储的剪辑过的性爱照片。

我妈说："唉，老天。我一点也不知情呢。"

---

① "古琦"（Gucci）是意大利时装品牌，以高档、豪华闻名于世。

拉里坐在我的床上，身边是妈，他的眉毛拧成拱形，以示同情。"作为维农的母亲，你认为现在把你归入这出悲剧受害者的行列是否公平？"

"嗯，我想我是受害者，我真的这样想。"

"但是你坚持认为维农无罪？"

"天啊，在母亲眼里，孩子总是无罪的。你要明白，甚至杀人犯也会得到他们家人的爱怜。"

这是一种他妈的微型权力的转移，拉里听凭画面定格在那儿。甚至连巴里·居里都明白事情结束啦，他叹口气站起来道："该下去啦。"他紧紧拉着我走向门口，我转身迎接正在到来的打击。假如我早点儿学会了拼写，假如我是一个更精明、更符合常规的孩子，事情也许会有所不同。可是实情是我到了差不多七岁才会拼 The Alamo①，因此我五岁时给妈妈看的手指画都没有标题，只是一堆棍子似的尸体和一大坨大便似的红色。

"唉，你们看得出来，他从前在各方面差不多都只是一个正常的小男孩。"

"全体起立。"法警绕过出现在法庭地板上的我的电脑，以及一盒子其他垃圾。妈的内裤产品目录另放在一张桌子上。连我从前的手指画儿也拿来了，只是他们似乎没有动我的耐克鞋盒子。法庭上的气味中弥漫着一种新的、不健康的压力。

法官开腔道："阿布蒂尼先生，我相信你的委托人明白他受到指控，因此我提请你注意可能适用豁免权的各种问题。"

阿布蒂尼转过脑袋来道："法官大人，你是说？"

"案子就要进入起诉阶段，先生。或许你还有时间采取行动。"

我说："法官大人，这件事全会搞清楚的，只要打一个电话给我的证人、我的老师和所有……"

阿布蒂尼嘶嘶道："嘘。"

---

① 《阿拉莫之战》，2004 年拍成西部、战争影片，由丹尼斯·奎德等主演。

"辩护律师，请告诉你的委托人他并非在此受审。还要告诉他，本法庭没有义务为他做本该警长做的工作。"说完她坐了一会儿，以后转向魏茵。

"副警长，你核查过能证明委托人不在犯罪现场的证人吗？"

"恐怕最后一个证人萝莉——伯利恒·康纳小姐今早已逝世啦，法官。"

"我明白了。那么这孩子的老师呢？"

"马里恩·纳克尔斯没有提到悲剧发生时嫌疑人在何处。"

"是他没有提，还是你没有问？"

"他的医生说，他得等到明年三月才能说话。我们只能听清几个词儿，法官大人。"

"好吧，该死的魏茵。这些词儿说的是什么？"

"另一件武器。"

"哦，我的天哪。"

魏茵点点头，绷紧嘴唇。她他妈的这样做时禁不住要朝我这里瞟一眼。

阿布蒂尼说："法官大人，我们申请保释。"

魏茵说："那样行吗？法官，这个孩子有过弃保潜逃的行为，从前他也曾有过麻烦……"

阿布蒂尼舞动双臂道："可系（是）小害（孩）系（是）家庭的一部分，家里有很多东西。他为什么不肯呆着？"

"法官，他来自一个单亲家庭，我看不出一个女人孤身一人怎能掌控一个十来岁男孩子的意志。"她压根儿没有看见插在我背上的那把他妈的刀子。

法官说："那倒也不是什么悲剧。每个孩子都得挨男人的揍。没有办法联系到他父亲吗？"

"哦。我们推测他已死了，法官。"

"唉，我的天。这孩子的母亲今天不能出庭吗？"

"不能，法官大人。她的车子送去修理啦。"

"好吧。"居里法官道："好，好，好吧。"她仰身靠在她的宝座上，五个指头撑在桌子上。她转向我说："维农·格雷格里·利特尔，这一次我不会拒绝你的保释申请，但是我也不会释放你。考虑到在这儿展示出的证据，按照我对这个社区担当的责任，我要继续羁押你，直到精神健康的报告出来。依据那份报告里的建议，以后我也许会考虑你的申请。"

"嘭。"锤子敲响了。

法警说："全体起立。"

今晚牢房附近播放着助兴背景音乐，它他妈的会要我的命，把我与朋友们埋在一起。它唱的是："请你原谅，我从未答应给你一个玫瑰园。"热天总会带来这些他妈的老曲子，总是他妈的单声道背景音乐。命运啊。就像，就像你堕入情网或是什么的，无论你的生活中发生什么事情，总有一支曲子伴着你。命运之曲，留神那狗屎吧。

我躺在床上，想象这支曲子在一个长途汽车站奏响。在我生活的电视剧里，我会成为那个执拗的、脑筋糊涂的孩子，穿得破破烂烂，显得比我的实际年龄更老成，独自一人拖曳着长长的影子跳上一部驶出城去的公共汽车，上面写着去墨西哥。"噗哧"一声响，那个粗蛮的老司机打开车门，像是藏着什么秘密似的微笑着，似乎是在说一切都会好的。那少年的靴子跨出污泥，他的吉他在腿边甩来甩去。一个一头金发、穿利维斯牛仔裤的女牛仔独自坐在车厢靠后的走道旁，或许底下穿着蓝色纯棉短裤，比基尼或是三角裤。可能是比基尼。她一点儿不粗野。明白我的意思吗？正是那种战略眼光把我们与动物区分开来。

我老妈打来电话，可是我没法调动我的想象力去应付她。在他妈的星期三之前我必须做一场白日梦。那时候那个精神病大夫可以来看我。我有两天半的时间可以与耶稣沉重的灵魂一起呆在阴影中，三个沉闷的夜晚用鼻音重的腔调复述他如何死去的故事。最后，我把时间花在练习如何应对精神病医生上。我不知道是否该装疯，或是就像平常人一样，或是另想办法。如果根据电视上的那些精神病医生判断，那他妈的还真不容易找到结论，因为他们只是重复每一件你说过的鬼事情。如果你说"我被毁啦"，他们就说"我听见你说你被毁啦"。该如何应对呢？我只知道我上个星期学会的事情，那就是一种健康的摸起来应该富有弹性的生活，像一个玉米煎饼一样。今天这个星期二的夜晚正是枪击事件过去整整一周，我的生活正像一个他妈的玉米煎饼。

我听到巴里叮叮当当甩着他的钥匙链沿着走廊走来。他在我的牢房门口铁栅栏外站下来，不让我看见他，只是喘气儿，叮当甩他的钥匙链。他知道我在等他开口说我有电话，但是他走开了，然后又慢吞吞地走回来。知道吗？

最后他开口了："利特尔？"

"嗯，巴里。什么事？"

"是居里警官打来的。你没有捅你的屁眼儿吧？你没有整夜掂弄你的鸡巴，想你那个墨西哥小子吧？嘎——嘎——嘎。"

操死他。他带我来到楼上电话机旁，我幻想把他的警棍插进他的臭屁眼儿里去，即使是那样他大概也感觉不到。

电视上天气预报节目中呜咽的萨克斯管背景音乐在办公室里回荡，使我高兴起来。我在话筒里听到利昂娜放肆地咯咯笑，周围有些胖女人在谈论别人的钱。她们那儿也在播送天气预报，我听到的是他妈的立体声。接着传来我老妈的尖声细气。

"维农，你可好？"

她的抽泣声听起来就像她真把舌头塞进我耳朵里了，像一只食蚁兽一类的东西，逼得我想吐，想嚎啕大哭。你明白他妈的这种感受的。她要出风头，我来告诉你其中的原因：因为我不仅关在牢里，还有可能他妈的疯啦。如果我真他妈的疯啦，那对她倒也是一件天大的好事。那时她的问题就只是她已经用尽了哭哭啼啼伎俩，就像她不得不撕碎一只奶子之类的，目的只是为了跟得上他妈的一幕幕上演的人生悲剧。出于好心，我在开口说话之前先尽量听她抽泣。

"妈，你怎么能那样对待我？"

"嗯，我只是实话实说而已，维农。话说回来，年轻人，你又怎么能那样对待我呢？"

"我什么也没有干。"

"哼，大牌演员会在眼睛下面涂上牙膏，好让自己哭出来。你知道吗？"

"你在说什么呢？"

"我只是为了你出庭才对你说这些，免得你显得太冷漠。你知道你是很冷漠的。"

"妈，不要再对拉里说什么。好不好？"

"等一下。"她把嘴巴从话筒上挪开道："对头，利昂娜。是来送冰箱的人到啦。"听得见电话里有人问是晚上几点了，紧接着妈回来了。"哼，太荒唐啦。我等你们这些人等了好多天啦。"

"再见，妈。"

"等一等！"她嘴巴紧贴着话筒小声说："维农啊，也许最好压根儿别提那件事，嗯……"

"枪吗？"

"对啦。最好只有你知我知。明白吗？"

那是我爹的枪。若是我老妈让我把它搁在家里就好啦。可是她不。他妈的那支枪让她心惊胆战。我只好把它藏在外面，在一个大家都拿得到的地方。纳克尔斯一定知道枪在那儿。耶稣情急时一定也用过，一定提到过它。他让那人别再跟着他，让那人以为还有很多武器藏在什么地方。可是后来耶稣死了，带走了他知情的事情、事情发生的缘由，以及我们天真的孩提时代。他带走了真相。

只是我的枪留在那儿啦，上面留下了不该留的指纹。它留在那儿，等待着。

我如何过暑假

1

精神病诊所的门上写着"古森斯医生"。多么棒的名字，古森斯。棒极啦，不论是谁发明了"白昼的冷光"，他算是做绝啦，哼。坐车来这儿的路上，我想出来一卡车如何装疯卖傻的主意，把自己扮成一个受气包或是一个战战兢兢的人，就像妈那样。我甚至想到要把屎拉在裤子里之类的办法。我明白，这是一个叫人受不了的秘密武器。我甚至让自己的屁眼儿松开，以防万一不得不使出这一招。不过如今在白昼的冷光里我只是希望把自己的嘴巴管住，不说脏话。

这位精神病医生的诊所坐落在城外，尘埃中弥漫着一团医院的气味。候诊室里，一个牙齿尖细的接待员坐在桌前，她说起话来像被包在复写纸里的蜜蜂发出嗡嗡响。她把我吓得他妈的发抖，可是监狱里那些看守似乎对她视而不见。我很想请教她的尊姓大名，不过也没有张口。我可以想象她会说："哦，我叫格朗丽·斯塔尔特"或是"阿什堂·比德"，或是一个更他妈的难念的名字。精神病医生们通常都会雇一个一旦你知道他们的详情就会把你推出门去的人。如果你进门时脾气还好，遇到那个见鬼的接待员后也会急火攻心的。

"嘟。"她桌子后面的一部对讲机响起来。

"你收到我的邮件了吗?"一个男人问道。

接待员道："没有啊，医生。"

"请你留意这个系统。如果你不留意系统，我们的技术升级也就没有意义了。三分钟以前我就给你发过邮件。让下一个病人进来。"

"好的，医生。"说完她敲敲键盘，横眉怒对显示器，然后再望着我。"医生现在见你。"

耐克鞋吱吱响着踩着黑色和蓝色的油毡布，我穿过一道门，走进一间屋子，那儿灯火辉煌，像超市一样。窗前摆放着两把圈椅，一台古老的立体声放在其中一把圈椅旁边，顶上摆着一部笔记本电脑。房间最里面放着一张带轮子的医院里用的病床，上面盖着一条毛巾。古森斯大夫就站在那里，圆滚滚的身材，一身软肉，大屁股，干干净净，活像迪斯尼乐园里的一条蛆。他表示同情地冲着我笑笑，伸手邀我坐在其中一把圈椅上。

"辛迪，请把病人的病历拿来。"

辛迪呀，先看看我他妈的脸色吧！这会要了我的命。这时我等她说声"太棒啦，韦恩"，然后便穿着网球裙一类的玩艺儿冲出门去。但是她没有，她不会在白昼的冷光下这样做。穿着短袜和凉鞋，她步履艰难地走过来，把病历交给古森斯。古森斯翻翻病历，等她走开。

"维农·格雷格里·利特尔，你今天感觉如何呀?"

"我想还好吧。"我的两只耐克鞋轻轻碰碰。

"好。能不能告诉我，你为什么会来到这儿?"

"法官一定认为我疯了，或是别的什么？"

"那么你是否疯了呢。"古森斯预备好了要嘎嘎笑一声，表示我显然没有疯。若是法官认为我是一个小丑倒好了，可是，瞧着古森斯老妈妈只是使我想告诉他我的真实感受，那就是人人都在逼我，用他们压迫人的他妈的权力小把戏把我逼进一个险恶的角落里去。

于是我告诉他："我想我说什么也不算数。"大概我说的不够多，他盯着我，等我再往下说。我捕捉到他的眼神，我觉得表达我的痛苦的话像一只筏子涌到嗓子眼上，涌出来。"你瞧，先是人人都羞辱我，只是因为我的朋友是墨西哥人，后来是因为他有点儿古怪。不过我仍然同他友好，我觉得友谊是一件神圣的事情。接着事情就变得一团糟了，现在我为这件事受到惩罚。他们歪曲所有的事实，想证明我有罪……"

古森斯举起一只手温和地笑道："好了，咱们看看能有什么发现吧。还是请你说实话，只要你在这一阶段心态开放，信任我，我们就不会有什么问题。现在告诉我，你对已经发生的事情有什么想法？"

"全毁啦。全毁啦，死啦。现在大家都认为我变态，我知道他们会这样的。"

"你认为他们为什么会这样呢？"

"他们需要一只祈（替）罪羊。他们想找出一个人，把他吊死。"

"替罪羊？你认为是有某种无形的因素引发了这场悲剧？"

"嗯，也不是。我的意思是，我的朋友耶稣不能在此承担责任。枪全是他开的，我不过只是一个见证人而已，根本没有牵扯进去。"古森斯仔细观察我的神色，在病历里记上一笔。

"好的。关于你的家庭生活，你能告诉我些什么呢？"

"正常。"古森斯拿笔的手纹丝不动，只是望着我。他明白，他已找到我的一个大缺陷。

"病历里记载着你与你的母亲一起生活。你们的关系怎样？"

"呃，还算正常吧。"这个话题牵出我屁股里的一个大肿瘤，原因也就他妈的不必说啦。那个瘤子就放在地板上，还在抽搐，里面黏糊糊的东西在闪闪发亮。古森斯向后靠靠，躲开我他妈的家庭生活泛起的臭味儿。

他聪明地改换一个话题，问道："你没有兄弟？没有叔叔伯伯？或者说，在你的家族里，你有没有受到其他男人的影响呢？"

我回答说："那倒没有。"

"可你有朋友……?"我低头望着地板。古森斯先是坐着不说话，随即伸出一只手来放在我腿上道："相信我，耶稣的事也触动了我，这整个事件深深触动了我。假如你能说，就请告诉我那天发生了什么事情。"

我试图避免意识到自己就要放声痛哭时的那一阵慌乱。"我回来时事情已经开始。"

古森斯问："你上哪儿去啦?"

"我去办一件事，中途耽误了。"

"维农。你并不是在这儿接受审判，请说得具体些。"

"纳克尔斯先生差我去办一件事，回来的路上我想上厕所。"

"学校的厕所?"

"不是。"

"你在校外撒尿啦?"他把脑袋偏过去，好像这个消息会像尿一样溅到他脸上似的。

"嗯，其实不是撒尿。"

"你在校外大便？就在悲剧发生的时候?"

"有时，我突然有点儿内急。"

命运之神给我四十年时间来认识事物的重要性，如今这段时间充满沉寂。这种事情不会发生在尚格·云顿头上。英雄从不拉屎，他们只是操人、杀人。

古森斯的眼睛里忽然放射出光芒："你把这一点告诉法庭啦?"

"唉，没有。"

他眨巴一下眼睛，双臂交叉在胸前。"请原谅，不过，从法医的角度看，远离犯罪现场的新鲜粪便不是自动把你排除在嫌疑人之外了吗？你要知道，排泄物的时间是可以精确断定的。"

"我想是那么回事儿吧？"看得出来，古森斯是在给我额外的帮助。他的任务只是替法庭弄到情报，可是他愿意冒点儿风险，顺便告诉我一个实情。他紧紧抿着嘴，渲染这番话的意义。接着，他的眼皮耷拉下来。

"我听说你有点儿……内急？"

"不大碍事儿。"我拿一只耐克鞋在地板上画圈儿。

"是不是已经确诊，括约肌无力或是这一类的毛病？"

"没。不管怎样，我几乎没有再犯过。"

古森斯伸出舌头舔舔上唇。"好啊。那么告诉我：你喜欢女孩吗，维农？"

"当然啦。"

"能不能说出你喜欢的一个女孩的名字？"

"泰勒·菲格罗亚。"

他咬一下嘴唇，在病历里做记录。"你同她有过身体接触吗？"

"算是有吧。"

"你与她接触后，记忆最深刻的是什么？"

"我想是她的体味。"

古森斯冲着病历皱起眉头，在那里又记上一笔。写完了，他坐端正道："维农。你有没有过觉得另一个男孩有吸引力的经历？或是男人？"

"根本没有那回事儿？"

"好啊。咱们看看能有什么发现。"

他伸手按下立体声唱机上的"播放"按钮。一只军乐鼓敲响，开始还柔和，但是声音越来越大，很吓人，就像一只熊出入洞穴，你就置身于他妈的那个熊窝里。

古森斯说："这是古斯塔夫·霍尔斯特①《行星》组曲中的《火星》，它会激发一个男孩灵魂中的荣誉感。"他走到床边，用手掌用力拍一拍。那种微型权力开始蛮横地运转。

"请给我把衣服脱了，来这儿躺下。"

"脱衣服？"

"对啊，要完成检查。要知道，我们精神病医生首先是医生，别把我们和寻常的心理学家混为一谈。"

他戴上一副明亮的焊接护目镜，暖洋洋的光线透过镜片照在他的脸上。我花了不少时间，才把卡尔文·克莱因牛仔裤折叠起来。我不想让零钱从裤兜里掉出来，虽然我的零钱实际上存放在警长办公室的一个塑料袋里。我在床上躺下时立体声唱机里的铜管乐声在回荡，压过了鼓声。古森斯指着我的内衣裤道："请脱了。"

我想起一件事，那就是在超市般明亮的灯光下，只有死人才能感受到吹拂在屁股上的微风。我他妈的是一只赤裸裸的动物，可是即使是赤裸的动物也需要假释，而且赤裸的动物尤其需要。

古森斯吩咐道："趴下，把腿分开。"

"哒哒哒，哒哒哒。"伴随着两根手指在我背上的拨弄，地狱之火般的音乐响起来。它们沿着我的身体往下走，之后两根手指变成两个手掌，捏住我的两瓣屁股蛋。

他掰开我的两瓣屁股蛋，低声道："放松。这样能令你想起泰勒吗？"

"哒哒哒，哒哒哒。"

"或是别的什么？"随着手指的游动，他的呼吸加快。它们在我的屁眼周围划圈，圈子越划越小。我想起一长串非常给力的骂人话，

①　古斯塔夫·霍尔斯特（Gustav Dheodore Holst，1874—1934）是具有瑞典血统的英国作曲家，他研究过梵文，对东方哲学深感兴趣。

全涌到我的嗓子眼儿上。不过想获得假释的念头使我没有骂出声来。

于是我说："大夫，这好像不对啊。"我心里咒骂他，真是一个欠操的混蛋。我真该把一条桌子腿从他那他妈的眼睛里插进去，让他像一只绑起来挨宰的猪那样哼哼。尚格·云顿准会这么办。007会端着他妈的一杯鸡尾酒这么办。至于我呢，我只能像一个女童子军那样吱吱叫唤。他却他妈的根本不管我在叫唤。乐曲轰轰响着到达高潮时，一根凉飕飕的手指插进我体内，我像一只被绑着的猪那样哼哼起来。

"好——啦。这是为了耶稣。放松，下一步一点也不痛。说实话，如果你感觉到勃起也别不好意思。"他拿起一把钢的大钳子，扶扶眼镜儿，把他的脸贴近我的屁股。

"我他妈的可不想这样。"我颤抖着呼地坐起来道。我嘴里的唾沫星子乱溅。古森斯畏缩了，像外科医生那样举起双臂。

他慢慢伸手去够床上那条毛巾，用它擦擦中指。透过眼镜片儿，他易怒的大眼睛瞪着我。与冬天早晨上学时不同，我他妈的飞快地穿上衣服。我不系衬衣扣子，我不系鞋带，我他妈的甚至都不回头看一眼。

古森斯说："维农，仔细想想，把你的假释申请搞砸之前再仔细想想吧。"他站住叹口气，摇摇头道"要记住，处在你的地位，只有两种人，要么是优秀而又强有力的小伙子，要么就是囚犯。"

我连滚带爬地从候诊室里出来时，那乐曲像鞭子一般萦绕着我。在最阴暗的音符之间，仍能听见那个他妈的古森斯医生的话："好啦——好极啦……"

我孤零零地坐在囚车后排座位上，活像一座狮身人面像，也就是说是一个像狮身人面像那样的人，在那个什么哭（古）斯塔夫·嗬（霍）尔斯特的粗鲁管弦乐伴奏下前行。这音乐根本无助于抹去我对那个心理医生和他妈的捅人屁眼儿的土匪行为的记忆。我努力

71

不去想他会在报告里写什么。我只是望着窗外风景一幕幕闪过。在回城里去的路上，路边东一件西一件扔着无用的废品，一辆没人要的购物车、一个沙发框架。一棵树下摆放着一部砸坏的电视机，已无法播放那种种稀奇古怪的节目。抽油机把它们肮脏的手指伸进这美好的景观里。可是我们的车驶过包括天空和大地的这一切，没有察觉那道笔直通往墨西哥的铁丝网。

墨西哥。待我从他妈的生活中找到力量时，那是一大摞我要兑换的优惠券中最顶上的一张。四处望望，你会看到生活中到处都钉着人们的优惠券，"如果"怎样他们就怎样做、"何时"怎样他们又该怎样做。只是对不会发生的屁事做出的热心的预见。

一个看守道："小子，你不会在牢里再扯你那根棍儿吧？"说完他嗬嗬嗬地乐了，准是跟那个大肥屁股巴里学的。我敢发誓，这些家伙说来说去就是这一个笑话，老巴里一定是在下班后或是什么空闲时间对他们进行了脏话培训。他们说的一些话不时传到我耳中。

"嗯——哼，魏茵·居里向县里申请派一个反恐特警组来。"

"他们的地位会在警长之上吗？"

"嗯——哼。巴里当天就他妈的增加了他们的保险金。"

"是他对你说的？"

"塔克说的。"

"这个塔克，是验尸房的那个人吗？他居然会知道巴里保险金的事？"

"塔克就是卖这狗屁保险的。他从安利公司出来，做了保险。"

"见鬼。"

我感到自己学会了一些东西，那就是比你笨得多的人最终当权管了事儿。看看事情是如何发展的吧。我不是他妈的什么天才之类的人物，我开始考虑的或许是在这个世界上只有笨人才安全，也就是那些随大流的人，他们一丁点儿琐碎小事也不用想。可是瞧瞧我？我不得不考虑每一件他妈的琐碎小事。

我在牢房里时而坐着、时而躺着、时而走来走去，然后再坐下来，等着下一次出庭。作为命运的代理人，时间他妈的放慢了节奏。星期二吞没了星期三的唾沫，耶稣的最后一口气把十天拖入过去，紧随其后的是纳克尔斯的沉默，好像他根本就不在场似的，实情好像我的影子，根本就不存在。

事情变得越来越复杂。妈打电话来说，拉里已经跟人签过合同，要再拍一部片子，反映来自玛蒂里欧的报道。事情与命运交汇时就是这样，时间会在所有的地方放慢节奏，把那些最最古怪的人们都称作辛迪。我学到的一件事情就是，了解命运捉弄人的那些把戏只会使它们变得他妈的更难对付。就在我向你传授这些关于生活的真知灼见之时，我也诅咒你把它们弄得他妈的更难对付。一旦了解它们，你他妈的就得等着它们发难。

我出庭的那天闷热，雾气腾腾的。我感觉到镇子另一端的狗子们趴在安装在窗子上的空调下面乘凉，听任老猫咪们走过去，猫咪们则听任老耗子们走过去，而耗子们他妈的一身是汗，压根儿就不想走过去。事实上，我是唯一经过那儿去教室，不，去法庭的人。

"全体——起立。"

这个星期五法庭上响起一片叹息声，弥漫着热天里衣服发出的酸臭味儿。人人都盯着我瞧。帕姆准会说："呀，上帝啊。"帕姆可能等一会儿能来，不过妈来不了。人群里有些人不禁想起黑色的污血和死人灰白的皮肤，脸都扭曲了。人群中死人的亲戚。莱丘加先生把道道死光朝我射来，他根本就不是马克斯真正的爹。罗娜·斯佩尔茨的老妈也来了，活像一只浑身湿漉漉的乌龟。我感到一阵又一阵悲哀涌上心头，不是为我自己，而是为他们那些都东倒西歪地死去的人。若是能让他们活转来，我愿意付出一切。

魏茵不在这儿，她的桌子被一个头梳得溜光、身着白衬衣黑套装的男人占用了。居里法官设法让他看她那里。"格瑞申先生，我想你是代表州政府出庭的吧？"

"对极了，法官大人。我一路来到这儿。"纯粹是一个神气活现的笨蛋。

法官从桌上拿起古森斯的文件夹，朝着公诉人挥一挥道："我接到一个报告，是关于被告精神状况的。"

"法官大人，我们强烈反对保释。"

法官问："出于什么理由？"

公诉人勉强挤出一张笑脸道："出于常理。这孩子诡计多端，滑得像泥鳅。我们担心他会溜之大吉，一去无踪影！"庭上的人吃吃笑起来。但是笑声到法官那儿就止住了，她皱眉望着古森斯的文件夹，随即转向阿布蒂尼。"关于保释申请，还有什么意见吗？"

阿布蒂尼停下手里的事儿，抬起头来道："他是一个不大出门的孩子，有许多爱好呢……"

法官用手拍拍桌子道："这些我都知道啦。我是说有没有新情况，比方说，在这份报告里提到的消化系统的状况。"

"啊——哈。他的方便问题……"阿布蒂尼几乎是在对自己说。

格瑞申道："请法官大人原谅，我们反对由法庭替被告方做辩护。"

"好啊。显然不是我要他们这样做的，其余的我也就不便往下说啦。"

格瑞申道："还有，法官大人。我们希望呈交证人马里恩·纳克尔斯的一份证词。"

法官的眉毛耸到半空中去。屋里的人全都屏住呼吸。"可是我听说明年三月前不能得到他的证词！"

"法官，这是在犯罪现场用数码设备录制的记录。为了公众利益，美国有线电视新闻网的一个记者把它提供给我们。"我脑子里马上闪现出那个操他妈的拉里。这时你不由得想此刻他又在哄骗哪个可怜虫了。

法官道："对呀，那正是他们公德心的体现嘛。证人的证言是否

74

支持被告不在现场的说法？"

"法官大人，我们的案情简报没有提到这个。我们的陈述是关于另一支枪可能藏在何处的报告。我敢肯定，这会使法庭认真考虑犯人的保释申请。"

居里法官戴上眼镜，拿过那份文件。她浏览一遍，皱着眉头，然后把它放下，盯着起诉人。"律师，用来行凶的那把枪起初就找到了。你是说，这些犯罪行为与第二把枪有关联？"

"很有可能，法官大人。"

"你拿到了这把枪？"

"还没有，不过警方正在调查。"

法官叹口气道："好啊。显然你们都没有看到精神病医生的报告。在缺乏可靠证据的情况下，我要根据这份报告做出裁决。"

一阵叫人心里发毛的静寂，足足有几十万年长。人们瞧瞧我，再望望法官，始终假模假样地像城里人那样装正经。他们想把一切都弄明白，同时却摆出并没有留意的样子，就像置身于交通事故现场却他妈的在幸灾乐祸。他们挤眉弄眼地在玩这些把戏。

居里法官一言不发地坐了一会儿。然后扫一眼众人。大家立即安静下来。"女士们、先生们，我想可以公正地说，我们受够了。对于这些接连不断、干扰我们本应享受的宁静生活的破坏活动，我们忍无可忍、义愤填膺！"爆发出一阵掌声。有个混蛋竟然像电视观众那样嗷嗷起哄。紧接着，我们就听到有节奏的喝彩声啦："居——里！居——里！居——里！"

法官理一理衣领，继续说："我今天的裁决是在考虑过死者家人的感情，以及更大范围里社区民众的感情后做出的。我还要宣布，虽然被告出身于不很富裕但是有稳定收入的人家，但他将会作为这些罪行的从犯接受审判。"这时那个打字员的目光越过关我的笼子，翻翻白眼，似乎是为她那些笨蛋孩子找到点骄傲。今天他们倒是都不在狱里关着。法官又说："维农·格雷格里·利特尔，鉴于这份报告认为你心理不正常，又考虑到双方律师意见，我将要释放你……"

"我的孩子，我那可怜的、死去的孩子呀。"坐在后排的一个女人尖叫起来。屋里群情激昂。

"安静！让我把话说完。"法官又道："维农·利特尔，从星期一开始，我要把你作为一个门诊病人交给奥利弗·古森斯医生照料。如果你不按照医生安排进行治疗，不论出于什么原因，拘留期都会延长。明白吗？"

"明白，法官大人。"

她探身过来，压低嗓门道："还有一件事情，若是由我来辩护，我会认真考虑在那件事情上做文章，呃呃，就是大便内急的事。"

"谢谢你，法官大人。"

我给弄糊涂了。我挤过看热闹的那一大帮人，钻出法院，就那样一直来到太阳地里。记者们像一群苍蝇围着一块烤干的屎那样围着我嗡嗡叫。我感受颇多，却不是我曾经梦想过的那些感受。我并不真感到开心，只是心潮起伏，就是那种在一个下雨的星期六期望嗅到洗衣味道的心情，就是那种挑逗情欲、哄你说出"我爱你"的性激素。他们他妈的把它称作安全感。小心提防那狗屁。这类感受会消磨掉你该死的勇气。一阵冲动过后，我甚至对法官心存几分感激，不过别他妈的做过了头。我的意思是，居里法官对我还算不错。不过，说到大便内急的事，我他妈的可不那么想。

他们会问："你的屎是怎样的？"我就会说："哦，我那些屎橛子还在那儿，就在灌木丛后面的那个洞里。就在那儿，紧挨着你们正在找的那支鸟枪。"老实说，那支枪本身倒不是什么大事。枪上面的指纹才他妈的是我的麻烦呢。想到这个，我又不禁心潮逐浪涌。为了自己的安全，我决意不再去想这些事儿。破晓时就必须逃到墨西哥去，现在我也就不能再受这些情感左右啦。

那部水星车停在那儿，两扇车门敞着，从车上掉下来的蚂蚁落在整条居里大街上。开鲜花店的宾尼太太从这儿过去时几乎得停下她崭新的卡迪拉克。她今天没有冲着我招手，却装作没有看见我。她望着阿布蒂尼在门前台阶上哄骗那几个记者，以后便载着一大摞预备堆在莱丘加家门口的玩艺儿悄然驶过去。

阿布蒂尼说："我们高兴，准许我们回家来继续过我们的年轻生活。"他说这话，就好像他就是我，或者我们他妈的是兄弟之类的。"我们要继续跳（调）查那可拔（怕）的一天里发性（生）的事情……"

必须承认，我在法庭上学会了一些东西。看看每个人的表演吧，出庭就像看电视上的预告片，这部电影的一个片段，那个节目的一个场景。譬如有个孩子患了癌症的节目，大家说话时都吞吞吐吐的。还有那个警察新手的戏，他必须决定是代人收下贿赂还是揭露自己的强势搭档。我个人不会建议放这部片子，虽然其中每个人都是受贿的，甚至也包括市长。不过也别他妈的问我迷恋什么节目，是"美国最笨的蠢货"还是别的什么，譬如《甜心俏佳人》。①

那部水星车在帕姆穿凉鞋的脚下吱吱乱响，那是因为她同时踩下了刹车和离合。假如你跟她说起这件事，她准会说："如果你的脚在一英里以外的车的另一头，刹车踏板也就没有什么意义啦。"我只提过一次，她却说："那还不如把那该死的踏板从车窗里扔出去呢。"我们的车开上居里街时，摄影记者都散开了。我仿佛在反复地从脑子里看到那些电视画面，我这个老傻瓜坐在水星车上，正扭头往后看。

帕姆问："不过，你在那里都吃些什么？"

"家常便饭。"

"都是什么？比方说猪肉炖豆子？有甜品吃吗？"

---

① 《甜心俏佳人》（又译为《艾莉的异想世界》）是一部司法题材的美国电视连续喜剧，深受白领女性的喜爱和追捧，1997—2002年间播出。

"没得吃。"

"唉，老天。"

她飞速把车倒进巴恩烧烤店的免下车服务口。帕姆上演的电视节目有一个好处，那就是你知道事情会如何收场。我就喜欢这种生活，这种我们他妈的心里有底的生活。这是一部模糊不清的老片子，内裤一闪而过，一个大团圆的结局。其中一部讲的故事是，一个孩子的棒球教练带他去野营、教他自尊。你准看过那个片子，背景音乐是电子钢琴叮叮当当地响，像坚果落进燕麦粥里一般柔和。每当你听到钢琴声就表明有人在拥抱，或是一个女人在湖边高兴得不得了，因此嘴唇在颤动。天哪，若是我能过上有适宜背景音乐的日子该有多好啊。可是此刻我只能透过车窗看着自由大道的景色一幕幕闪过，背景音乐是《加尔维斯顿》。我们经过了马克斯·莱丘加咽气的地方。他说了句什么，可是你听不清。热泪涌上来，于是我急忙换一个话题以便转移注意力。

"妈在家吗？"我问道。

帕姆说："她正在等送冰箱的人呢。"

"你在开玩笑吧。"

"只是让她高兴一下，她经历了很多事情。等等也没有关系。"

"那会等很久的。"

帕姆叹口气道："再过几天你就十六岁啦。我们决不能让别的事情毁了你的生日。"

我沉溺于奶油般美好、对家的记忆中，美味芬芳。我离家只有一个星期，可是我从前的日常生活却显得恍如隔世。车子一拐进比乌拉大道，我做的第一件事情就是看看拉里的车在不在那儿。我想越过路上的一群记者瞭望前方，这时赛尔多姆汽车旅馆的一部新面包车停在莱丘加家门口，那儿摆着很多泰迪玩具熊。一些以前没有见过的人下车拍照，他们全低着头，然后车便朝螳螂市场那边开走了。柳树下，拉里停车的地方空着。

"把这些炸薯条带给你妈。"帕姆道，嘴里填满了鸡腿。

"你不进来吗？"

"我要去玩弹球游戏啦。"据帕姆说："玩弹球游戏有益于健康。"

记者们簇拥着我一路来到前门口。我溜进去，把门锁上，然后就站在那儿，全力吸进我熟悉的西红柿酱和木器家具抛光剂的气味。除了电视机的声音，家里一片静谧。我把炸薯条放在早餐桌上，刚刚走到厨房我便听到走廊里有动静，好像是一只生病的狗在叫唤。接着，有人说话。

"等一下，我好像听见门响……"

是妈。

"老天呀，啊啊啊，拉里托[①]，拉里托。等等呀！"

2

"多丽丝，我想是特型冰箱送到啦！"是贝蒂·普理查德在说话。

我的心脏还未来得及再次起跳，这些女人就到来了。冰箱？我他妈的可不这么想。乔吉特·博克尼穿过厨房门踢踢踏踏地来到门廊上。妈总是把那扇他妈的门开着，即使是现在她和拉里在厅里干那事儿时也开着。

乔吉说："你瞧。他们把车停在南希·莱丘加他们家那儿啦。"

"我知道。知道啦，多丽丝。"

出于耻辱，我的脚在耐克鞋里绷得笔直。我瞧着贴在洗衣房门边的那幅画儿，画的是一个小丑举着他妈的一把伞，他在伞下面大嚷，挤出一大滴眼泪来。妈说那是艺术。

利昂娜偷吃了一根炸薯条。"喂，维恩。你要大吃一顿来减压？"

---

① 拉里的昵称。

我忘记了妈的炸薯条，那个袋子在我他妈的手里压扁了。于是我把它放在早餐桌上，紧挨着一张上面有一个卡通娃娃的贺卡。那个卡通娃娃说："我是武飞！"我打开贺卡瞧瞧，看到拉里给妈写的一首情诗。今天，世界上最令人作呕的事情莫过于此。

待到大家都在厅里集合起来，站在一个看得到门厅的地方，妈从她屋里走出来。她穿着极薄的粉红色睡袍，像一道水里的波纹似的朝我们飘过来，身上带着一种古怪的气味。"哎呀，宝贝儿。我没有料到你会回来。"她猛冲过来拥抱我，可是她左边的奶子呼地跳出来，碰在我的胳膊上。

贝蒂道："多丽丝，他们想把那台冰箱送到南希家去呢！"

利昂娜说："哇，太令人激动啦。也挺古怪的，因为我本不打算上门的！我的新顾问今天要安装调音台，我还要去卖新的网球鞋……维恩。你要大吃一顿来减压？"

三个牛皮大王。突然间，我家成了他妈的百幸汉（白金汉）宫啦。造成这种局面的人跨进厅里，穿着一件镶金边的蓝睡袍，光脚丫蹬着一双簇新的天伯伦鞋。他张开双臂嚷道："玛蒂里欧的天使都在这儿啦！"

乔吉和贝蒂像嚼干果一般清脆地笑，利昂娜则像嚼奶糖似的哈哈大笑。妈的眉毛高耸，好像有人把樱桃放在上面。没有人问拉里为什么突然上了我妈，真相会被奶油馅饼一般的谎言抹去。人们如何评说这场恋爱？别他妈的问我。他们会说好听的，实际上却他妈的一点儿也不好。拉里的牙刷摆在我的卫生间里就他妈的一点儿也不好。穿过厨房时他避免与我的眼神相对，好像我无足轻重，他妈的狗屁也不是。他打开一瓶人参合剂，捏捏他的卵蛋，自始至终都咧着嘴笑。

乔吉道："快点儿，多丽丝，特型冰箱送到啦，你倒是去说句话呀！"

"唉，我还没有穿好衣服呢。"

利昂娜道："也许我要驾车去一趟休斯顿，也买些运动衣……"这是第四个打破记录的牛皮。妈只是很有力量地微笑，舒服地再度依偎在拉里的怀抱中。

乔吉道："呸，多丽丝，我去告诉他们。看呀，他们已经在卸下那鬼东西啦！"我伸长脖子，透过厨房窗子往外瞧。真的，一部彭尼公司的卡车停在莱丘加家门前，后轮压在一只泰迪玩具熊身上。

妈说："好吧。不过，等一等……"

从前，有一匹马会在舞台上做数学题。大家都认为这匹马可真他妈的聪明，它可以用一只蹄子轻轻敲出数学题的答案，而且总是正确。后来人们发现这匹马根本不会做数学题，它若会做倒怪啦。它只是不停地敲，直到它觉得观众紧张的情绪放松了。它敲到正确的数字时大家都放松下来，它感觉到了，于是便停下来不敲了。这会儿拉里从屋里的紧张气氛中得到暗示，就像那匹在舞台上做数学题的马一样。

于是他说："呃，特型冰箱？宝贝儿，他们把你哄了那么久，我打电话把订单取消了。抱歉。不过我们可以开车去圣安东尼奥，反正我也要再买一些人参合剂。"

"唉，我的天哪。"

乔吉道："不过你预定的是一台杏黄套色的，是不是？看啊，他们正把一台新式杏黄特型双门冰箱往南希家搬呢！"

利昂娜道："多糟糕的一天。"她脸上变得一片茫然，想收回刚刚吹过的第四个牛皮。太迟啦，可爱的小辣椒。

我的目光艰难地越过早餐桌，越过塞到装点心的罐子后面的电费账单，探进起居室，抓住人类尊严的每一根稻草。这时布拉德利走进来，脚上穿着一双崭新的天伯伦鞋。那门他妈的"嘭"地一声关上。他翘着鼻子径直走向电视机。我敢保证他会坐在小地毯上学

"施普林格"① 节目里的人嘟嘟囔囔。

我的脸陷下去。我就是这样成长的，这就是我为学问和荣誉进行的他妈的斗争。一堆谎言，屁股上的肥肉，还有那个他妈的"武飞"。

我转身要去自己的房间，但是拉里捏住我的脑袋。他装作想要抚弄我的头发，实际上是拽住我、不让我走开。"小大人，咱们去交流交流意见吧。"

妈说："嗯，好啊。你们去谈男人的事情。我去弄些喝的，再给姑娘们拿些那个什么人搞的减肥餐吃。"

利昂娜道："怎么，她又回去买'减肥者'牌的东西啦？"

妈说："是'减肥地带'。"

待到拉里把我推到起居室里没有灯光的一端，也就没有人注意我了。我坐在沙发上帕姆那一端，也就是最低的那一头。他叉开手脚坐在高的那一端，皱着眉头盯着我的鞋子。

"呃，我简直没法子跟你说你让你母亲受了多少罪。若是我不在这儿照管，你能想象会出什么事情吗？"

他他妈的在开玩笑还是怎地？他来这儿才七天，现在居然像我他妈的亲爹那样说话？我只是瞧着地板，有一截在我注视下消失了。

"维恩，若是说我们受到挑战，那只是很温和的说法。"

我爬下沙发。"那都是该你照管的鬼事情。"

他捉住我的胳膊责问："你这是什么意思？"

于是我说："去你妈的。"

他搧了我一巴掌。"你他妈的竟敢骂我。"

吵闹声吸引了布拉德利，他坐在地上用屁股挪过来。拉里捏紧我的胳膊。

妈喊道："拉里托，你的咖啡放不放糖和奶？"

----

① 由退休政治家杰里·施普林格主持的一个美国电视访谈节目。

"又热又甜，像我的女人一样。"拉里笑着瞥了布拉德利一眼，挤挤眼睛。我想象餐桌上没有灯罩的台灯会对这两个家伙的消化功能造成他妈的什么伤害。拉里把我拉到身边，开始和颜悦色地同我说话。"我听人们说起一件武器。你听说另一支枪的事吗？"

我一言不发。

他盯着我瞧了一会儿，接着耸起眉毛道："提醒我给古森斯医生打电话啊。"他等我做出反应，可我无动于衷。他又等了一会儿，便靠回沙发上抠出我爹插在扶手里的达拉斯牛仔橄榄球队的队标。"现在改变行事的方式还不太晚，维恩。老实说，若是行事方式不改变，我们也就没有故事啦。如果没有故事啦，也就没有人获胜。我正等着听你说你预备委托我制作一套深度报道的系列节目，也可以获得特写报道权，上网。我们可以把你的境遇来一个三百六十度的扭转……"

"你还是先学一点他妈的数学再说话。"

这时妈端着咖啡进来。"瞧啊。他只有十二岁，已经挣了一亿美元。一个了不起的亿万富人。大家看呀！"

电视上正在播"美国最年轻的百万富翁"这个节目。女人们像跟屁虫一样围过来。

布拉德利说："小意思。我要挣的第一个十亿是手到拿来的事情。"

乔吉道："太棒啦，布拉德利！"

人们的眼睛都移到电视屏幕上，就像罪人们围着他妈的教堂转。那记者说："还不到十岁，他就已经是一个拥有一百万的孩子。里基如今已经在挣第二个一亿美元。"他拉长调子说"美元——元"的样子会让你觉得他把他妈的舌头伸进糖浆之类的东西里去了，就是屎或那一类的东西。里基只是在他不会开的林宝坚尼车前坐着，像一根多余的鸡巴。他们问他是不是感觉很好，他只是耸耸肩道："大家不都是这样吗？"

妈说："真是一个了不起的孩子。我敢担保，他母亲都乐到九重天上去啦。"

利昂娜惊叹道："十亿美元啊。"她的双脚像小女孩那样向里拐着，她贴近布拉德利的耳朵大声低语道："记住，是谁在你没有发迹的年代里替你开车的！"

这时屋里的气氛暖融融的，令人迷惑，接着大家的目光都落在我身上。我从拉里身边走开，朝厅里走去。

妈问："你不看'百万富翁'啦？"

我也不知道。我只是把几个屁从两股之间放出，慢吞吞地走开，穿过我的房间去墨西哥。

拉里喊开了："来呀，小大人。我只是跟你开个玩笑。"我听任他的话像屎橛子似的噗噗一个个落在我身后的地毯上。

我来到厅里时，利昂娜惊呼道："哇，南希准是买了一台新冰箱。"利昂娜善于来这一手，懂得如何掌控局面，不致出现冷场。我想这些老骗子都会来这一手，用他妈的事先就想好的喋喋不休的废话、叹息和胡扯达到目的。你应当了解一个学问：这类女人碰到不说话的人就束手无策啦。

我锁上卧室的门，站在屋里审视魏茵·居里在我那一堆东西里掏出的空洞。我的激光唱机还在这儿，边上摆着几张盘片。我抓起一张古老的琼尼·派查克①演唱集塞进去，把音量调得很大。壁橱里的衣服飞进了我的耐克双肩包。一件外衣也飞进去，因为说不上我要去多久。我的地址簿和我爹的斯泰森毡帽出现在壁橱里耐克鞋盒顶上。在那些东西当中我还看到一张从前妈送给我的生日贺卡，贺卡上有几只笨笨的小狗。它令我伤心了一阵，但是阻止不了我的行动。

收拾好行装后，我在门口倾听动静，分辨在起居室里说话的都

---

① 琼尼·派查克（1938－2003）是美国乡村音乐歌手。

有谁。乔吉坐在她平时喜欢坐的椅子上说："呸。不是那样的。南希还在靠汉克的保险金生活。"

妈说："哼，我不明白为什么一涉及泰勒的付款他们就支支吾吾的。"听得出来，她正要回厨房去拿蛋糕。"我是说，已经快一年了。"

乔吉说："亲爱的，他们需要一具死尸。你知道的。"

听到这儿，我抓起背包，把卧室窗子推开，跳到屋外背阴里的草地上。这个窗子面对着街那面莱丘加太太家的窗子，不过她的仍是拉拢的，而媒体的人大都呆在车道那一侧。我仔细拉下身后的窗子，再从最大的那扇窗下溜过去，来到后院的栅栏那里。栅栏另一面住着一对有钱的夫妇，至少他们的房子油漆得像有钱人的。这意味着他们不像波特太太，不会花很多时间透过窗帘窥探别人。假如你不知道，我就告诉你：有钱会使人不再那么喜欢管闲事。我翻过栅栏，很快穿过草坪，奔向小镇这一侧的最后一条街阿赛尼奥小街，把呆在另一端的他家的猫吓得喵地叫了一声。除了在路的尽头卖西瓜的一个倒霉鬼，一切都很安静。我拉下帽檐，从他身边走开，大步奔向城里。我神态自然，甚至踩着洒水器的节拍一路假装一瘸一拐地走："墨西哥、墨西哥、墨西哥，费斯克、费斯克、费斯克①。"

前方出现了一长串玛蒂里欧的四层楼，为了表示对它们的敬意，这段路是混凝土的。塞尔多姆汽车旅馆前面聚着一群人，准是来一睹某些网络明星的风姿的。我听说布赖恩特·坎宝（伯）尔②来到这儿做实况转播。不过，我没有停下来核实究竟是不是他。旅馆旁边卖食品的小摊子发出嘶嘶响声，我想到越过边界就能吃到的墨西哥卷，我也就心满意足啦。我猜泰勒喜欢墨西哥卷，不过从没问过

---

① "费斯克"是拟声词，描述脚踩在路上的声响。
② 布赖恩特·坎宝（伯）尔（1948—）是美国电视记者、体育节目广播员。

她。这本是我该问她的事情，但是却没有问过。唉唉，想到泰勒在我面前几乎没有说过什么，我很难过。在我他妈的一生中，她跟我说过的话大概只有二十九个词儿，其中有十八个词儿还是在同一句话里。仅仅因为一个大学女生脑袋一发热就跟着我这么一个十五岁的混球跑掉，一个电视评论员不会给予她很高的评价，尤其是两人的关系只是二十九个词儿而已。可是那就是他妈的电视评论员要干的。接下来他们就会告诉你别吃肉。

在居里街的街角上，乌伊拉德·道恩的二手车场熠熠发光，但是自从他取消了"道恩店全面大降价"活动后便没有从前那么明亮了。他取消这个活动的原因是小德尔罗伊·居里。车场里面闪过一道红光，吸引了我的眼球。那是拉里的客货两用车，挡风玻璃上有一张一千七百美元的罚单。紧接着，命运把魏茵·居里摆在我要去的那家银行对面的"必胜客"里。她坐在窗前的座位上，低着头对付一块楔形的比萨饼。对于一个逃避减肥的贪吃鬼而言，坐在窗前的座位上可不是一个聪明的主意，不过店里挤满了生人，也就无所谓了。我站住，假装在我的背包里摸索什么，同时从眼角里盯着她。真奇怪，看着她我不禁觉得一阵悲哀涌上心头。这个老胖子魏茵在把空虚填入凌虚之中，她的吃法是先咬上六大口，塞得嘴巴快爆炸，然后再来几小口填满缝隙。这是看了叫人害怕的吃法。我在这里渴望逃到墨西哥去，魏茵却在那儿像一头猪似的贪吃，目的是变得苗条些，这是另一种脆弱得如他妈的鼻涕一般的生活。我低头瞧瞧我的新杰克鞋，再抬头看看魏茵，我感到超然物外，十分悲哀，像个逃犯。我的意思是，我这他妈的过的算是什么日子？

我这会儿不能冒险到自动取款机那里去。于是我扭过脸来，一直朝灰狗长途车的停车场走去。我可以查查长途汽车时刻表，等到她走开再出来。热气在街道尽头发出微光，两个戴斯泰森牛仔帽的人扭着屁股走过去。我右边有一家德克小食店，所有的特色食品都画在窗子上，几个忠实的捧场客在里面埋头吃玉米片。我经过那里时，前门那条狗瞧都不瞧我一眼，它只是抽动一下眉毛。狗们的那副样子你是知道的。

我瘸着腿走进灰狗长途车候车室，一副随随便便的样子。那里还有几个人，没有长得漂亮的，没有女牛仔一类的人物。下一趟去圣安东尼奥市的车再过不到二十分钟就要开了。也许她已经在车上了，我是说那个女牛仔。我努力想融入那个地方，便在售票处那儿排队，前面是两个墨西哥女人。她们说的是西班牙语。我得承认，西班牙语和她们衣服上的香味儿令我激动。这使我憧憬我的海滨别墅，泰勒的衣物就晾在屋外的棕榈树上，她的内裤，一切的一切。她大概在屋里光着身子，因为她的内裤都晾在屋外。阳光下的比基尼，或是三角裤。很可能是比基尼。

我用舌头舔去唾液，望着一个坐在最里面的老头儿翻阅我们所谓的报纸《玛蒂里欧号角报》。他脸上的皮肤全都耷拉下来，像一个个灌了铅的小袋子。他们称之为个性的其实不是个性，是感情，是一波又一波失望和悲哀带来的侵蚀。通过这几天以来对人们的观察，我明白这些波浪大都是单向的，你非经过一生一世才能得到。直到最终最他妈的不要紧的事使你放声痛哭。

站在那里排队时我默默想到这些，心里也就舒服了。紧接着那人的报纸哗地翻到登载我的照片那一版。大标题是"是否有罪？"这时整个房间变得冰冷。我的眼睛四处乱瞟，我敢发誓我看到耶稣的棺材被人推进来，在我面前一闪而过，来赶开往圣安东尼奥市的公车。不过我在灵魂深处已经料到这个，或是别的什么屁事。命运就是如此。

我跟在墨西哥女人们身后，一寸寸慢慢挪向购票处。我的勇气已经消退。我想在同票务中心的人说话时拉出纽约腔。我问他一个问题或是用类似的办法，这样事后如果有人打听我的下落，他就会说："没见过。我只是见到一个从纽约来的孩子。"那几个女人买到票便走了，售票员停住敲键盘的手，抬起头来。我张开嘴，可是他不看我，却越过我看我身后的什么人。

"你好啊，帕米拉。"他说。

帕姆的影子笼罩住我。"见鬼呀，维恩。你在这儿干什么？"

"呃，找、找工作呢。"

"老天，一个饿着肚子的孩子可没法儿工作哟。来吧，去你家的路上我要经过巴恩烧烤店呢……"

他妈的。这儿每个人都抬起头来，看着帕姆拽着我的手往外扯，就好像我是一个很坏的孩子。那个正在看报的人捅捅他身边的人，用手指着我。我觉得这个他妈的镇子的套索在我脖子上收紧了。

3

警长在电视上说："那些狗也会发现武器，我们还有其他设备。如果找到一件武器，剩下的事情就是看指纹是不是吻合啦。"

那记者问："如果吻合，这个案子就结了？"

"说得对。"

妈关上电视机，疾步跑回厨房。"天哪，维农。求你别穿着这双鞋到'悲怅'拍卖会上去。你已经听到人们的想法啦。求你啦。我就不相信走遍全城也买不到一双你这尺码的'天波长'。"

"是'天伯伦'，妈。"

"管它是什么。你瞧，牧师来啦。我知道这也不算什么了不起的事情，不过正像拉里所说，让这个社区的人看到你在努力弥补也很要紧啊。"

"可是我没有做过什么坏事，去他的！"

拉里道："维农·格雷格里！别跟你母亲顶嘴。"

他穿着他那身花里胡哨的衣服，打着领带，全副行头。这身他妈的行头突然间就出现了。

我只是想他妈的死掉拉倒，回到监狱里去，置身于巴里和他那些粗蛮的幽默狱卒之间。昨夜在家过的这一夜很漫长，真他妈的长。天快亮时，库尔特开始狂吠。我敢发誓，每天夜里响彻全城的狗叫都是由他妈的库尔特领头，最后又由他妈的库尔特收尾。我不明白，这样一条讨人厌的狗怎么就成了吠叫的狗的领袖。看起来它也不像一个他妈的告密者。

拉里先喝下一支人参合剂，再凑近妈咕哝道："哎，还记得我们说过的话吗？如果这个系列节目由我来做，我们就要把这所房子放满特版冰箱。"

妈抿紧嘴唇。"唉，我不明白那次订货出了什么事。现在看来南希弄到了一台。不管怎样，假如你看到过她的旧冰箱你就知道是怎么回事啦。她有那么一大笔保险金，却还在用那台落伍的旧冰箱。"

拉里低声道："好啦。我们不是也新添了一台免提电话吗。如今你不必再握着听筒了！"

这情景对我产生很大冲击力。我老妈跟我爹在一起时，他们可从来没有这样像蜜熊一般甜甜蜜蜜地过日子。上帝知道，我爹在这他妈的世界上全力打拼过，竭力要出人头地。我想，最终他的努力仍是不够。他挣到第一个一千美元那天，他的邻居准挣到了一万。目标是一百万，你突然会想要十亿。我将电脑升级，但是容量仍不够。无论怎样努力都在生活中显得他妈的不够。这就是我学到的东西。

牧师跨上门廊，费力地把他那身肥肉挤过厨房门。他大声吼道："这个美好的星期六飘逸着喜庆蛋糕的香味儿。"我敢发誓，上帝赐予众人礼物，却扣下了给吉本斯他妈的那一份。

"蛋糕又热又新鲜呢，牧师。"妈一边说，一边飞快地掀起盖在盘子上的餐巾，盘子里是一堆垂头丧气的蛋糕。她把它们献给牧师，好像献出二十年前她的奶子给人的美好感觉。吉本斯的新天伯伦鞋在地毯上吱吱响，留下一串脚印。

他抓起一块蛋糕，然后转身朝我微笑道："今天你来做我的助手好吗？"

拉里道："他是你的人啦。他会百分之一百五十地卖力的。"

"好极了。我要让他到卖糕饼的摊子上去，我们希望今天能够为新的传媒中心筹集一万元。"

拉里摆出重放的老片子《草原上的小屋》[①] 里爸爸的姿势。"牧师，这个城市正在教人们懂得一点儿社区精神。"

吉本斯说："上帝有眼，悲剧委员会创造了奇迹，在毁灭中发掘出美好的东西。有消息说，某一新闻网或许会在全国播出我们的事儿。"他将目光从遥不可及之处转向拉里的脸。"也许就是你们的人。会不会，莱德斯马先生？"

拉里像溺爱子民的上帝那样微笑道："我当然会给你一些镜头，牧师。别担心。世界是你们的。"

吉本斯扭捏作态，扮演一个从前军队医院里随军牧师的角色，"哎呀呀。太好啦，维农。自助者天助……"说着，他把我轻轻推向门口。

妈说："咱们在那个地方见。"

拉里跟着我们来到门廊上。一出妈的视线，他便捏住我的耳朵狠狠地拧。"这可是往前走的机会，小大人。别把它搞砸了。"

这个狗娘养的，他的狗娘多得可以坐满一座体育馆。去新生活中心的路上我一直在揉耳朵。牧师边驾车边听收音机，鼻子贴在挡风玻璃上。他根本不跟我说话。我们路过利昂娜·邓特家的房子，门前有喷泉。她的垃圾是四天前就扔出来的，供人随意取用的精品店里带绳子把手的商品袋子、从边角锐利的盒子里溢出来的纸巾和捆扎东西时用的带子。我敢发誓，你可以卖给她一根他妈的屎棍儿，

---

① 《草原上的小屋》是由米歇尔·兰顿导演、1974 年首播的美国儿童电视连续剧，描述上世纪 80 年代美国西部的生活，根据劳拉·英戈尔斯·怀尔德的同名作品改编。

只要外面有礼品包装。

洛萨诺家的孩子在自由大道街角上叫卖 T 恤衫，其中一种衫子上龙飞凤舞地写着红色的"我比玛蒂里欧更耐久"。另一件布满窟窿，写着"我来到玛蒂里欧，所有收获就是这样带着伤痕逃走"。吉本斯牧师嘴里发出啧啧声，还摇了摇头。

他说："他们要二十美元，二十美元买一件质朴的棉布 T 恤衫。"

我瘫坐在座位上，但是埃米尔·洛萨诺还是看见了我。"嘿。歹徒！歹徒利特尔！"他大喊大叫、冲着我敬礼，好像我是他妈的英雄或是什么的。牧师的眉毛竖起来。谢谢你，你他妈的洛萨诺。最后，快接近新生活中心时，我高兴地看到只有蜿蜒的铁轨平行地贴近我们。老实说，收音机令我生气。它刚才说巴恩烧烤店在幕后支持建立一支本地特警部队的主张，现在又喧嚣着谈到寻找第二支枪的事情。他们没有说具体要去什么地方找，这也就表明他们并未明说要特意去基特地产附近搜索。假如他们要在基特地产附近搜索，他们就会这么说的。

新生活中心实际上就是我们的老教堂所在地。如今那儿的草坪和停车场变成了一个狂欢的市场，乱糟糟的一大丛白色的东西在阳光下晃荡，就像遇到晒衣服的日子那样。从前我们在主日学校里绘制的旗子上，"上帝"这个词儿上都重新写上了"耶稣"。我帮着牧师卸车，再把东西搬到紧挨着铁路的一个卖蛋糕的摊子上。他把我安排在那儿，要我照管这个摊子。听着，还有这个：我还得穿上他妈的唱诗班孩子穿的罩衫。这就是维农·古琦·利特尔，脚蹬一双不时髦的"乔丹新杰克"耐克鞋，身着唱诗班孩子穿的罩衫。过了十分钟，早晨发出的货运列车在我背后隆隆驶过，一路鸣着汽笛。假如你不穿着唱诗班孩子穿的罩衫站在这儿，它永远不会鸣笛。

你想象不出我脑子里装了多少逃走的计划。问题出在我在长途车停车场被帕姆认出来了，他们会等着我再度出现。说实话，他们也许会在那儿装一个他妈的报警按钮一类的玩艺儿，以防维农万一露面。这个按钮也许同魏茵·居里的屁股连接在一起，或是古森斯的鸡巴，或是别的什么玩艺儿。这就是说，我必须穿过乡间走到州际公路那里，找到一辆来自苏里南的卡车，或是一个没有看过新闻的司机，一个又瞎又聋的司机。如果你信帕姆的话，那儿有许多这样的人。

太阳升高了，阳光灼人，逛进市场里的人多起来。看得出来，他们努力摆出不那么筋疲力尽、不那么凄凄惨惨的样子。虽然这阵子，除了喜庆蛋糕之外，筋疲力尽、凄凄惨惨就已是城市的常态。我必须指出，蛋糕大减价也无法使人产生热情，大家都躲得离蛋糕远远的。或者，我想是躲得离我远点儿。在发放奖品的帐篷那儿，莱丘加先生甚至把他的办公桌掉一个个儿，背对着我在那儿卖彩票。过了一会儿，拉里和我老妈到了，未见其人先闻其声，听得到妈的柏特·拜克拉①唱片在什么地方响。那曲子像一支铅笔扎进你的肺里那样穿透忧郁的气氛。我他妈的敢保证，别人不会有那张唱片，所有的歌手都在齐声唱"我为伟大理想生活"。全是那些廉价的吹牛皮的玩意儿，却正是她喜欢的。那是一个典型打击乐敲出的音乐谎言，就像从前大家长大时那样，所有曲调中都有一把小号在吹，那声音就像通过什么人的屁眼儿奏出来的。

"哎呀。博比，你好。玛格丽特，你好！"我老妈像一阵清风似的从拉里新租来的车里走下来，穿着一件花格上衣，底下露出一截肚皮。我想，她已不再为那些死去的孩子服丧了。她还戴着一副耀眼的红色太阳镜。我发誓，若是她再抱上一条他妈的狮子狗就全啦。她屁眼儿里的真气不再将她的头发吸附在脑壳上，呈头盔状。现在她的头发披落下来，是松散的一大蓬。

---

① 柏特·拜克拉（1928—）是美国通俗音乐作曲家。1995 年他为电影《上帝赐予我力量》所作的主题歌获格莱美奖提名。

拉里漫步来到我的摊位，戳戳一块喜庆蛋糕道："营业额是多少?"。

我答道："四块五。"

"这些蛋糕上的笑脸朝向不对。好好干，维恩。把钱哄进来。你要明白，世界上卖蛋糕的不只是你一家。""谢谢你的狗屁主意。"我想这么说，但是没有说出来。你会以为我这么说了，因为他用他妈的刀子般的目光瞪着我。后来才摇摇摆摆地走开了。

"罩衫很漂亮。"他回头哼哼道。

妈彳亍着转回来。"你走吧，拉里托。我们在煎炸摊子那儿见。"她的目光飞快地穿过人群，接着像个间谍似的悄悄来到我身边。"维农，你还好吗?"是我老妈，一股暖流不知不觉地涌遍全身。

我说："我看还行。"在这儿，如果想说"不"，我也就只能这样表述了。

她抚弄着我的衣领道："嗯，如果你真的还好——我只是想让你开心。"在这儿，如果想说的其实是"干屎橛"，也只能这样表述了。她又说："如果你能找到一个工作、挣一点儿钱，事情就会再变好，我知道一定会的。"说完，她紧紧捏一下我的手。

"妈，你让尤拉利奥赖在你身边? 求你了……"

"唉，发生了所有这些事情以后，别再拒绝我这么一丁点儿幸福吧! 你不是总说要独立吗? 好啊，我要在这儿维护我作为一个女人的个人喜好。"

"就在他那样对待我之后?"

"就在他那样对待你之后? 那么你又是如何对待我的? 拉里的情况特殊，我是知道的。一个女人知道这些事情。他已经对我讲过一个神奇的投资公司的事儿，回报率超过百分之九十，切实有保障。这是他们提出的回报率。他只对我说过，没有对利昂娜或其他人讲。"

"好啊，就好像我们有钱去投资似的。"

"哦，我可以再贷一笔款。我是说，回报率有百分之九十呢。"

"就跟那个江湖骗子一起干？"

"唉，宝贝儿，你吃醋啦。"她舔舔指头，用手擦去我脸上本不存在的一条唾液。"你知道，我最爱的人仍是你。天哪，我是说……"

"我知道，妈，即使我是杀人犯。"

"啊呀，我的天哪，我的天哪！"她吻我一下便走开，快步奔向东面的摊子，我的灵魂也随着她身后的尘埃被拽走了。别问我他妈的自然法则如何评价此事。我是说，在电视上看到驯鹿和北极熊，你明白它他妈的不会对自己至爱的同类一会儿发火，一会儿又悲悲戚戚的。

紧接着，我那讨厌的心脏停止了跳动。它干脆他妈的在它的路径上停下来吧，真该死。我他妈的立即要死过去了。就在不到十英尺之外，泰勒的妈妈菲格罗亚太太走过来。上帝啊，她也挺漂亮。她的工装裤上系的腰带在皮肤上留下阴影，说明裤子与腰肢间仍有缝隙。她隆起的臀部将牛仔裤顶起来。不像我老妈，她马上就得用他妈的军用装备了。我的嘴在像屁眼儿一样颤动，我想说一句很酷的话把她吸引过来，那样就可以打听泰勒的电话号码啦。这时我又看到自己身上穿的他妈的唱诗班的长衫。待我抬起头来，肉类加工厂的那个理发师已经走到她前面来。他敏捷地穿过人群走向卖啤酒的摊子，穿一身像是在出席他妈的葬礼或诸如此类场合穿的衣服。

他走来时撞在我的摊子上，于是他对我说："对不起啊，小姐。"

听到这话菲格罗亚太太大笑起来，彻底要了我的命，之后她便走开了。那理发师的目光与啤酒摊后另一个老家伙的目光相对，他喊道："我正要组织一批人去帮居里夫妇找那件武器呢。克里特，如果你有兴趣，我们大概在一小时内就出发。"

"在哪儿会合？"

"肉类加工厂。把孩子们也带上。找完武器我们就烧烤。我们要在穿过基特地产的那条小路上仔细搜。据说,那个教师纳克尔斯疯掉以前说过,那儿有枪。"

危险。我得赶到基特地产那儿去。我的眼睛搜寻整个市场,想找到一个机遇的窗口,但是目光所到之处只是拉里、妈和那个令人厌烦的牧师形成的"窗帘"。我他妈的不断地见到他们,有时贝蒂·普理查德在场,有时贝蒂·普理查德不在场,有时在利昂娜的香槟酒摊子那儿,有时不在那儿。整整一个小时,以后又是一个小时,我在热浪中冷得打颤。阳光里每一英寸加长的阴影就是踏在我他妈坟墓上的又一步。乔吉特·波科尼来了,贝蒂来迎接她。她们从我的摊子边上走过。

乔吉低声道:"看呀。他很消极。假如他总是这样,他当然会找来麻烦的……"

"我明白,就像那个,那个墨西哥小子……"

乔吉驻足瞧着贝蒂,一副恍然大悟的神色。"宝贝儿,考虑到所有这些情况,我认为'消极'这个词儿不很准确。"

"我明白……"

唯一的安慰来自帕米拉。她揉乱了我的头发,还递给我一块甜点。最后,到了两点钟,牧师和莱丘加先生一起走进发放奖品的帐篷。

"我们衷心感谢大家支持我们的市场。"一个大喇叭大声嚷道。人们一群群地走向那个帐篷,看得到妈、拉里、乔吉和贝蒂在草坪另一端利昂娜的香槟酒摊子那儿闲荡。其实你看不见利昂娜,不过你知道她在那儿,因为妈笑得头往后仰。

吉本斯说:"现在,大家等待已久的那一刻到来啦,我们要抽大奖啦!"于是大家都转向那个帐篷。我的窗子也打开来。

"喂,伙计!"我喊住一个路过的孩子,就是那种嘴唇遮不住畸齿矫正架的小孩子,好像嘴里有一个散热器栅格似的。"想干一个小时活吗？"

孩子站住，上上下下打量着我。"若要穿这古怪的裙子我就不干。"

"去你的，这不是裙子。不管是不是，你也不用穿它。只要照管一会儿这些蛋糕就行啦。"

"你给多少钱？"

"不给钱。你从销售额中拿佣金。"

"固定的还是按指数走？"

"按什么指数？"咳，老天爷，这还只是他妈的一个十岁的小屁孩儿呢。

"销——售——量呀。"他讥笑道。

"我给你百分之十八，固定的。"

"你是认真的？就这些无聊的蛋糕？谁又听说过喜庆蛋糕呢？我就从来没有听说过。"他转身走开。

吉本斯说："这是得奖的号码，绿色四十七！"狂暴的气氛慢慢从帐篷里洋溢出来。那孩子站住，从口袋里掏出一张揉得皱巴巴的粉色券。他斜着眼盯着它瞧，好像它能变成他妈的绿色。这时妈的声音传出来。

"哎呀，我的上帝！牧师，我抽到了四十七呢！"

那些女人们和拉里紧紧围在她身边，叽叽咕咕，喘着粗气，把她推进帐篷里。天哪，她可真是兴致勃勃。我老妈从前从未中过奖。

"小子！"我把那个说一不二的铁嘴叫回来。

"一小时二十块，固定的。"他头也不回便答道。

"好啊，好像我是比尔·盖茨还是怎么的。"

"二十五块，要不就免谈。"

牧师又说："这就是这台耐用的、深受喜爱的电冰箱的幸运获奖人。奖品是由比乌拉大道莱丘加先生和太太慷慨捐赠的，他们并不总想着自己的悲痛。"

这大概是最后一次听到我老妈的声音，也许永远听不到了。现在你听到是利昂娜。

"哇，太棒啦！"

那小屁孩儿又说："三十块，就这样啦。不多不少一小时。这是我的最后出价。"

我要被这个小胖子搞残了，他能用他妈的他的嘴捕到小龙虾。也就是说，我若是还回来付他钱，我就被他搞残了。可是，我不会再回来啦。今天我会找到枪、擦去上面的指纹，再从银行里取出逃跑要用的钱，然后溜出城去。我说真的。

这小子说："现在是两点过十分。一小时后见。"

"等一等，我的表可是过一刻。"

"就是他妈的过十分，干不干随你。"

随你便。我剥下身上的罩衫，把它塞进桌子底下的一个箱子里，然后弯着腰沿着铁道奔向自由大道有树木遮蔽的那一侧。吉本斯牧师的声音在我身后回响。"说起电冰箱，你们听说过那部兔子电冰箱吗？"

我回头瞧瞧，只见妈哭着奔向新生活中心后面的洗手间。不过我不能再动感情。我必须拿到我的自行车，再飞速赶到基特地产那里去。自由大道拐角处有些陌生人在转悠，就在"爱心收容所"门前新竖立起的一块牌子旁边。牌子上写着"即将举行！优雅①会议中心"。一个年纪很大的老头儿在"爱心收容所"的门廊上发愁。我伸出脑袋拔腿过马路，这时一个我不认识的人冲着我喊：

"利特尔！"

我跑得更快了。于是他又喊道："利特尔，我要说的不是你的事儿！"这小子准是一个记者。他从一群记者中钻出来，朝我走来。"那部经常停在你家隔壁的红色客货两用车，你有没有看到它？"

---

① "优雅"是委内瑞拉的一家商务公司。

"看到过，就在乌伊拉德·道恩的停车场上。"

"我是说那个开这部车的人……"

"美国有线电视新闻网的尤拉利奥？"

"对。就是那个纳卡多奇斯①人。你看到过他？"

"嗯啊。他是纳卡多奇斯人？"

"嗯——嗯。就是这个家伙、这个修理工。"说着他从衬衣袋里掏出一张折皱的名片，上面印着："埃乌拉里奥·莱德斯马·古铁雷斯，纳卡多奇斯传媒维护公司董事长兼维修总技师。"

这人摇摇头道："这个杂种欠了我的钱。"

"哈，埃乌拉里奥。嗨，拉里奥！嗨，拉里奥！跟我分享他妈的这个挑战吧。"我骑着自行车去基特地产时嘴里就唱着这首歌儿。我感觉到耶稣在微风中伴随着我，我比平时更快乐，不再那么死气沉沉，也许那是因为我最终能他妈的松口气啦。我要打名片上的那个电话，弄清楚这个骗子拉里奥的虚伪面目。然后，等那个记者到我家里去找他要钱的时候，大家就都会知道这他妈的实情。这就意味着，我离开镇上时知道我老妈不会出事。这张名片是我需要的大炮。我在法庭上学到，人必须有大炮。

晾衣服的杆子和天线像一些被捕获的蛇，横七竖八地分布在克罗克特公园里。这个居民区里内衣低垂，比方说老道伊奇曼先生就住在这儿，他从前是一个正直、入流的人。不那么糟糕的人以前都住在这儿，那些互相痛殴，自己清洗汽化器的人也住在这儿。这里与我住的那个地方不一样，离城里更近，所有的事情都捂得他妈的严严实实的。捂得他妈的那个严实，直到他妈的爆炸，因此人们就花所有时间等着看下一个砰地爆裂的是谁。我想你能在克罗克特公园这儿找到一种散发着臭味儿的诚实。散发着臭味儿的诚实，还有

---

① 美国德克萨斯州北部一城市。

干净的汽化器。

城里的最后一部付费电话就装在紧挨着基特地产角落里波纹金属围栏那儿，处于城市的外缘。如果你住在克罗克特公园，这也就是你的私人电话了。荒地在公园后面延伸，一直伸向鲍尔肯悬崖那儿的起伏地带，无边无际。那块"欢迎来到玛蒂里欧"的牌子矗立在五十码外的约翰逊公路上。有人涂去牌子上的全县人口数目，在那上方写上"守护这片天地"。这就是你的他妈的克罗克特公园，有散发着臭味儿的诚实，还有一种幽默感。

我把自行车靠在围栏上，然后走向电话。这会儿是两点二十九分，我得时刻留意，那个义卖会上的铁嘴小子一小时后会大喊大叫地找我。我在裤子上擦擦话筒，这也是我在城市这一头学会做的一件事情。紧接着，我给纳卡多奇斯传媒维护公司挂电话。一个是CMN（纳卡多奇斯传媒维护公司），另一个是CNN（美国有线电视新闻网）。看出其中的玄机了吗？哼，操你妈的拉里。纽约是他妈的我的维也纳香肠，没处跑啦。

拨号后电话响了，一个年纪很大的女士接上。"喂——？"

"呃，喂，我想问一下，埃乌拉里奥·莱德斯马在这儿工作吗？"

听得到老太太在大口喘气。"你是谁啊？"

"我是，哦，我是玛蒂里欧的布拉德利·普理查德。"

"唉，我只剩下钱包里这点儿钱啦……"她那一端传来硬币哗啦哗啦倾倒在桌上的声响。可以感觉到，这个电话不会很快就打完。

"太太，我打电话不是为了要什么东西。我只是想……"

"七块三，不，差不多八块吧。这就是我所有的钱了，是买菜的。"

"我并不想麻烦你，太太。我还以为这是一个商业电话号码呢。"

"对啊，是'维护公司'。我替拉洛①印了名片。'纳卡多奇斯传

---

① "拉洛"是拉里的爱称。

媒维护公司'是他选的名字。你告诉珍妮·惠勒，这可不是简陋的运营。为了给他的办公室腾地方，为了帮他起步，我们把我的床搬到门厅里啦。"

我产生了复杂的感情，好像拉里就要从悬崖上掉下去，可是我奶奶同他绑在一起。"太太，对不起，打搅你啦。"

"唉，董事长这会儿不在。"

"我知道。他在我们这儿呢。这几天你一定在电视上那个看到他啰？"

"年轻人，你这话说得可不怎么得体呀。知道吗，我的眼睛瞎了三十年啦。"

"真对不起，太太。"

"你看到他啦？你看到我的拉洛啦？"

"事实上他就住在我——呃——我朋友的家里呢。"

"哎，我的天哪。等我找支笔来……"

又有一串东西在电话线另一端哗啦哗啦响起来。我站在这儿思忖，如果一个人眼睛看不见，他如何读书写字。我想他会刻出一行又一行可以用手指触摸的字儿来，刻在黏土一类的东西上。或是奶酪，他得随时带着奶酪。

她说："我知道它就在这儿的什么地方。你告诉拉洛，信贷公司的人把所有的东西都拿走了。那部客货两用车的钱，他们不愿再多等一秒钟。如今惠勒家在为那部摄影机起诉我们。想想看啊！是我劝他们先把它修好的。你要知道，摄影机可不会在一夜之间自己把自己修好的。我就是这样对他们说的。我真希望这些东西都不是以我的名义……"

她找到那块奶酪了，于是我把我的电话号码给她。事情的严酷真相既然已显露，我起初的欣喜心情便不复存在。我对这位太太道声再见，便骑车奔向悬崖，去找到那支枪。耶稣的灵魂与我同行。他不说话。我已改变了命运的走向，它沉甸甸地压在我心上。

基特地产的那条小路上灌木丛生得古怪，都很尖利、盘根错节，其间空地局促，十五码以外便是不为人知的地域。没有多少人会走这么远的路到基特地产来，就我所知，我和耶稣是仅有的两位造访者。他还活着时，我最后一次在这儿远远地看到他。

基特老头儿拥有这片城外的平坦空地，或许连绵好多英里。他在老约翰逊路边开了一家拼装旧汽车的店，叫做"基特汽车配件修理店"，其实那只是尘土中的一堆垃圾而已。如今，他不再经营这家店。在这儿，谈到基特时，我们通常指的是那块地，而不是那个汽车修理店。也许你看得到那里有些公牛或鹿，但是更多的只是褪色的啤酒罐和粪便。这儿是这个巨大城市的边缘地带，玛蒂里欧的男孩子在这儿初次尝到枪、姑娘和啤酒的滋味。你永远不会忘记席卷过基特、凛冽如刀锋的寒风。

在这块地产的纵深处有一片洼地，足足有六十一码宽，四周布满铁丝网和灌木丛。在最陡峭的那一端有一个废弃的矿井，我们把它称为老窝。我们权且用白铁皮装上一扇门，还加了一把锁。在那些无忧无虑的日子里，这儿是我们的总部。你若是想知道，那天，发生悲剧的那天，我就是在这儿拉屎的。那支枪就藏在这儿。

现在是下午两点三十八分，又热又潮，移动得很快的一团团云朵低垂在天际。我来到距总部不足二百码的地方，听到铁锤敲打声。前方灌木丛中有东西在动，那是经营"基特汽车配件修理店"的老蒂瑞尔·拉森，他正在把桩标钉入地里。他穿着正装、系着领带。我还来不及躲起来，他已飞速转过身来。

他喊道："孩子，干什么呢？什么也别碰。可能有危险的。"

"我知道，拉森先生。我只是蹓跶蹓跶……"

"我建议你别在这儿蹓跶。最好还是回到公路上去。"

蒂瑞尔是那种从从容容地叫你滚蛋的德克萨斯人。他慢悠悠地朝我走近三步，一边擦去头上的汗。他眼睛眯着，像带刺的铁丝网上挂着马毛，他的嘴巴微微张开。老乔治·布什从前也是这样，脸

101

上的部件配置不对，下颚微微张开，好像这些家伙是用嘴巴听人讲话的。

"先生，我只是路过这儿去圣马科斯公路。我什么都不会碰的。"

拉森先生站在那儿张着嘴听我说，他的舌头像蛇一样在嘴里慢吞吞地蠕动。接着，他拖长调子的话飘逸到微风中："圣马科斯公路？圣马科斯公路？孩子，我不主张你走这条路去圣马科斯公路。我建议你回到约翰逊公路上，再骑车绕过去。"

"可是，是这么回事……"

"孩子，我给你的最好忠告是回到约翰逊公路上。我建议你这样做。别再在这儿钻来钻去，现在这儿要成为禁地啦。"他的下巴耷拉得更低了，意在倾听我的异议，接着他冲着城里伸出一根手指："现在走吧。"

回家的路上，野草在小路上随风起伏，波纹金属板在风中摇曳，发出咯吱咯吱的响声，引得狗狂吠。我还有一个机会拿到枪的。待拉森不在时，我可以悄悄骑车走下小路，很快绕一个圈子穿过荒地，这样也就绕开他来到了总部后面。这块地上的灌木丛长得比较低矮，里面的草倒比较高，还堆着家里扔出来的大件废物。我差点儿就撞在一堆扔在草丛中的浴室里的瓷便桶上，那可真像某种中看不中用的弹球台。我绕过这些东西继续前行，看到前方有一顶巴恩烧烤店的帽子闪过。人们的说话声随风飘过来。

"谁会喜欢老旧的自然风光呢？"一个孩子说。

"不只是自然风光，史蒂文。或许有枪呢。"

这是肉类加工厂的队伍，不等行进乐曲敲打起来我就知道。我放倒自行车，藏身于那些瓷便桶之中，试着估计我与那些从城里赶来的狗之间的距离。现在是差四分三点。孩子们开始包围我的藏身之地，我低下头蹲着。

"是伯尼吧？"一个人低声道。

"是谁？"我给他妈的吓得半死，就像坐上电椅一般。我急忙扭过头来。在我身后，埃拉·布夏尔蹲在一棵灌木后面。她是一个来自克罗克特那儿的姑娘，也曾在我就读的小学上学。不过，我看你他妈的也不想知道。

"嗨，伯尼。"说着她慢慢地挪过来。

"别出声，求你啦！我想在这儿歇会儿。天哪。"

"我看你是躲在这儿的，看来就是这样。反正……"

"埃拉，现在不能有人打搅我，事情真的很紧急。好不好？"

她的笑容时隐时现。她透过蓝色的大眼睛注视着我，就像洋娃娃的眼睛。"想看我的'南极'吗？"她沾满尘土的膝盖微微分开，内裤闪现了一下。

"胡来。你别这样好不好？真见鬼。"我说话时鼓足了劲儿，像一个民主党人一类的角色。不过我仍在留意看她，遇到内裤你自动会看。别不认账。是纯棉的，呈平展的灰色，好像他妈的飞机会降落在她身上似的。

"伯尼，我能不能就呆在这儿？"说着她并上双腿。

"嘘！再说，我的名字不叫伯尼。明白吗？"

"就是伯尼，或是差不多的一个名字。是伯尼或差不多的一个名字。"

"听着，算我欠你一笔情好吗？下次我们在一起好不好？"

"假如你说的是真的，真真的，那也行。那又是什么时候呢？"

"哦，我还说不上，改天吧，下次，无论什么时候都行呀。"

"你保证？"

"嗯。我保证。"

我感觉到她呼出的热气轻轻吐到我脸上，果汁味儿的气息，又热又实在，像尿一样。我转过身去，意思是让她爬开，可是她不肯走。我能感觉到，她正在盯着我瞧。

"还他妈的要干什么？"我说，猛地转回身来。

她微微一笑道："我爱你，伯尼。"说完，随着塑料凉鞋扑地响了一下，蓝色纯棉衣料沙沙抖动，她走开了。这时是三点过五分。凡是快遇到大麻烦的时候，你的眼睛总会自动去看表，以防万一你没有注意到。

这时有一个女人嚷道："好啦，全体都有。停下来，拿出你们餐盒里的第一样食品！就是上面有红色标签的那一样，只拿有红色标签的。"

"别到那儿去，孩子们。"听得到蒂瑞尔·拉森在远处喊。"那儿有一个老矿井，离远点儿。"拉森警告他们别走近总部，这立即使我如释重负。紧接着，又传来一串说话声。

一个女人说："托德，从肉类加工厂出发之前，我就让你上厕所来着。到一个灌木丛里去吧，那儿谁也看不见你。"有一个笨蛋在后面吱吱说了一句什么。那女人又说："好啦，你在这儿是找不到厕所的，这儿可不是商场。怕你不知道，我提醒你一句。"

顺便说一句，我们甚至没有一个他妈的商场。须注意，当着媒体的面，人们总会说一些自作聪明的废话，他们会捡起想到的第一件他妈的话题就说，比方说商场之类的。

一个蠢货拿腔拿调地用女孩儿的声音喊："用那边的抽水马桶呀。"

一个女人说："哎，对啦。我看见这里什么地方有一些抽水马桶呢。也许它们能让你以为是在家里呢。"

这时埃拉·布夏尔嚷道："等等！最好别用那些马桶，蛇在里面睡觉呢。"

那个女人道："啊，我的天。托德，等一下！我还是跟你一道去吧。"

他们劈哩啪啦地穿过灌木丛来到我的藏身之处。我很随意地从那堆垃圾里站起来，扶起我的自行车，就好像我正在小超市的冰鲜食品部挑东西那么自然。

"是那个变态狂！"那孩子道。

那女人道："嘘，托德。别犯傻啦。"说完她又转身对我说："我想我还没有记下你的名字呢。巴恩烧烤店有没有给你分配一种颜色？"

"呃，是绿色吧？"我说。

"不可能是绿色。只能是他们的商标上有的颜色。"她取出手机道："我要给居里太太打电话，核查名单。再说一遍，你叫什么名字？

"哦，布拉德利·普理查德。"

"布拉德利·普理查德？可是我们已经有了一个布拉德利·普理查德啦……"

从灌木丛中传出湿漉漉的沙沙声响，像狗在啃吃莴苣。紧接着布拉德利踮着脚来到这块空地上，他的"天伯伦"鞋裹在小超市的塑料袋子里。他的鼻子翘到天上。"真新鲜，让罪犯自己找他的枪。"

"是魏茵吗？"那女人对着手机道："我觉得我们需要帮助。"

我跳上车子，狠狠地蹬脚踏板。空地上扬起一股尘土。

女孩们咯咯笑，摄影机里的带子卡嗒卡嗒响。我在这一片嘈杂声中骑车溜了，像他妈的一阵风似的。我听见布拉德利·普理查德学着一个傻姑娘的腔调说："嗨，伯尼，想看我的'南极'吗？"

我沿着那条小路飞快地拐来拐去。我唯一的选择就是上路，立即上路。在居里街的自动提款机前，我把自行车扔在地上。我爱我的车子，但是却把它狠狠摔在那儿。这不是一部很特别的车，不过很坚固，以前是我爷爷的，那时这个城里只有两条路。我把它摔在地上。这就是生活为你安排的狗屁转折，躲不过去的。

我把银行卡塞进机器里，输入密码6768。等着奶奶给我修正草坪的报酬显示时，我的心随着脚下的地板一起颤动。过了九年之后，一条信息才跳到屏幕上。

上面显示出"余额2.41元"。

4

我只得赶快赶回家里拿些东西典当或卖掉,此外别无选择。到家时已是四点多,我希望家中无人。似乎是这样。哎,真是这样。拉里租来的车停在前门口。我像鬼魂一样从厨房的纱门摸进去。起初屋里一片静寂,接着就有人敲前门,紧接着厅里洋溢出一股浓重的香水味儿。我一动也不敢动。

妈像一只仓鼠似的快步踏着地毯跑过来。"嘘,维农。我去开前门。"

"多丽丝?"厨房的纱门在我身后开了,利昂娜甩着头发扭进来。

"嘘,维农。我去开前门。"

"嘘,拉里在睡觉呢!"妈悄声道。

听到啦。从前我爹喝下几罐啤酒后常在沙发上打盹,那时妈就穿上高跟鞋在厨房里走来走去,脚步很重,目的就是要把他吵醒。她会假装在做必须脚步重的事情,实际上却什么也没有做。她毫无目的地大声走来走去,只是不说"醒来吧!"那是爹打过我之后的事,当时事情有点儿不妙。

弹簧床垫嘎吱嘎吱的响声传进厅里。妈轻轻打开前门,门外站着借给拉里钱的那个记者。"下午好,太太。埃里奥·莱德斯马在家吗?"

"拉里?他在,不过他不舒服。我能告诉他您是谁吗?"

"假如你不介意的话,我等他。"

"好啊。他很快就来。"

房里传来抽水马桶的声响,卫生间的门嘭地响了一声,紧接着拉里踢踢踏踏地走进厅里。"瓦内萨,看见我的药袋吗?"

"没有啊,拉里托。不过我想你的人性(参)合剂已经吃完啦。"

他妈的瓦内萨？我仔细观察她的脸，寻找蛛丝马迹。我注意到她的脸上一副自豪的神色，粉扑扑的，就像当着一群大人物的面吃冰淇淋。她的眼睫毛忽闪的频率比平时快一倍。

"谁是瓦内萨？"利昂娜问道。

妈的脸红了。"嗯，我马上就会解释的。"

她把另一张电力公司寄来的最后的收费通知书藏在饼干罐后面，然后走过去给拉里献殷勤。拉里只穿着睡袍，你差不多能看见他的鸡巴在那儿甩来甩去。假如有一个他妈的电子显微镜，你就真会看到它。他咧嘴笑着大步走进厨房，露出满嘴牙齿，路过利昂娜身边时顺便摸了一下她的屁股。利昂娜扭扭身子。

妈说："拉里，门口有人找你呢。"

"找我？"他的笑容凝固了。我心里乐开了花。他转身走向门口。我趁机把妈拉到厨房角落里。

"妈，去听听拉里的客人说什么。快啊！现在就去啊！"

"唉，维农。你这是怎么啦？那可是拉里的私事。"

"不对。那也不全是他的私事。妈，快啊，这事儿真的很要紧。"

"唉，维农，看在上帝的份上。"这时乔吉和贝蒂唠唠叨叨地走进厨房，她们正在讲平时常说的那些事儿。看到她们，妈脸上马上浮现出最最甜蜜的笑容。

乔吉说："宝贝儿，不行的。单凭一个股东的身份并不意味着他会接受魏茵关于特警部队的荒唐看法。你能想象得出来？她甚至连自己那一身烂肉都控制不住，更别说一队枪手啦！"

"我知道，我知道的。"

我想把我老妈推到前门口去，让她见证拉里丢脸，可是她的紧身衣也无法让她行动更敏捷一点儿，她根本就不肯动。

拉里拉开门面对那人。"别告诉我你是来收钱的。"

那人道："正是这样，如果你能付给我。"

"拿着，五十块。谢谢你。"

这时妈抓住我的肩膀，把我推到角落里。他妈的，居然找到我的头上来了。"维农，别告诉你奶奶。我不得不挪用那笔修整草坪的钱去帮拉里。摄影机设备消掉了他维扎信用卡上的密码。等我的借款得到批准，我马上就把它还回去。"

"妈，我急着用那笔钱呢……"

"得啦，维农·格雷格里。你明明知道那是奶奶给你修整草坪的报酬，你上大学的学费还指望它的利息呢。"

"是啊。好像你能从五十块钱里得到一大堆利息似的。"

"唉。我也知道那没有多少，可我也只有那些呀，我不过只是一个单身母亲呀。"

拉里打发走了那个记者，不过没有他进屋来。操他妈。他站在门廊上大嚷："把车就停在车道上吧，牧师。姑娘们一时还不会走。"他让前门开着，大摇大摆地走进厨房，从我身边走过时甚至不屑正眼瞧我。

妈说："拉里，我忘记说了，有一个女士打电话给你。我想是有线频道的。"

"是女士?"拉里的手在裤裆里很快抚弄几下。

"嗯，是的。听起来她年纪很大。她等会儿还会打过来。"

"她没有留名字吗?"

"哦，她说是从你的办公室打来的。我让她再打过来。"

拉里的一只眼睛突然盯上我，这只眼睛在颤抖。接着他搂住妈的肚子说："谢谢，瓦内萨。没有你我可活不下去。"

那些女人们道："瓦——内——萨?"

妈很骄傲地说："哎，现在我还不能对你们说多少。是不是，拉里托?"

拉里说："我只能说一点点：那天有线频道的人看中了她的容貌。他们没有许诺要做什么，不过我们会多次看到她出镜的，只要我们的方法得当。"

"在你们这些姑娘面前，我永远还是那个老朋友多丽丝。你们明白，在内心深处，我根本不会变的。"

仔细瞧瞧利昂娜。她的嘴巴在翕动，一时却说不出话来。过了一会儿她才说："哇，真不可思议。我给你们说过吧？我的新对白指导把我的录像送到有线频道去啦！就在我刚从夏威夷回来的时候。老天爷啊，真是太不可思议啦，是不是……"

妈再度依偎到拉里怀里。毕生第一次，她一点也没买肌肉松弛、垫着假屁股的利昂娜的账。

拉里嘴巴贴在我老妈耳边道："瓦内萨·勒布尔歇。"像电视上动画片里那个总在企图操那只猫的臭鼬，他低声哼唧道："布——尔——歇[1]。"听到这个，妈差点儿把屎都拉在地板上了。利昂娜差一点儿就他妈的嚎开了。拉里在超常发挥，我就让他表演好了。"嘿，我迫不及待，想让你早点儿在纽约的那些伙计面前露面呢。你会喜欢那些人的。"

"哦，拉里托，别急躁，凡事都得等待时机。现在你不是要什么就有什么嘛，虽然这是个小得不能再小的小城，你不是也有我这个小娘子嘛。"

"你不能再说它小，它简直就是一个洞，连一家卖寿司的酒吧都没有！"

"与纳卡多奇斯不同。"我插进一句。

贝蒂道："纳卡——多奇斯？"

拉里恶狠狠地瞪我一眼。

"先生们，下午好[2]。"牧师以低沉的声音吼着进门来，好像他突然变成了一个他妈的墨西哥人似的。去你妈的"先生们，下午好"。

---

① 本是法文，用英文念则有"野鸡"之意。

② 原文是发音不准的西班牙语。

拉里道："进来吧，牧师。我给你斟一点儿有助于放松的饮料好吗？"拉里不再在我身上扫来扫去，他盯上了一个新目标。

吉本斯说："谢谢，不过不用啦。我得把那一台电冰箱运到新闻发布中心去。这是了不起的捐赠，真得好好感谢你们呢。"

拉里道："维农，或许你能向牧师解释解释，你今天为什么要扔下他的义卖摊子溜走。"紧张的气氛使屋里变得像水晶一般透明。

"我胃痛。"

他说："好啊。一个有谋杀嫌疑的人保释后本应做得更好……"

"我还不只是牵扯进谋杀案后被保释的人。我干脆就是耶稣·纳瓦罗凶杀案的该死从犯！操你妈！"

拉里像一条鞭子似的侧身在我后脑勺上搧一把。"控制住你自己！"

我的血液在沸腾。妈在角落里哭嚎起来，竭力不让那些女人们把她按到沙发上坐下。

乔吉道："这孩子天性好斗。他这么好斗，注定会惹祸的。"

"我知道的。我知道，就是这样的。唉，其他孩子……"

被逼到绝境，我的脑子开始犯晕。我从衣袋里掏出拉里的名片，把它高高举起来。"大家都听着，今天我给埃乌拉里奥的办事处打过电话啦。你们猜猜是谁接的？是他失明的妈妈，她家里的东西刚刚被信贷公司的人搬走了，那是因为他买车不能按时还款。"拉里的眼睛变得通红。"他偷了一部摄影机，因此他妈妈现在面临一场官司。你们知道吗？他实际上只是一个修电视机的，在纳卡多奇斯他妈妈的卧室里干活儿呢。"

拉里道："唉，求你别说啦。"他捏紧自己的卵蛋，却忘记放手。

我扫一眼餐台，那些女人全都很兴奋，这才是她们的富贵之乡呢。我夸张地摆出演说的架势，是愤怒促使我这样做的。"你们以为我在撒谎吗？我可担保他妈妈马上就会往这儿打电话、找他。我保证。到时候你们问她好啦。"我脸上浮现出笑容。知道是为什么吗？

那是因为拉里的脸白了。他靠在角落里，用手擦拭脸上的冷汗，大家都盯着他瞧。

"嘿，这很荒谬。从这孩子的嘴里出来的就没有一句好话。"他沉重地吸进一口气，然后转身朝着女人们摊开双手。"谁听说过一个专题记者去做修理工挣外快的事儿？请举手。"大家都摇头。"为什么不会那样呢？"

妈抽泣着说："嗯，或许是因为当记者挣钱更多？有了那些富余的钱在手里，他就不用去修电视机啦？"

"关于这件事，我就说到这儿。"

我说："等一等。我并没有说他作为什么人去挣外快，他根本就只是一个修理工而已，而且在纳卡多奇斯留下一大堆麻烦。瞧瞧他的名片，来呀。"

拉里说："女士们，这很荒唐。你们知道全国有多少莱德斯马·古铁雷斯吗？你们看到过我修电视机吗？"

她们说："没有。"

"那么你们在电视上看到过我做专题报道吗？"

"当然啦。"她们说，同时招手让牧师也过去。"我们和你一起做过节目呢。"

拉里说："谢谢。"说完他转身盯着我。"根据我们刚刚听到的那些事情，坦白地说，也是为了保护自己，我要打电话报警。"

妈说："唉，别这样。拉里，求你啦。"

"对不起，瓦内萨。我认为那是我的责任。这孩子需要立即得到照看。"

正在这时，就在机遇要从我的手指缝中溜掉之际，命运之神漂亮地露了一手。电话响了。正在他妈的啜泣的老妈止住了哭声。大家都愣住了。

拉里说："我去接。"

我扑向电话："不行。妈，快来接电话。"

我老妈弯着腰爬下沙发，鼻子和眼睛周围挂满泪花，她以最完美的受迫害人的形象蹒跚地走向摆着电话的台子。拿起听筒之前，她环视周围所有的人，特别是拉里。她以乞怜的目光望着拉里，真像一条挨人踢了一脚的狗。她的声音平和柔美得像奶油："喂？找莱德斯马先生？好的。请问您是哪一位？"说着她把电话交给拉里。"是有线电视新闻网的。"

我劈手把它夺过来。"你是莱德斯马太太？"

"维农！"妈厉声道。

"还记得我吗？我是玛蒂里欧的……"

"你是谁呀？"另一端的那个年轻的纽约人问道。拉里夺过听筒，转向墙壁。

"是瑞尼吗？抱歉，我这儿事情有点儿乱。我收到系列节目没有？好极啦！"他朝那些女人竖起大拇指。"什么条件？不是挑战，我们有那件武器、嫌犯，镇上的人慢慢也就不再那么悲伤啦。这个节目可以有一千种定位。"

这时妈低声对女人们说："你们瞧，我拿不定主意究竟用哪个艺名，瓦内萨还是丽贝卡……"

乔吉咕哝道："我还是叫你多丽丝。"

拉里打完电话。他把听筒放在支架上摇晃，凝视在场的每个人。女人们全都盯着他的眼睛，吉本斯牧师的手插在衣袋里玩弄一样什么东西。接着拉里把听筒嘭地放回去，双手隔着睡袍捂着他的卵蛋走到房间中央。"在打开香槟庆祝之前，我想我们全都面临一个人道主义挑战。"他的目光突然转向我："维农，我们目睹了你的古怪行为。考虑到这一切，还真是够吓人的。"

我说："去死吧，你他妈的。"

妈厉声道："维农·格雷格里！"

拉里把一点唾液在嘴巴四周挪来挪去。"仅仅出于同情，现在也该把这孩子交给一个能帮上忙的人啦。假如在他需要专家照料时我们仍随心所欲地去做，我们只会毁掉他康复的机会。"

"你才需要照料呢，拉洛。"

"不管怎么说，在接受精神病治疗的是你。"他停顿一下，一边奸笑一边回忆道："你究竟是怎么编造出那个故事来的？纽约的那拨人会很喜欢听的。"他看看表，又说："想想看，他们现在或许已经到'邦蒂'了。"

妈嘶嘶地为女人们解释道："他们管这家酒吧叫'邦蒂'。也许你们听说过'邦蒂'？"

拉里说："或是在'天鹅绒之风'喝'蜜瓜风暴①'呢。跟警长联系上以后，我还是给他打个电话为好。"

妈说："唉，拉里，求求你。咱们不能等到早晨吗？我是说，他胃痛，他就是有这种，呃，这种毛病……"

这时电话响了。每个人的脸上都变得明媚起来，好像一些大买卖会顺着线路流淌过来。不过拉里紧张起来，这也就是戏台上的马停止做算术题的那一刻的到来。我伸手去抓话筒，但是被他抢了先。

"是勒布尔歇家。"他想对着那些女人挤出一个老帅哥的笑容来，但是不等笑容出现却先颤抖起来。"对不起，你一定是打错啦。"他的呼吸加快了。

我迅捷地绕过他的腿，猛地按下免提键。莱德斯马太太的哭啼声传出来。

"拉洛，我的上帝啊。是拉洛吗？我没有吃的东西了。拉洛，帮帮我呀……"

拉里的嘴唇控制不住地剧烈抖动，他的目光落到房间另一端。"哦——哦，是你呀。"他发抖了。

那女人嚷道："你怎能撇下我这么久？现在什么都没有了，尤拉

---

① 一种由蜜瓜利口酒、金龙舌兰酒等加冰块调制成的鸡尾酒。

里奥。他们连我的床都搬走了。①"

我冲着电话那儿嚷道："她说什么？你用英语告诉我们啊！"拉里飞起一脚，把我一个仰八叉踢翻在地毯上。接着他又按下免提键。

他对着话筒喊："啊，你们这些可怜的人儿啊。我给新闻网做过严格安排。如果我不在家，他们应该接替我做慈善探访……"我又要去按免提键，可是他用腿挡着我，不让我靠近。"是呀，我知道的，宝贝儿。不过精神方面的毛病是可以治好的，这也是我捐款的原因，这也是我与你以及其他所有住在养老院里的美丽太太们风雨同舟的原因呀……"

我从另一端爬向摆放电话的台子，可是拉里很快便道声再见、嘭地挂上电话。它又响起来，拉里闻声便把电话线从墙上拔出来。屋里的人全都屏住呼吸，同时血小板也不再令血液凝结，使生命得以延续下去的其他身体活动也都同时终止。

拉里转向大家："我想有些事情……还是告诉大家为好。"透过烟雾，我注意瞧瞧黑暗中一动不动地坐在沙发上的女人们。她们的膝盖紧紧并拢。"前一段时间，我决定与一些不那么幸运的人分享我的财产。"

牧师低声道："阿门。"

拉里的脸沉下来。"我甚至令自己吃惊，我太有抱负、太沉溺于自我之中啦。于是我开始与活生生的人、与现实问题打交道。"说到这里，他停顿一下轻轻拭去眼角一滴根本不存在的泪珠。"你们刚才听到的是我照管的女士中的一位，是一位'阳光下的灵魂'②。"

利昂娜道："听起来她思维很清晰呢。"

乔吉道："你说什么呢，罗妮。天哪。"

拉里说："悲惨，是不是？并不是她的错，却失去了行动自由。

---

① 后一句原文为西班牙语，暗示说话人的拉美背景。

② 即精神病人。

114

她们都是这样。"

我说："胡扯。"

妈说："维农·格雷格里。够啦。"

乔吉问："你在——在经济上支持她们？"

拉里叹口气道："也许事情会好些，如果我有……需要照管的可怜人有那么多。我可以拿出来的又是那么少……"

牧师激烈地说："不，孩子，你奉献的是一份最伟大的礼物，是基督的爱。"

拉里无助地耸耸肩。"假如你们看到我有时没有现钱，你们就知道是怎么回事了。我觉得拥有钱财真是一个罪过。"他的目光爬过沙发，依偎着挤进女人们撅起的嘴里，再顺着她们泪汪汪的睫毛滑下，最后落在地板上。他摇摇头道："我想，真正的悲剧是，现在她们知道我在哪儿了。"

足足过了一秒钟妈才从惊吓中恢复过来。她急忙问："嘎，那又为什么是悲剧呢？"

他飞快地瞟了我一眼，叹口气道："那家精神病疗养院有最严格的规定，不准暴露关爱者的身份。如果她们知道了我的身份，或许以后不会准我再做捐赠。假如我不能再去看望我那些不寻常的姑娘，我可能连一个月也活不下去。这就意味着我必须搬家啦。"

众人惊得说不出话来。后来我老妈嚷开了："上帝啊。别这样，拉里。我是说，上帝啊。可别这样……"

"对不起，多丽丝。这件事比我俩的事更大。"

"我们可以把电话拔了，换一个号码……拉里托？经过这一个月柔情蜜意，你可不能就这样一走了之呀。"

拉里纠正道："是一星期的柔情蜜意才对。对不起，如果维农没有给疗养院打电话，如果他不是这样心怀恶意，也许还有余地。可是事与愿违。待我给警长打过电话后，事情会更棘手的。"

乔吉道："打吧。若不是他给拴在巴恩烧烤店里了，我自己也会打给他的。"

血液从妈的脚底渗出，先是涓涓细流，后来汹涌澎湃。她褐色最重的器官在透过毛孔出汗。最后，只有那双乞求的眼睛还睁着，像被人踢得很惨的一条狗的眼睛，甚至是一只被挤扁的小猫的眼睛。

利昂娜只是注视着妈由颤抖发展到抽泣。接着她转向拉里说："我家里有地方住。"

拉里说："老天，这个镇上的人可真是乐善好施……"

妈瞪着眼睛道："唉，可是，可是那家疗养院自个儿也能找到你的。既然那个女人能在这儿找到你，她也就能很容易地在利昂娜家找……"

利昂娜耸耸肩道："我的电话不在电话号码簿上。我有来电显示和自动关闭线路的安全装置。"

妈低头瞧瞧手上戴过结婚戒指之处留下的褐色印记。"好啊。不过维农也可以很容易地把你的号码给那些病人。你们也看到他的所作所为。维农，你会不会把利昂娜的电话号码给那些病人？"

"妈，这个家伙整个儿一个该死的变态。我敢向上帝发誓。"

"哼，看见了吧？他现在都会给她们打电话的。看见他的态度了吧？我想我和拉里应该在赛尔多姆酒店先开个房间住一阵子……你说呢，拉里托？你可以做你想在城里做的所有其他事情……"

"呃，赛尔多姆酒店已经住满啦。"

"哎，不过他们总会为我找到地方的。要知道，我就是在那儿结婚的。"

利昂娜从沙发上拎起她的包，在包里掏钥匙。"我的提议仍然有效。"

我老妈这时已经来到房间中央。"赛尔多姆酒店的电话号码是多少？"

拉里伸手去阻止她。"多丽丝，还不止这些。"他在衬衣口袋里摸索一阵，掏出两根揉得皱巴巴的大麻烟。"维农藏着这些东西，这说明他没有干什么好事儿。"

"是香烟吗?"妈问。

"非法的毒品。现在你就会明白我为什么不能同这孩子有一丁点儿瓜葛了。"他轻蔑地把大麻烟卷儿扔在咖啡桌上,俯身对我耳语道:"多谢你编的那个故事。"

在后面,听得到利昂娜的汽车钥匙落在乔吉大腿上。"我想我还是坐拉里的车。等你准备好了就开这部埃尔多拉多吧,它该加油了。"

贝蒂说:"我们有一个空房间。自从麦伦死后,我们没有用过他的工作室。"

拉里和利昂娜噼啪噼啪地走出纱门,外面是一个肮脏的下午。他们身后,一阵风吹进门来,预告将会遮蔽灰尘的降雨。我知道,在妈看来这风中裹挟着他们性器官的气味。

拉里说:"我会回来取我的东西的。"妈瘫作一团。她的脸耷拉下来,胳膊撑在膝盖上。

我紧跟在他身后。"你这不要脸的家伙,你怎么会知道名片上印着古铁雷斯?你连名片看都没有看过,怎么就知道那上面印着莱德斯马·古铁雷斯呢?"我冲到门廊上,看着他替利昂娜打开乘客那一侧的车门。接着我看到莱丘加家的窗帘很快拉开一道缝隙。利昂娜背着身子、头也不回地朝那儿挥挥手。窗帘又拉上了。

我是一个孩子,我最好的朋友把枪口放进嘴里崩掉了他的头发。我的同学们死了,我因此受到全部责难,我伤透了妈妈的心——在这些令人沮丧的事实重压之下,我步履艰难地回到屋里,回到我从前阴暗、褐色的生活之中。这时,我又学到一个东西,它就像鸟儿一样飞下来,栖息在我头顶。它像一个笑话,把我身体里最后一口气踢腾了出去。那就是莱丘加家的窗帘。我妈所谓的朋友们就是这样配合默契、出其不意地对我家发动一次次进攻。他们仍有一条热线,通向南希·莱丘加家。

5

这个星期天傍晚，我站在门廊上，试图迫使墨西哥在我面前出现。今天一整天，我从起居室的窗子那儿一路试过来，但是不起作用。今晚，此时此刻我竭力想象仙人掌、节日的狂欢以及有咸味儿的风。男人的喊叫声响起，名叫玛丽亚的女人们隐身于他们的生活里。实际上我想到的却是一幢类似街对面波特太太的房子，一棵莱丘加家的柳树，隔壁也有一部抽油机，外形活像一只蟑螂，噗通，噗通，噗通。我成了维农·无出路·利特尔。

"天上的圣父啊，让我有个伴儿吧，让我一睁眼就看得到他吧……"

妈的喃喃低语落到如愿长凳边的地面上，闪耀着月光。紧接着，库尔特在波特太太家的院子里叫起来。库尔特正在跟波特太太闹别扭，它整天都呆在胡佛家的煎香肠摊子外面，最后因为心情沮丧把波特太太的沙发毁了。去你妈的库尔特，臭小子。我走下门廊时，它的吠声盖住了我脚下木板的吱吱响声。今晚它响亮的叫声着实响彻全城，那是因为它乘着巴恩烧烤店的干草大车①出游。干草大车？饶了我吧！我们这儿连他妈的干草都没有，他们大概得在网上买或是采取类似的办法。不过不对，这是传统的玛蒂里欧干草大车。别逗啦。

"啊，圣父啊，让拉里回来，让拉里回来，让拉里回来吧……"

这是漫长的一天。自从拉里昨天离开以后，记者的摄影机使我没法出门。现在他们终于去采访报道干草大车了。妈感觉到我走近

---

① 源于堪萨斯州的一种美国民俗，人们乘坐用干草、谷草等装饰的大车或卡车出外游玩，如今此类活动往往出于商业目的，而且多在夜晚举行。

她那棵柳树，更大声地啜泣起来，声音接近歇斯底里，她的目的是让我不至于看不出某些事情的含义。我走近时，一只硕大的飞虫从螳螂般的抽油机后面掠过。

为了打破沉默，我说："如愿凳的一头是悬空的，好像底下的泥土塌陷进去了。"

"哼，维农，你给我住嘴！这都是你干的，所有这些事情。所有这他妈的狗屁事情。"

天哪。她竟诅咒我。见鬼。我仔细打量她弯腰驼背的衰老身躯。她的头发又缩回去，呈头盔状，她穿着平时穿的那双毛巾料拖鞋。鞋上印着蝴蝶，但是蝴蝶的胶皮翅膀已被她从前养的那只白猫扯掉了，那是莱丘加家的车把它压死之前的事儿。我觉得必须伸出手去摸摸她。我摸到从她的背上垂下来、在腋窝下堆积成一坨的那块肉，感觉到她可怜的衰老身子湿呼呼的沉重、温暖、筋疲力尽。她痛快淋漓地哭泣，使人觉得她的身体是一面鼓，里面充满泪水，会从那些小孔中溢出来。

我在她身边坐下。"妈，对不起。"

她大笑起来，像是在讥讽我。我认为一边哭一边笑就是在讥讽什么人。笑过以后她便不停地啜泣。我望望四周的夜景，景物像液体一般明朗、温暖，水灵灵的，门廊上的灯周围聚集着一大群蛾子和飞虫。远处，传来夜游的干草大车上的音乐。

"我爸爸总说我会一事无成。"

"妈，别那么说。"

"可真是这样的。瞧瞧我，情况一直就是这样的。'相貌平平，手脚不灵。'我爸爸常说我'脾气粗暴，举止笨拙'。大家都当了拉拉队的头儿、返校节舞会皇后、班长。贝蒂什么都当过啦，闪闪发光、充满活力……"

"就是那个贝蒂·普理查德？别逗啦。"

"好啊，维农。你以为你什么都知道，是吧？上四年级的时候贝蒂是班长，学校演出时她扮演所有那些光鲜的角色。她不像我们，从不骂人、抽烟、喝酒。她从前就像阳光一样灿烂，后来她挨她父亲揍，打得青一块紫一块的，直到用鞭子把她抽得直流血。你对一切都持批评态度、自以为了解所有人的所有事的时候，要记住我们这些人不过也是人。这是因果关系，维农。你没有意识到，即使是利昂娜，她在第一个丈夫离开她之前也是轻松可爱的。你了解她的另一面。"

"是那个死掉的?"

"不，不是那个死掉的。是第一个。你本不该问，这是欠体谅的。"

"对不起。"

她吸了一口气，用掌心擦擦眼睛。"不过，为了筹备那次舞会我减了几磅体重。那一次，我证明我爸爸说错了。丹·居里要我跟他约会。丹·居里，就是那个橄榄球中后卫！我盖着戏装披巾睡了一星期呢。"

"你说到哪儿啦?"

"他开着他弟弟的卡车来接我。我激动得都要昏过去啦，不过也可能是饿极啦。他让我放松，说就像跟家人一起度过一夜那样……"妈从嗓子深处发出嘶嘶的声音，像一只猫。告诉你，这是另一种哭泣的方式，是大哭的前兆。

"结果怎样?"

"我们驾车出城，在去洛克哈特的途中一路唱歌。后来他要我检查一下卡车的后挡板。我刚下车他就把车开走了，离开了我。当时，我在路边看到了那家养猪场。"

我怒不可遏，生他妈的这居里一家的气，生这他妈的小城风俗的气。我的怒气穿越阵阵袭上心头的悲哀，透过小耶稣的照片，是那个不等别人动手就抢先把自己钉在他妈的十字架上的那个耶稣。他们没有机会逮住他，这也是这个小城生气的原因。不过他们的怒气与我心中滋生的怒气不同。怒气穿透许多东西，像刀子一样铭心刻骨。

　　过了一会儿，我感觉到妈湿漉漉的手放在我的手上。她紧紧捏着我的手道："你是我在这个世界上的一切。真希望你看得到你爹听说你是个男孩时的表情，他是德克萨斯州个头最高的男人。他想到了待你长大以后可以成就的各种伟大的事业……"这时她眯起肿起的眼睛遥望远方，目光超越波特太太家的房子、超越我们的小城、超越整个世界，停留在摆放奶油馅饼的地方，停留在未来、过去，或是某一他妈的什么东西生长的地方。接着她微笑着勇敢地瞧我一眼，那是真诚的笑，转瞬即逝，也就来不及做出受害者的惺惺之态。她望着我微笑之时，若隐若现的小提琴声响彻全城，像演电影一般。一把吉他在管弦乐队中异军突起、骤然响起时，连那条狗库尔特也不叫唤了，很久以前的一个德克萨斯人的声音把我们的灵魂驱入夜晚。克里斯托弗·克罗斯①唱起了《航行》，早在我未出生时这首歌便已成为妈最最喜欢的曲子了。每当你想到没有人喜欢你时，你总会聆听这类曲子。她伤心地长叹一声。我知道这首歌会使我永远记恋她，

　　　咫尺天堂，于我如是，
　　　好风送君，即在此时，
　　　彼岸安适……

　　命运之曲奏响，它令我他妈的心碎。我们坐在那儿听，直到歌声渐行渐远，但是我知道这首歌已在妈的情感上掘出一口井来，我想在我心中亦是如此。此时此刻，肮脏的鲜血汹涌澎湃，那钢琴曲也在推波助澜。

――――――――――

① 克里斯多夫·克罗斯（Christopher Cross）是 20 世纪 80 年代成名的流行音乐歌手，其演唱风格细腻含蓄，充满浪漫色彩，其"航行"（"Sailing"）十分流行。

妈说："唉，乔吉说她骗警长只能骗到明天，这还没有算那件毒品的事情。"

"可我是清白的。"

"得啦，维农。我是说，嘿——嗬……"她大笑一声，似乎表示不信，那嗬的一声表明你是世界上唯一相信自己的话的蠢货。留意如今很多人这样笑，就是这种他妈的笑。去找一个蠢货，跟他说点儿什么，比方说"天空是蓝的"。我敢发誓，他们便会发出一种他妈的这种笑声。人们如今就是像转让硬币那样转让权力的，这也是我正在学的一样本事。他们不再说出一连串实话，却嗬嗬大笑，譬如"对头，就是这样"。

她说："我的意思是，你已经惹了祸。你确实有一本那可怕的内衣目录，还有那些非法的药品……"

你听听，她说那是可怕的内衣目录。她的衣橱里也许装满了那类内衣，可现在它却成为可怕的内衣目录。我跳过内衣目录这个话题，直接谈到毒品。"见鬼，抽那玩意儿的家伙真不少，可那东西根本就不是我的。"

"可是你要知道，那本内衣目录可是我的。你那会儿到底在想什么？是不是那个孩子纳瓦罗让你做了什么事情？"

"没有的事。"

"我不想说难听的话，不过……"

"我知道，妈。墨西哥佬更多彩多姿。"

"呃，我只是说他们更——艳丽多姿。还有，维农，他们是墨西哥人，不是墨西哥佬。你要放尊重些。"

仅仅在几毫秒之前我与妈的谈话中还提到"内裤"，一个与妈妈的谈话中根本不该出现的词儿。我了解她，她或许也会用他妈的比较委婉的字眼，比如"衬裤"或"里面穿的衣服"。我无可奈何地想到，我不能在老妈这副样子的时候跑掉。现在不行，今晚不行。我要一个人好好想一想再说。

我从长凳上起身说："我要去呼吸一点儿新鲜空气。"

妈摊开手道："嗯，你想干什么？"

"我是说到公园里去。"

"嗯，维农。已经快十一点啦。"

"妈，我受到控告，说我是凶杀案的同谋。看在基督的份上……"

"啊，别诅咒你的母亲。我已经历了这么多事情啦。"

"我并没有诅咒什么人呀！"

她双臂交叉抱在胸前，佝偻着肩头擦一只眼睛，这时我俩都没有说话。哔哔啵啵的虫子来回飞，好像她的皮肤在爆裂开来。"说实话，维农·格雷格里，假如你父亲还在……"

"我又做什么啦？我只是想到公园里去。"

"我只是说，人长大了就得挣钱、做一点儿贡献，那也就是说一大早就爬起来。我的意思是，这个城里准有千把个孩子，可是你不会在半夜里看见他们都在公园里。"

就这样，她静静地、充满爱心地给了我最大自主权，听凭我走向自己渴望的地方，在那里做出他妈的某种古怪的事情来。

于是我说："是吗？是这样吗？我这儿有最新的、你最想听到的消息。"

"是吗？"

"我本来还不打算告诉你的。如果你真的很在意这件事我就说说：我已经同拉森先生谈过工作的事。就是这样。瞧着吧。"

"好啊。什么时候开始呢？"她唇边掠过一丝笑容，她明知我是自找苦吃、给自己预备十字架，她无比高尚的动机促使我把游戏玩下去。

"也许就是明天，"

"做什么工作？"

"就是打下手，你知道的。"

"嗯，从前我认识泰瑞的老婆希德佳。"她这是在提高酬码，提醒我她无所不能，让我以为她会遇见泰瑞。但是我按照自己的主意来，确保另一场恶斗会上演。我老妈在恶斗中从来不会失利，也不会在这一场里输。"那么古森斯医生呢？若是再看见警察到这儿来，我会死的……"

"我可以只干半天。"

"假如你做不完一天的活儿，泰瑞·拉森会怎么想呢？"

"我已经同他谈妥啦。"

"那么，既然你已经长大挣钱了，你就可以付我一点儿寄宿费啦。"

"那当然，你可以拿走一大半。如果你想要，都给你也行啊。"

她叹了口气，好像我已经拖欠了房租似的。"先得付电力公司的账单。维农，你什么时候就能拿到钱啦？"

"呃，也许我可以预支一部分吧。"

"即使你没有工作经历？"

我眯着眼看看天色道："那当然。现在我可以去公园啦？"

她眨一下眼，像是在梦里一般，她那天真无邪的眉毛耸到天上去。"我从来没有说过你不可以去公园的话……"

不消说，根本就没有他妈的什么工作。我刚才胡扯一番，像喝过龙舌兰酒一般，脑袋在嗡嗡响。置身于一个与众人隔绝的世界里，我的谎话像蚂蚁一样散布在身边。

妈说："这样一来，我想我就得给你带午饭啦。"

"不用，我回家来吃。"

"从基特地产那儿？那可很远呢。"

"我二十分钟就能走到。"

"好，再见。坐车也差不多得二十分钟呢……"

"用不了。我知道所有的捷径。"

"或许我还是打个电话给希德佳·拉森，看看他们要你干什么。

我是说，这事儿有点可笑。"

"好吧。那我就带上午饭吧。"

"你们都死绝啦？也不告诉我一声？"帕姆一脚踢开她的车门，先坐在那儿等气喘匀了才欠身下车。我发誓，有一个像他妈的牛蛙那么大的东西从她两腿间穿过，跳下车来。"维恩，快来帮帮老帕米拉拿这些袋子。我一直在打你家那个该死的号码，自从开天辟地那会儿。"她把一些口袋扔在车道上，然后费力地走到柳树那儿，把树枝像拉窗帘那样拉开。妈正在树下抽噎呢。

"拉里托走啦。"她抽泣着说。

帕姆道："让他滚吧。快来呀。这些吃的都要消冻啦。"说着她开始把袋子往门廊上拽。我拎起巴恩烧烤店的袋子跟她一道往前走。

"维恩，你瞧！"她指指天空。我抬头望上瞧。"噗"的一声，她拍了一下我的肚皮。她这"噗"的一声响有点儿像敲响了一面锣。这是我和帕姆两个常玩的一个游戏。"别哭啦，多丽丝。否则我就打电话给拉里，告诉他你有疱疹。"

"屁话，帕米拉。老天呀。"

帕姆哈哈大笑，笑得身上的肉都在抖动。我老妈努力忍住不笑，在长凳上扭来扭去。后来她生气了，急冲冲地跑到门廊上。"你就是太神气，有时候痛苦一下倒也好。"

"想让我把你从台阶上推下去吗？呵，呵，呵。"

"得啦，看在上帝的份上，帕米拉。不管怎样，我们不稀罕你的烂食物。"

"哈，哈，哈。你该看看魏茵在干草大车上的样子。她吃下去的玉米比一卡车饿着肚子的墨西哥佬吃得还要多呢。"

"可是据说阿特金斯减肥餐有蛋白质……"

"巴里今晚出门了。"

"哦？"

"有几个民防队员欠他一杯啤酒。昨天他在基特地产那儿找到了一支枪。"

6

我本来没有打算在拂晓前动身，但我的老妈决定去看看奶奶，所以房子里弥漫着发胶的味道。你不难看出她为什么要走这么早，因为这样别人就不会看见她步履匆匆地穿行在城里。她希望到了之后再光鲜体面地出现在其他人的视线里，而不愿让他们看见她匆忙赶路的样子。这是自从没了汽车以后我渐渐领悟到的东西。

"嗨，我简直不能相信全城找不到一双滕伯顿牌儿皮鞋。我是说，我只好到奶奶那儿去看看了。"她一边喘着气，一边用手轻轻地捋了捋我的头发。接着，她往后退了一步，皱起了眉头。这意味着她在对我说再见。"你得答应我，不能错过治疗时间。"

紫色的天空一片澄明，抽油机的后面繁星涌溢，似乎在召唤那天晚上最后一批飞蛾回家。这让我想起老婆子莱丘加在这儿的那天早上，当时她看上去身心交瘁。我争取不去想它，于是就多想想眼前的事儿。到基特地产去是个不错的想法。如果有人在那儿看见我，他们会说："我们在基特地产看见了维农。"这样说不会有人知道他们指的是汽车修理厂，还是那块儿地。怎么样？只有我聪明的维农才能想出这主意吧？有了这样的主意，钱的问题我就听天由命了。钱是解决人生各种问题的唯一途径，这一点已是谁都能看出来的。我甚至还东拼西凑了几样东西，准备拿到城里当掉——如果事情真的到了那一步的话。我知道会到那一步的，于是就把它们装在了包里，随身带着。这些东西包括我的一个单簧管、一个滑板，还有十四个唱片。跟它们一起放在包里的还有我的饭盒，饭盒里装着我的三明治、两只大麻烟卷和一张上面写着一些网址的纸片。

说到那两只大麻烟卷和那张纸片，我想起昨晚上我听到了耶稣的声音。他劝我放荡不羁地鬼混下去。如果一开始你就是一个失败者，他说，你就他妈的别枉费心机了，吊儿郎当地混吧。我是想坐在基特地产，琢磨出一些新点子，一些当你下定决心混日子时会冒出来的点子。

我骑着车子走在空荡荡的路上。路面结了霜，看上去一片银白。头顶上的树枝飒飒作响，让我美妙地联想起了被窝里温暖的女短裤。自由大道上除了掉落的干草和肋排小店的包装之外什么也没有。这种光线下你看不清学校外面人行道上的各种污迹。途经高耸的黑色体育馆时，我往旁边看了看，心里想着其他事情。

只要好好想想，你就会觉得，音乐真是一个奇妙的东西。把哪些唱片当掉，把哪些留下来，做这个决定真是很有趣。我本来可以把一些用于舞会的唱片留下来，但那些唱片只是试图激发我的情绪，全都是旋律单调的"嚓、嚓、嚓"的声音。你会感到热血沸腾，你会相信你能做一个生活的强者，可这时音乐结束了，你发现自己又变得他妈的迷茫失落了。难怪你总是把这些歌曲播放一遍又一遍，原来你是不明白。我的小宝贝。我原本可以把那些重金属摇滚乐留下来，但那种音乐很有可能逼着我他妈的去自杀。我需要的是一些艾米纳姆①的歌曲，一些表达愤怒之情的诗歌，但这些玩意儿在玛蒂里欧买不上。那些表达愤怒之情的诗歌就像是动物性玩偶一样，你根本买不上。在这一带，如果你说起冈斯特说唱乐②，他们还是会想到邦妮和他妈的克莱德。那，你猜猜，我最后把什么留下来了？是一些很老的乡村音乐唱片。有韦伦·詹宁斯、威利·纳尔森和约翰尼·佩切克的歌，甚至还有我爸听过的老掉牙的汉克·威廉斯的歌曲集。我之所以保留他们的歌，是因为这些小伙子都曾忍受屈辱

---

① 艾米纳姆，1972 年生于美国堪萨斯州，是当今美国著名的说唱歌手。
② 指一种感情强烈，表达贫民窟"坏男孩"的情绪的一种说唱音乐。

——真的，他们唱的全都是他们所经历的不幸和痛苦。从这些歌里你会知道，他们常常醒来之后，发现自己睡在木地板上，不知身在何处，各种滋味儿的烦恼折磨着他们。他们的滑棒吉他演奏能理解你的痛苦。听完他们的音乐，你所需要的就是啤酒。

赛拉斯·贝恩把一台旧洗衣机用作了信箱。你得多留点神，因为你从卡拉韦车道的这一端往他那儿去的时候，洗衣机正好在树的后面。我特意说一下，因为或许有一天你会拐到赛拉斯车道，而且车速很快。小心那个他妈的洗衣机。这只是老赛拉斯的怪癖之一。我知道，现在去拜访他有些早，但他总是开着客厅的灯，我猜他是为了安全，而且也让你有机会说："真见鬼，赛拉斯，我看见你的灯亮着。"这只是人们常用的一个借口，他对此心知肚明，但却佯装不知。我悄没声息地把自行车推上车道，绕到他卧室的窗户边，用惯常的方式敲了敲窗玻璃。然后，我后退几步，屏声敛息。窗帘拉开了一个缝。我轻手轻脚地走到后门。在一阵吱吱嘎嘎、哐啷哐啷的声响之后，赛拉斯打开了门，强忍着怒火向外窥视，眼光中露出了不满。

"好家伙，你知道现在几点？"

"真见鬼，赛拉斯，我看见你的灯亮着……"

"但你没看见我他妈的卧室里亮灯吧。滚开，见鬼去吧……"赛拉斯还没来得及安上假腿，只是靠在一个类似拐杖的东西上。瞧，赛拉斯有一条腿被截掉了。

"先生，我是来和你做一笔真正的大买卖。"

他窸窸窣窣地从睡袍里摸出了眼镜。"我看看，今天你给我找到了什么……"

"嗯，你看，事情是这样的。我没有现货，如印在纸上的等等这一类的东西，因为他们拿走了我的电脑。"

"哦？那么？"

"你看，我可以让你搞到你想要的所有图片，数以百计，今天就

128

可以，哈里斯店一开门就行。"

"真该死，年轻人。让我去当托儿——你白白地把我从床上拽了起来。"

"你瞧，"我一边说，一边把那张纸展开。"看见这些网址了吗？那些赤裸裸的图片都在这里，不要钱，连你喜欢的《截肢者的狂欢》都有。你带上操作说明，去哈里斯店，占一个电脑小隔间，然后就可以把你想要的都打印出来。真的。有这些网址，你就再不用为下载图片付费了。"

"妈的，我不会——我从来没碰过电脑。"

"没关系，简单得很。你需要做的一切都写在这上面了。"

"嗯，"他摸着下巴说，"你要多少？"

"一箱子。"

"滚出去。"

"不骗你，先生。这些网址可以给你省下整个夏天一卡车的啤酒。他妈的至少一卡车啊。"

"我给你一盒，六瓶装的。"

"嗯，啊。"我吞吞吐吐地说。跟赛拉斯打交道你不能太着急。"呃，怎么说呢？先生，很多小子会想杀了我，如果他们知道我这么做的话。"

"六瓶装的库尔啤酒，我去取。"他摇摇摆摆地走进了房子里面，就像一只单腿猴子一样。在这一地区你不到二十一岁就不能喝酒。我不是二十一岁。赛拉斯这位老兄平时总会保存一点啤酒，用来换一些非同寻常的图片。我们玛蒂里欧的小伙子们就像他的私人因特网一样。他就是我们的私人酒吧。

这个星期一早晨七点三十分的时候，我坐在了基特地产灌木丛后面的一片空地上，呷着啤酒，琢磨着怎么样才能搞到钱。从我坐的地方能看到太阳把一片橘红色洒在了废弃的抽水马桶的边沿上。我有啤酒，有大麻烟卷，还灌了一脑子的乡村音乐。我真想像浣熊狗一样嗥叫一番。我把这一切都用来改善和谋划我的生活处境。我在这儿,墨西哥就在前面,泰勒·菲格罗阿在中间。我现在需要想清楚的是所有剩下的事情。正像当年纳克尔斯先生在他的嘴巴还好使的时候所说的那样,要"触及问题的实质"。说实话,除了有关我所谓的工作的一大堆谎言之外,其他我没听到任何新的情况。你要留意在一个充斥着谎言的世界里所发生的一切。如果你想象着自己有了一份工作,想象着什么时候开始上班,想象着能挣多少钱,想象着让你老婆孩子整天吃着三明治,还想象着"哦,天哪,我是不是应该给希尔德加德·拉西恩打个电话"之类的,那说明你已经深陷其中。这样的话,你是不是认为这是一种欺骗,或者由此而变得发疯都已无关紧要了。人们会说"他以前挺实在的"。他们逐渐意识到,你让他们了解了一个他们原本不知道的世界,一个瞎编乱造的世界。我知道这事儿很难,我一点也不责怪他们。但这就好像你突然间有资格成为他妈的病理学研究人员一样,即使相同的那一批人立即转过身,说:"不行啊,格洛丽亚。我家人刚刚从丹佛飞过来。"

操,我身上满是污秽,人们一看便知,根本用不着我自己坦白承认。你一定要记住,你在污浊中陷得越深,命运之神就越是让你羞于承认。这是个什么逻辑啊?如果我是"污秽委员会"主席,我就会让人们在将自己的肮脏污秽和盘托出时坦然一点。听着,如果说出实情是你应该做的,那坦白一点他妈的就应该更容易让人做到。我猜,我之所以会真真切切地感到浑身一阵战栗,是因为我刚刚把我十字架的最后一枚钉子欣然交给了别人。在掌握了这一切之后,他们所需要的便是听起来可信的谎言。当他们公布这一消息时,你在电视上就能看见我的老妈,不要告诉我你没办法看。"嘿,我甚至还熬夜为他准备三明治。"

我从口袋儿里摸出一个打火机,点了一根大麻烟卷。我今天不去古森斯诊所了,去他妈的吧。我老妈和奶奶在一起很安全。我要想个办法离开这儿。

"伯尼?"是埃拉·布夏尔。她正好走到我坐的空地边上的一棵灌木后面,把嘴唇移到我耳朵的背面,我闻到了一股龙虾馅饼和秋葵里脊汤的味道。以防你会认为我和埃拉在悄悄地恋爱,我得告诉你,我从八岁起就认识她,城里的每一个男孩儿都是从八岁起就认识她,但谁也没有偷偷地和她眉来眼去。她的"女性装备"还没有到。你看着她的时候,可以猜出来或许那装备也到不了了。好像她的东西送给了多莉·帕顿或者其他什么人。埃拉瘦得皮包骨头,脸上长了一些雀斑,头很大,看上去很老气,乱蓬蓬的金发总是吹得没了人样,有如被你的狗啃了一月之久的芭比娃娃。还没人知道该拿埃拉·布夏尔怎么办。她和她的家人住在一起,就在去基特汽车配件修理厂的路上。她的家人像是乡巴佬一样,走路时胳膊不摆动,眼睛总是直勾勾地盯着前面,一句话会翻来覆去重复七八十遍,如"情况就是这样,先生,当时的情况就这样,就这样,当时就是这样"。难怪埃拉有点神经兮兮的。有因就有会果,伙计。

"嗨,伯尼。"她慢慢地走进空地,好像我会拔腿就跑一样。"干嘛呢?"

"随便逛一逛。"

"别骗人了。"

"真的,随便逛一逛。我说,你,你不该到这儿来。"

"你他妈的又喝酒又吸毒,你他妈的简直是在糟蹋自己。你可别忘了,你他妈的可是保证过的。"

这么脏的话从一个女孩儿嘴里说出来可能把你吓了一跳。接着你一定会想:满口脏话的女孩,在基特地产,与伯尼在一起。好吧,没关系。我们好几个男孩儿都是从埃拉·布夏尔身上第一次领略到那么一点点隐隐约约的身体裸露的滋味儿。从那以后我们曾经可能有过的性饥渴消失了,你说不清楚有时候你透过内裤看到她那绷得紧紧的像冰激凌一样的肉的时候的感觉。可以说她或许把我们的性发育往后推迟了很多年。她只想和我们一起骂骂娘，发发牢骚，干点没名堂的事儿。我猜，她的唯一资本就是她那既显老又不怎么样的身体。我知道，不管哪个女孩儿，你都不能随便说，但我绝不会告诉别人，埃拉天生就是那副模样。她总是在草坪上翻跟头打滚儿，毫无顾忌地叉开两腿。她的内衣总是闪现在你的眼前。如果有外地人来到城里，我敢说，埃拉一定会撩起她的连衣裙，冲到前面站着。

她又向我身边迈了一步，低头看着我。"我操，伯尼，你真像一个酒鬼。"

"我不叫伯尼，我看着也不像个酒鬼。"

"那你叫什么？好像是伯尼，我知道……"

"不是，跟伯尼一点也不沾边儿。"

"我会去问泰勒，坐在这儿抽烟喝酒的这个小子是谁。"她用女孩儿们常有的那种绝妙的口吻——一种意味着怒火中烧的口吻——说："我要让天塌下来罩住你，吸净你他妈肺里的气，一口唾沫把你他妈的吐到地狱里。你知道那会怎么样。"

"我叫约翰。好了吧？"

"不是，不是约翰。你的名字不是约翰，根本不是约翰，不是约翰……"你一听就知道，她和她的家人在一起的时间他妈的太多了。

"埃拉，我今天什么都不愿意多想，好吗？我只是想让自己冷静下来，把一些乱七八糟的事情想清楚，好吗？"

"你不叫约翰，你不叫这个名字，啊，嗯，你不是约翰，根本不是……"

"好了，你怎么说都行，好了吧？"

"我知道你叫伯尼。我可以喝一罐啤酒吗？"

"不行。"

"为什么？"

"因为你才八岁。"

"我才不是八岁呢。我都快他妈的十五岁了。"

"还是太小了，不能喝含有酒精的东西。"

"我操，你也他妈的不大，也不能喝酒抽大麻。我操。"

"我不小了。"

"你就是小。你多大了？"

"二十二。"

"你不到二十二，你不是他妈的二十二。"这一切都表明了与这类前卫的人打交道的第一个原则：不论在什么情况下都不要开口和他们说话。

她把牙齿咬得咯嘣作响，我对她也爱理不理。过了一会儿，她开始捣鼓连衣裙的边子，发出了像是逗弄蛇的时候那种窸窸窣窣的声音。她说："我操，这里真热。"说着，她把边子沿着双腿一直撩到胖鼓鼓、肉呼呼的大腿上。你知道，她这完全是效仿电视节目上的动作，看起来像是日本人跳的谷仓舞①——希望没有说错，我敢他妈的发誓，看起来真像。

"埃拉，别这样了，好吗？！"

说了没用。连衣裙还是撩得越来越高。我抓起背包，把东西一股脑儿地塞了进去。于是，她转过身来，非常礼貌地说："我会到商店大喊大叫。我要告诉泰勒在抽完了大麻、喝完了啤酒之后，你，伯尼，都对我做了些什么。"

穷困潦倒的人会以不同的方法让人们尽快关注他们他妈的可怜的生活。我对此的了解越来越多，就像逐渐增大的肿瘤一样。那他妈的渐渐显露的肉体，那作为动物——就说所谓的人吧——极易受伤的卵囊的无奈，有时真让我感到恶心，特别是现在。妈把这称为"人类的现状"。要提防这个傻瓜。

我放下背包，与埃拉讲好了条件。一直到我们喝第九口的时候，我们还都相安无事。我知道那是第九口，因为她每喝一口都会数一

----

① 一种类似波尔卡舞的方阵舞，原为在谷仓里跳的美国乡村舞蹈。

下。"共饮一口酒，同增一份情。"她说。

很奇怪，就在喝第九口前的一瞬间，我对埃拉开始有了，有了那么一点点感觉，别问我为什么。我想，她自己的生活肯定是一塌糊涂，肯定非常渴望能够引起别人的注意，这种想法好几次闪现在我的脑海里。我承认，此刻我受到毒品的影响，但在那一刹那，当我看到她干枯的稻草般的头发被风吹到脸上，当我闻到周围热烘烘的灌木的气息时，我甚至有些爱上她了。我的手还顺着她的腿摸了过去，使那柔丝般的汗毛竖了起来。她坐在地上，扭动着身子，直到内裤清清楚楚地露出一块儿 V 字形。但就在这时，一阵清风吹来，从她的腿上传来一阵类似于萨拉米蒜味香肠的味道，我立刻将手收了回来。我尽量不皱起眉头，但我猜多少还是表现出来了，而且还让她看了出来。她蜷起身子，缩成了一团。

"伯尼，你怎么不干我呢？你不会是同性恋吧？"

"胡说。我只是觉得你年龄太小了，没别的。"

"很多比你年龄还大的人都想干我。"

"啊，是吗？都有谁啊？"

"像丹尼·内勒。

"啊，哦。你是在他妈的胡说吧？"

"真的。他和一帮其他小子。"

"得了吧，埃拉……"

"道伊奇曼先生甚至还愿意出钱呢。我知道，我知道得一清二楚，他妈的一清二楚。

"我操，埃拉。道伊奇曼先生都快八百岁左右了。"

"那又怎么样，反正他比你大。而且他还愿意出钱。"

"啊，可你是怎么知道呢？你去问过他？"

"有一次我从他那儿过，他给了我一罐儿可乐，把我摸了摸，在屁股上。"

那种事儿根本不要去想。任何人都有自己的尊严,你知道。

天色不早了,我专门拣着一些偏僻的小路往家里走去。路上我睁大了眼睛注意着沿途可能会遇见的警察和精神病医生。母亲在奶奶那儿,有人陪着她,也有饭吃,哪怕只是奶酪通心面,对此我感到很放心。我错过了去古森斯诊所的时间,我得离开县城,你瞧。我就是不忍心扔下我妈,如果她一个人在家里哭哭啼啼,真的不行。我是这样计划的:我一回到家,就给奶奶那里打电话,告诉妈没有搞上那份工作——如实交代,作为最后的姿态。后来,我刚进门儿,便听见一阵尖叫声和叹息声,我绝对没有听错。我站在门口,觉得很尴尬,就像一个傻乎乎的朋友第一次登门拜访一样。我的老妈在家里。她在嚎啕大哭。我静静地站着,看起来好像她不会理睬我。可她没有这样做。也就是在这个时候,她的那老一套又来了,我看得清清楚楚。因为她清了清嗓子,声音很大,用由此获得的能量开始了声音更大、效果更好的哭号。哭声让我他妈的心都碎了。这主要是因为她不得不依靠这种谁都会注意到的手段来引起人的关注。

"妈,怎么了?"

"呜,呜……"

"怎么了,妈?"

她抓住我的胳膊,抬头看着我的眼睛,就像日历上刚刚被他妈的拖拉机碾过的小猫一样,满脸褶子,双唇间满是唾沫。"哦,维农,孩子,哦,上帝啊……"

一种我很熟悉的弥漫于全身的感觉攫住了我,就像有可能发生重大悲剧时的感觉一样。我考虑到了一种因素,那就是我的老妈总是想让我变得冷酷无情。我跟她相处的时间越长,她的哭声越是让我冷漠,因为我的血液凝固点提高了。现在,情况越来越糟,她甚至哭得喘不过气来。我已经变得完全冷漠了。

"哦,维农,我们现在真的要振作起来了。"

"妈,别急。是因为那把枪的事儿吗?"

她的眼睛一亮。"嗯，不是。星期六的时候他们竟然发现了六把枪——肋排小店取消了那些获奖人的资格，因为他们沿途预先埋好了枪。城里面今天有大麻烦了。"

"那么，你有什么麻烦？"

她又放声大哭了起来。"今天早上我去取投资的利润，可公司已经不在了。"

"拉里的投资？"

"我一天都在给利昂娜打电话，但拉里不在那儿。"

这笔所谓的投资是投给了一家把人名串在一起的诸如"雷希廷、戈尔布拉特、皮尤比斯和克罗茨希公司"。如果你想知道谁是真正的精神变态者，你随便找一个把公司的名称搞得就像律师事务所的人，肯定不会错，而且当你看到大家伙儿都不会拒绝他的时候，你不会感到吃惊。

"明天他们就要切断电源了。"母亲说。"你拿到预支款了吗？我是说，我还指望着这笔钱呢。看在上帝的份儿上，电费才五十九元，但副警长们来的时候……"

"妈，慢点儿说。副警长们来过了？"

"啊，四点半左右来的。他们没有什么异常，看来拉里还没说过什么。"

"那么你跟他们怎么说的？"

"我说你去了古森斯诊所。他们说明天将会到诊所去核实。"

第二天早晨醒来的时候，我觉得莱丘加家的玩具熊农场似乎显得陈旧拥挤。这又是一个星期二的早上，那天之后已经过了两星期了。他们的柳荫下空荡荡的。库尔特默不作声，波特太太的门紧闭着。自从那场悲剧发生之后，比乌拉大道上第一次没有出现陌生人的影子。六月刚到，但似乎夏季的水分都已经全部挥发了，残留的只有这完完全全的恐惧。十点半的时候，电话响了起来。

"维农，电力公司的人就要来了。你多会儿能拿到公司预付款？我得告诉他们。"

"呃，我不知道。"

"那你需要我给拉西恩打电话，问一下为什么还迟迟拿不上吗？我当时觉得他们答应你上班的第一天……"

"告诉他们我今晚就能拿上。"

"你肯定吗？如果没把握，你就别说。我可以告诉泰勒……"

"我有把握。"她拿起电话的时候，我看着她嘴边的一圈肉由于感到羞愧和窘迫而扭曲。我的脑子随着埃拉在基特地产说的话转了一圈。"道伊奇曼先生甚至还愿意出钱呢。"我假装对此不感兴趣，这恰好表明我被这个念头迷住了。我只是没有再去想这个问题。你知道，这颗邪恶的种子就这样种下了。

"噢，嗨，格雷斯，"母亲说。"他说他今天晚上能拿上，没问题。不是，他今天开始得晚——为了那份工作，他在研究营销动态。哦，好，很好。泰勒对他的进步感到很满意，说他还有可能被重用呢。嗯，嗯？不，不。我直接和泰勒谈过，他说他肯定会有报酬。希尔德加德是老朋友，所以那不是一件太难的事儿。噢，是吗？我不知道你认识她。噢，好，向她问好。"母亲的眼珠陷入眼窝的深处，脸色变得暗红。"什么？行，如果你能让他们等到午饭以后，我会非常感激。卡车已经走了？呃，呃。要是他们到了之后我给他们现金，难道你不能阻止他们……？"

血如浆糊般地从我的头顶和脚底往外冒，凝成了坚硬的谷穗状，看上去奇异怪诞，这种事儿只会发生在说谎的人和杀人凶手身上，我的老妈站在电话旁边就可以看见。各种不该出现的想法都在我的脑子里翻腾着，如，给那辆斯蒂贝克车打蜡。母亲放下电话，她的眼光给了我自由，仿佛我可以乘坐木筏随意漂流一样。

"那辆来切断电源的卡车已经出发，开始了一天的工作。"她说。竹蜻拍打着他妈的木筏。母亲的两只眉毛斜着竖了起来，头靠在一个胳膊肘上看着我。"我最好给泰勒打个电话。"她在电话桌的抽屉里摸来摸去，找她的电话号码本。我俯卧在电视机前。我他妈的死了以后，可别让我的灵魂再回到这儿来了。

在我转换节目的瞬间，我看到电视上正在播放新闻。"官方证实，今天上午发生在加利福尼亚的一场悲剧是今年迄今为止同类事件中最为严重的。人们不断地向受害社区致以慰问，提供援助……，"一位记者说"这一悲剧使得德克萨斯中部的事件显得微不足道"。

"维农，你有修理厂的电话号码吗?"

"呃，我手头上没有。"

我没有抬起头。我听说，卖自己的肾可以赚一大笔钱。但我的脑子一直在琢磨到哪儿去卖。

也许要到屠宰场，谁他妈的知道。其他的计划我只有一个——B计划，这是一个铤而走险的计划。为了能想出办法，我浏览了一下我老爸的老录像带。说实话，我实际上是为了"奶油馅饼"。有一盘儿《结束交易》，他最喜欢的片子之一。我老爸嘛，有一点我要特意说一下，为了发财，他把办法都想尽了。

"在这儿呢——希尔德加德·拉西恩。"母亲说。她慢腾腾地回到电话旁边，拿起话筒。这时，电视新闻已由全球跳到了本地，一阵听上去十分重要的吹奏乐声在为她伴奏。

"拉西恩太太没在厂里上班，"我说，"那只是他们家里的号码。"

"噢，修理厂的号码也在这儿。"她便开始拨号。你只能听到背后的电视里的声音。

"请先不要把玛蒂里欧视为失败，"一位记者说，"这是一个团队的观点。这个团队是一个基于多媒体的新的项目的后盾。该项目是在我们勇于探索的公民的促使下开展的。项目的创办人称，该项目将战胜逆境，把人类胜利的福音传播到地球的每一个角落。"

"玛蒂里欧已经成为了'共享'的同义词。"拉里说。母亲尖叫了一声，扔掉了话筒。"有很多重要的理念，例如什么是困惑，什么是信念，什么是正义，仍然能够共享，还能成为一份礼物——一份给贫困的世界带来希望与同情的礼物。"

"对那些指责你利用最近毁灭性的破坏而捞取资本的人，你想说些什么？"记者问道。

拉里的眉毛垂到了使他的话显得最为可信的位置。"每一场悲剧都会带来教训，如果不加以吸取，苦难只会重演。我们的提议是，共同面对我们所面临的挑战，共同分享我们的努力所带来的成果，希望他人能够为自身着想，避免那些惨痛的教训。哪怕我们能够拯救无论什么地方的一条生命——那就意味着我们已经获得了成功。我们还需要记住，作为一项互动式的工程，全球的每一个人都将能通过因特网每天二十四小时监督、影响和支持玛蒂里欧为此所做的努力。我认为，没有人会把这称作坏事。"

"听起来很不错。但一场悲剧刚刚过去——你真的认为，那种来自于归根到底只不过是德克萨斯中部的烧烤酱之都的生活方式，会有得以展示的市场吗？"

拉里伸出双臂。"谁说那个教训已经过去？教训尚未来到，我们要将罪犯绳之以法，我们要查明事情的真相……"。

"但案情显然已经很清楚了吧？"

"从媒体的角度来看，可能是这样。"拉里说，"但是，如果我们来看看该项目中我的合作伙伴、副警长魏茵·古里的观点，我们将会发现，事情并不总是像它看上去的那样……"。

母亲抽泣起来，"拉里托……"她伸出指头，指向屏幕。

"那么，"记者说，"鉴于今天悲剧性的事件，你不会重新安排到加利福尼亚去做实验吧？"

"当然不会，我们的投资在这儿。我相信，有肋排小店的慷慨支持，有玛蒂里欧商会的通力合作，玛蒂里欧的优秀公民一定会在极具挑战的事业中表现得非常出色。"

利昂娜一双滴溜儿乱转的眼睛跃上了电视屏幕，就像仓鼠的眼睛一样。"哇，知道我的感觉吗？这真是一个极大的挑战，我以前从来没有上过电视……"

母亲突然将手收了回来，我们两人都向厨房的窗口望去。透过哒哒的抽油机声，你能听到那辆凯迪拉克从大街上一路开了过来。"维农，要是他妈的这些女人到这儿来的话，我不想见她们，就说我去了奶奶家，噢，不，最好还是说我在彭尼店办理我的运通金卡……"。

"不过，妈，你甚至还没有……"

"照我说的做！"

那些女人刚刚冲上车道，她就像一个得了脑血栓的病人那样，匆匆忙忙地沿着过道走了过去。卧室的门砰地一声关上了。我他妈的实在是受不了这些，只能继续翻一翻我爸的录像带，什么《钱生钱》、《可曾见过贫穷的亿万富翁?》等等。我不得不学会如何把肮脏的东西变成合法的生意，变成一种在这个自由的世界里以合法权益去做事儿的方式方法。如果你好好想想，那几乎可以说是我的责任。刚才我真真切切地学到的东西是，一切事情全取决于你怎么说。生活中你做了些什么并不重要，只是你需要用适当的语言把它包装起来。不管怎么说，男人做皮条客生意近年来已经为人们所接受，你只要看看任何电视节目就可以知道。有一些开着豹纹凯迪拉克、头戴斯泰森毡帽的人甚至还让人觉得挺可爱。真他妈的龌龊。有了今天上午我从父亲搜集的录像带里学到的东西，我可以做很多事情。产品与服务，给产品加商标，促销。我已经知道，我会提供一种服务，我只需要给这种服务加以定位和包装。

"多丽丝?"乔治径直穿过厨房的纱门。贝蒂紧随其后。"多——丽丝?"

"噢，她不在。"我说道。

利昂娜跟在她们后面飘飘悠悠地进了门。"我敢打赌，她在她房间里。"说着，她便一摇一摆地沿着他妈的过道走去。突然，我感觉自己就像电视节目中的一个秘书，眼看着有人要闯进董事长的办公室，我得赶紧说："先生，你不能进去……"但是，没用，操他妈，利昂娜肯定闯进了母亲的房子。

"嘿，你在这儿呢。"她轻声说道，就像她们相遇在小超市里一样。"你们都听说了没有？我也上电视了。"

"哦。"母亲哼了一声。

"宝贝儿，你还没有拿到手呢。"乔吉坐在扶手椅上嚷嚷道，"要等魏茵筹集到合资股之后才行。"

"呀，我的老天，乔吉，她会弄到的——看在上帝的份儿上，人家刚刚有了自己的'特警部队'。"

"呃，呃，然后任命肥佬巴里去带队，而他只是一个监狱看守。我啊，真希望你所说的'特警部队'就是拍打苍蝇的意思。"

"见鬼，你生什么气？不就是因为肋排小店凌驾于治安法官之上吗？"

"当然了，亲爱的，好像我已经完完全全地一败涂地了。"乔吉说。"我只是说，一支'特警部队'不能使魏茵具备为该死的互联网做节目的资格，而且当然也不会付钱给她。"她停了停，一口气吸了半根烟，"而且，不管怎么样——我们那场刚刚过去的小小的悲剧也他妈的引不起别人的注意了。"

利昂娜蹬蹬地走出了母亲的房间，猛地把双手往腰上一叉。"你这不是往我身上泼凉水吗？今天可是一个重要的日子，乔吉特！拉里说，如果我们抓紧时间，他们就来不及在加利福尼亚建起基础设施。"

"嗯，嗯。"乔吉冲着天花板吐出了一缕烟。"好，好，好吧。我一定要眼睛一眨不眨地看着老魏茵的快速行动。"

"我给你说，一定会很快的。行了吧？"

"我的意思是，来一个重要的全新的转折。"

"乔吉——这一点拉里也正好意识到了。哇!"这最后一个"哇"字,说得如此有力,以至于利昂娜腰部以上突然向前一倾。她停留片刻,以保持前倾的身姿,然后便回到母亲的房间里。"嘿,我给你们说过没有,我们要在我家里设立拉里的办公室?"

母亲急匆匆地走到过道。"哎,在我去彭尼店之前,我想我们还来得及喝一杯咖啡。维农,上班时间该到了吧?"

"嗨,"利昂娜说,"我可以开车送他。"

"利昂娜,你算了吧。"乔吉说。

"他不就可以早点到那儿……"

"利昂娜,那样可就不公平了。"乔吉从缭绕的香烟烟雾中向母亲走去,仿佛穿越一条隧道一样。"宝贝儿,我实在不愿告诉你,但还不得不说。伯特伦要派人来把这个孩子带走。那个精神病医生告发了他。"

"哦,不过,维农现在可以挣钱了,哼,能挣五百元呢,就今天……"

利昂娜摇了摇头。"你不应该告诉她,乔吉。"

"哦,是啊。你可以通过拉里把他带走,把逮捕过程拍摄下来。多丽丝和咱们还是他妈的好朋友,利昂娜。"

母亲的脸好像从头上剥离了下来,歪歪扭扭地悬挂在了下巴上。"呃,可是……"

我勉勉强强地从地板上站起来。"怎么样都行。我得去梳梳头。"

"哎,怎么样?这小伙子已经变了,有一份不错的工作。"

我离开了那些女人,溜到过道上,经过母亲的房间,去整理一下我的包。我把通讯薄、夹克衫和几件小衣服放进包里,还有我的唱机和几张唱片。我把单簧管和滑板从包里取了出来。我想,我再也不会路过县城了。我抓起包,从洗衣间的门走了出去,和那些嚼舌根的女人连招呼也没打一声。一直走到门廊的时候,我老妈使劲儿地往馅饼里加奶油的声音都还能听到。

"呃，我得到圣托恩新买一个冰箱，还要看一看中央真空吸尘器的报价，那玩意儿在房子什么地方都能用——我想，既然维农找到了工作，我也该考虑考虑改变一下自己的生活。"

从门廊台阶的下面，我看见一辆电力公司的卡车正从抽油机前慢慢驶过。车上的人在仔细地看着沿路的门牌号。这时，汽车突然向我开了过来，并向路边停靠。我赶紧跨上自行车吱吱嘎嘎地离开了。

7

没人愿意多看我们一眼，对此我敢肯定。一个男孩儿和一个女孩儿骑着一辆自行车，男孩儿穿着普通的牛仔裤，女孩儿穿着矢车菊一样的蓝色连衣裙，一头金发显得乱蓬蓬的。我们身上也没有什么味道，看着我们就像看着电视里的人一样。我还随身带着包，所以别人甚至会以为我们是小商贩。在这一带小商小贩倒是很常见。

"你猜我要干什么？"埃拉冲着我的耳膜大喊大叫。

我在约翰逊路的边上停了下来，告诉她该怎样规规矩矩地坐在自行车上，而不应该让骑车人一命呜呼。她撩起连衣裙让我看她干净的白色内裤。我心不在焉地瞥了一眼，因为对我来说，这似乎是一个不太安宁的下午。微风阵阵，雷声轰鸣，天上一条长长的条纹状的金光将基特地产背后的地平线照得一片通明。埃拉没有注意到这些不祥之兆。你能看出来，她今天显得很兴奋，觉得很刺激，这或许是因为她在和我一起冒着风险做一笔生意。我操，埃拉，我对上帝发誓，我会平分战利品，虽然她说她这样做并非为了钱。他妈的，她实在让人琢磨不透。

我对这件事儿兴致挺高。据我所知，多伊奇曼有可能会对女学生撒手，也有可能到女生的车上，每一次花一天的时间。现在——

我的身边，我的身边坐着埃拉。我要更多地像父亲录像带里的人那样去思考。我的意思是，既然顾客的要求不能得到满足，我就把及时周到的服务送上门去。而且，我们全面的售后服务中，有一部分是别人永远也无法知晓的。这的确是市场的一个盲区。但是我的良心仍在从布鲁克林向我喊叫。"不，伯尼，"它说，"你给那家伙带来了一大堆棘手的问题。"这时，我想起了家里的母亲。很有可能在电被切断之后，她受到了嘲笑，因为她穷，因为她缺少他妈的魅力。那种得意的笑是讨厌的利昂娜所特有的。我深信不疑。

自行车呼呼地穿行于墙皮剥落的棚屋和活动房之间，沿着两边没有路缘的街道一直向前奔去，直到天空中的亮光几乎完全消失。我们来到一栋做工粗糙的木屋前，那种一个周末你就能建好的房子，不过，油漆干干净净，还有一小块儿平整的草坪，草坪四周是整洁的砖块儿和砾石小道。这就是年事已高的多伊奇曼的住所。我们咔嚓咔嚓地从一个墨西哥人的泥塑卧像旁走过，小心翼翼地把自行车放在房子旁边的砾石道上。多伊奇曼先生并没有等着我们。做生意的人管这叫作"上门推销"。我抓着埃拉的双肩，把需要注意的问题最后又给她交代了一遍。

"埃拉，这只不过是看一看，摸一摸，对吧？没什么大不了的，是吧？如果他太过分了，你就叫我。"

"别紧张，伯尼。我是什么样的人都能对付的，记得吗？"

天哪，她有时候真他妈让人害怕。我们的计划是，她应该显得既害羞又温柔，让他主动一些。要发出一些诸如"噢，好"之类的声音。我告诉她，如果能做得到，她连嘴都不需要张开，但你知道，这对于埃拉太苛刻了。

她踢踏踢踏地绕到多伊奇曼先生的门前，与此同时，我在砾石小道上蹲了下来以避开别人的视线。我假装在背包里找东西。几滴圆鼓鼓的雨水像鸟粪一样啪啪地掉在我身上。我操，这是典型的克罗克特的特征。我听到了开门的声音，接着是多伊奇曼颤颤巍巍的声音。

"谁啊?"他问道,声音听起来又亲切又苍老。他的声音确实很苍老,好像他吞下了一个振动器之类的东西。

听见他们进到屋里,我便放下包,绕到门前,脚下发出了咔嚓咔嚓的声音。怕被他的左邻右舍看见,所以我扫了一眼街道。除了一辆停在那里的旧吉普车以外,其他也看不见什么;除了电线在狂风中嘣嘣作响以外,其他也听不见什么。我试着推了推多伊奇曼的前门——门竟然打开了。我屏住呼吸,直到从屋子的深处传来埃拉忽高忽低的声音。

"这是我妈买的,因为都说棉花可以……呀,你的手好凉……"

好事儿正在进行。我关上门,蹑手蹑脚地来到起居室。一种陌生的气味儿直刺我的大脑,一种在心里沤了很久的味道,像是插在大口瓶里的阴茎发出的气味儿。如果你去了本来不该去的别人的房间,里面的气味你会觉得更为强烈。我沿着狭窄的过道向埃拉发出声音的地方走去,其间经过了一个浴室,里面散发出其他工业用品的气味儿。这时,一辆汽车拐到了外面的那条路上。我用手捂住胸口,以此来降低心跳声,直到它轰隆隆地沿着街道向前开去——我指的是汽车,不是我他妈的心脏。我又缓缓地向前挪动了脚步。

多伊奇曼和埃拉在过道顶头的房子里,门半开着。我把身子紧贴在墙上,伸长了脖子透过门缝向里窥视。多伊奇曼先生正坐在一张又旧又简陋的木床上,床很高,没有梯子你儿乎爬不上去。床单在他两瓣儿对称的屁股下对称地垂了下来,床单上形成了一个匀称的皱褶。床边是一张擦得锃亮的小木桌,上面有一盏灯,灯下垫着一个手工编制的小垫子。灯的旁边放着一个钱包,一本《圣经》和一张嵌在厚实的铜质框架里的黑白照片。照片里一位和善的女人光彩四溢。一双眼睛清澈、坦诚,一头毛茸茸的卷发随着一阵清风在鲜花旁飘动。你能看得出,那清风是多年前吹拂的。房子的另一边有一个小窗户,从那看见后院的杂物,包括一把生锈的双人椅。

埃拉站在床头，连衣裙被撩到了下巴的位置。"哈！你的抚摸让我酥软——等一下，你是想看我的左臀还是右臀啊？"

她把她的内裤拽到了膝盖位置，不是一点一点性感地褪下来，而是他妈的狠拽一下，脸上还带着好像刚刚在小超市看见她时的笑容。懂我的意思吗？

"妈呀，这是什么啊？"多伊奇曼的指尖颤颤抖抖地游走在她的屁股上，他的呼吸变得急促起来。

我也重重地喘了口气，然后拿着妈的保利相机跳了过去。喀嚓！

"你个变态！"多伊奇曼说。他的嘴唇似乎在半空中哆嗦了一下，头低下来埋在了胸前，我猜他是不好意思了。

"多伊奇曼先生，没关系的。"我说，"多伊奇曼先生？我们到这不是找麻烦来了，这个年轻姑娘是乐意来这儿的，我是跟她一起的。你明白了吗？"

他抬起黯淡的双眼看着我，忍住了一些话，没说。然后回头看了看埃拉。她像游戏节目主持人那样歪着脑袋，笑嘻嘻地看着他。天哪，她真是古怪。

"多伊奇曼先生，"我说，"真抱歉就这样闯了进来，我毫无冒犯之意。但是，你看，你我都有特殊的需要，我们可以彼此帮助。"多伊奇曼张着嘴巴，像德克萨斯人一样听着。"看见这个年轻姑娘了吗？我希望你能跟她共度美好时光。你的需求会得到满足的。"我模仿着父辈电视节目中推销员的样子，他们总会摊开双手嘿嘿一笑，如果你不相信事情很容易办到，那你就一定是个这个世上最愚蠢的混蛋。"我们需要的只是一点现金，你想干什么就干什么。你今天的入会费可以是三百美元——很容易拿出来的一笔钱——而我则会让你俩多相处，我甚至就不回来了。多伊奇曼先生，这张照片也就是你的了，我们将永远地消失。我们会说到做到，怎么样，小姐？"

埃拉把手放在屁股上，像个女主妇一样笑眯眯的，她的内裤还在膝盖上。多伊奇曼盯着地板看了一会儿，然后去取床头柜上的皮夹子。他把里面的钱全掏出来了，一言不发地都递给了我。一百六十元，我的心一沉。

"先生，你只有这些吗？就只有这些吗？"我看了看他，苍老且惊恐，我的心沉得更厉害了。我展开那些钱，拿了最上面的二十元，"给你，我不想让你一分钱都不剩。"

我成了他妈的罪犯。他接过钱，连眼皮都没抬一下。更刺激我的是，埃拉得到了她想拥有的全部关注，并因此得到了报酬。多伊奇曼用掉了一些积蓄，却得到了他一生都在梦想的快乐。我老妈的情绪因为我这份所谓的工作得到了些许平静，并有了一些收入。而我得到的是大堆虚伪的谎言和他妈的污浊快感。这事让我特别烦躁，甚至想他妈的逃掉。

"现在你们俩单独呆着吧。"我说，转身朝门口走去。

当我快到门口时，听见多伊奇曼在我身后哼了一声。我转身看见他站了起来。埃拉的内裤迅速从大腿回到了原处。

"别停！"拉里在窗户边说。他转头喊道，"利昂娜——过来看看我们有什么能拿来做节目的！"

我抓住埃拉——她的裙子一半塞到了内裤里——把她拉到了过道里，这当中慌慌张张弄丢了妈的照相机。多伊奇曼在我们面前卡塔卡塔地跑进了浴室，眼睛和嘴巴都张得老大。我从门口把照片扔了进去。

"毁了它，先生。不管你做什么都别和那个家伙说话。"

当我们从前门冲出去跑下台阶时，地板一直在抖。我们正好赶上了穿过门灯斜着飞下来的雨滴，雨滴就像愤怒的精液晃动着。我拉着埃拉猛得转过一个弯儿，飞起一阵尘土。在那儿有我藏在暗处的同伴——拿着摄像机的拉里。

"哦，孩子们，等等。"

我按着埃拉的肩膀把她推到一边儿。她朝马路跑去，一只手挥动着，另一只则隔着裙子拽她的内裤。拉里跨过我的包，横在了我和自行车之间。他舒服地摸了摸他的睾丸。

"这些日子你们变成专业人士了。"

一千句脏话涌入脑海，但我没说出一句。相反，我把这句话记在了心里，低下头，然后狠狠地朝他的肚子撞了过去。"咚！"他飞向自行车，摄像机在空中打圈然后从他头顶擦过。

"臭屎一堆！"他从自行车上爬了起来，然后使劲用脚踢我的脚踝。"想在真实世界里玩一票了，狗东西？"他大吼道。

我拿起照相机使劲拉出卡带盒。然后用腿瞄准他，使尽全身力气朝他踢去。我踢得很用力，他再一次倒向自行车，这次吓呆了，流血了。

"哇，拉里托！"利昂娜仍在房子后面看不见的地方叫着。"你们的明星刚在我这看见一只蜘蛛——这就是你的工作吗？"

我拽起背包冲向马路。埃拉从对面街上停着的一辆吉普车后面冲了过来，拉住我的手。我拉着她冲进黄昏，我们全速前行在道路上，手拉着手，追赶着移动迅速的云彩。

"拉里，"利昂娜在我们身后说。"诚实回答——瓦内萨和丽贝卡，你更喜欢哪个名字？"

我们一路心跳加速，经过破旧的房屋和晃着黄色灯光的临时门廊，踏入河床，越过陡坡。我们拼命地吸气就像喷气发动机一样，直到耗尽所有气力。拉里现在应该回到路上找我了。他非常愤怒。随他之后，法律也不远了。我感觉到了权力的力量。

"操他妈的！"我们停下来时埃拉喘着气骂了一句。

在她房子后面的树丛中，我跪在了她身边。从这里你可以看见一条小路，它穿梭在她家房后的栅栏和邻居小屋之间。在路的尽头，你刚好可以看见约翰路。基特地产和它身后的峭壁黑压压地延伸了下去。当呼吸缓和下来后，我听到了蟋蟀的叫声和风吹青草发出的瑟瑟拍打声。我能感到埃拉呼出的湿润气息。穿过树丛回头看，在最远处有克罗克特式灯光在闪烁。在这片宁静中你能隐约听到从县城传来的喧闹声，之后是车辆开过来的声音。一个想法慢慢地进入我的大脑。那就是我只有他妈的几秒钟时间计划我接下来的生活。

"埃拉，我有一件重要的事情得托付给你。"

"你可以交代给我，伯尼。"

"我们有一百四十美元。也就是一人七十元。"我从口袋里掏出钱，拿出了十元装进兜里，把其余的交给了埃拉。"你能把这六十元送到比乌拉七十大街吗？你愿意为我做这件事吗？你得扎起头发，换身衣服，然后偷偷地溜进去。你能办到吗？"

"当然可以。"她像个小孩儿一样点着头——你知道他们是怎样使劲地点头的。然后她闪闪的眼睛盯着我看。"你打算干什么？"

"我得暂时消失。"

"我要和你在一块儿。"

"你会死的，他们很快就会抓住我们的。"

她抿住嘴唇，使劲地盯着我——那样子像极了你养的猫之类的东西——就那样盯着，一辆卡车从约翰路开了过来。直到它开过去了我都还很紧张。埃拉只是那样一直望着我。这时在不远处传来一声门响，一个女人大叫起来。

"埃——拉！"

埃拉的脸猛的一沉。我猜刚才我们经历的是一场真正的冒险。能看得出，它打破了我和埃拉·布夏尔的冰冷关系。看在旧日情分上，我按了按她的手，然后拿起我的背包。"要是你见到了我妈，跟她说我很抱歉，我会跟她联系的。或者，哦不，最好什么也别跟她说，把钱从门下面塞进去就行了，好吗？"我起身准备离开了，可是埃拉拽住了我的腿。我低头看着她的脸，她好像突然做出了人生最勇敢的一个决定似的——那份坚决像是从内而外溢出来的一样。她凑向我的嘴巴，笨拙地亲了一下。

"我爱你。"她小声地说。"不要走基特地产那条路，他们今晚安排了特警在那儿。"她拉住我的手，把除了那六十元之外的所有钱都塞给了我。之后，她突然起身，像个棉花鬼一样沿着那条小道跑远了。

"埃——拉！"

"来啦！"

我依然能感觉到她留在我唇上的唾液。我用胳膊擦了擦。当我走进陡坡的暗处时，我看见一个人影穿过基特地产角落的灯光。那肯定是巴里·古里肥肥的大脑袋。他没有急急忙忙赶路。一辆车从另一边轰轰驶来，是拉里的。在车灯扫过来之前，我跑开了。

第
三
幕　怪事频发

1

　　从基特地产的高处看，马蒂里欧就像一群萤火虫在闪烁。你可以看见赛尔多姆旅馆的新标识和天线杆旁肋排小店的一角。朝旁边看的话，能看见县城的工作地带——多如蜈蚣脚般的抽油机点亮了整个古里街——他妈的！他妈的！他妈的！我尽可能地沿着这条路向前看，直到自由大道。从这里看去我的县城很美。它就像璀璨的星星照亮了马蒂里欧县的万物，就连周围也闪烁着光芒。然而在县城的北部却有一个小小的黑点，那里一点光亮也没有。那是我的家。

　　风浪袭来。在离开约翰路的时候，我仅存的直觉逐渐消失了。此刻，在把拉里的录像带踩进该死的地里时，我嗅到了风浪里咸咸的味道。他们和母亲在黑暗厨房里的画面一同出现，她试图抓住任何希望的碎屑来成功地做出馅饼。可是她抓住的却是谎言，这让我非常痛苦。她会嘀咕道，"唉，至少他还有份工作，而且我们还盼望着他的生日呢。"然而我正在赶往悬崖陡壁的半途中，在去该死的墨西哥的路上。可能永远都回不来了。

就快十点了，我在两小时后可以到达高速路，那时或许能搭个去圣安东的顺风车或赶上辆公交之类的。我最后看了看平地那头闪耀的马蒂里欧，它是这么多年来我的全部。带着暴躁的心情我独自朝着山地出发。我的脑海里出现了通向奶油馅饼的路。记得那部有海滨别墅的电影吗？很多人肯定也那样做过，因为不是只有特定的人才可以。我想象着母亲在事情平息后平静下来的样子。我买了一些纪念品给她，或许还会雇个仆人照顾她。这些可以气气利昂娜那个死胖子。要知道：深切的厌恶能使你的计划疯狂。

当第一缕车灯透过高速路旁的树枝照过来时已经是午夜了。说实话，我甚至不知道哪条路朝南。我的父母认为童子军是为那些没出息的家伙准备的，所以生活中我竟然他妈的不清楚哪边是南。我没想去搞明白这一点，相反却想起了让格伦·坎贝尔来帮助我前行，他是一个暴躁、孤僻且年龄比我大的人。我想到了歌曲《威奇托巡线工》而不是《加尔维斯顿》。我本可以想起仙尼亚·唐恩①或一些稍带摇摆风格的歌曲，但那些会让我太亢奋。摇摆音乐会让你游离出身体之外，然后突然地又掉回到现实。我厌恶这种感觉。唯一解决的办法就是抑制亢奋。

已经是周三的凌晨一点钟了，月光透过云层给万物染上了蒙蒙灰色。德克萨斯州真他妈的漂亮。如果你从未来过这儿，真应该来看看。尽管跳过玛蒂里欧县，就是这样。成群的卡车和汽车从高速路上驶过，但没有一辆看上去会停下来。别理解错了，我的意思是，如果我不起身拦住它们，它们是不会停下来的。我只是不想这么做。还有一个更好的主意是等公共汽车，按照惯例它总会停的。我在公

---

① 加拿大著名歌星，是当今乡村流星乐坛的实力派天后。

路弯道的拐弯处坐了下来，从包里拽出夹克，把它垫在树墩上弄成个靠背。我坐在那等着，同时想点东西。

我发现，电视之所以让人失望是因为它没能让你明白世上的事儿到底是怎么运作的。比如，公共汽车是不是可以随便在路上某个地方停下，载上任何一个笨蛋，还是只能在固定的车站停靠？你在很多电影中看见某个粗暴的家伙在沙漠之类的地方拦下了公共汽车。但那或许只适合在沙漠中。或者只有看了那类电影的司机才会停下来。这些在我脑海中翻涌，并开始变形成其他类型的电影，例如那部有黑色魔鬼汽车的电影，汽车对那个家伙有着血海深仇。我感觉到我的头发在微风中丝丝飘动着，青草和树丛在我的周围飘动着。周围只有大自然和我在飘动着，而脑海中是那辆带着仇恨的魔鬼汽车。

一阵寒气袭过我的皮肤将我唤醒。已经是早晨五点多了。我听到公路上汽车的轰鸣声，于是我拽起背包来到路边。一辆公共汽车疾驶过弯道，车里洋溢着凉爽和惬意。我挥舞着双臂，做出好像因紧急原因马上要出行的样子。当汽车从我身边经过时，穿着制服的司机探身从反光镜里打量着我。之后，"嘎"的一声，在两百码的地方，他的车靠路边停了下来。我朝着汽车尾灯飞奔过去。

车门打开，"你遇到麻烦了？"司机问我。

"我得去圣安东尼奥。"

"玛蒂里欧离这只有几英里，你应该在那搭下一班车——你知道的，我不能想停就停。

"我知道，但是——我被困在这儿了，而且……"

"你被困在这儿了？"他朝周围看了看。"我们有固定的车站，你不能随便在什么地方就招呼停车。"我用小狗般讨好的眼神看着他，终于他开口说道"我得收你全程的车费，从奥斯丁开始——十三元半。"

我爬上了车，顾不上看看时髦女郎坐在哪，亦或车上是否有时髦女郎。我强忍着污秽杂乱的被褥下旅客发出的阵阵气味，慢慢朝后排的空位挪动着。在车辆前行时，我的肾上腺素涌动着，有点希望拉里会出现，或者是埃拉的母亲，或者狗屁其他人也行。我甚至不愿去想什么，因为命运总会留心你的想法，然后砰地一下把它摔在你那该死的屁股上。

"呜呜呜"，公共汽车上路了，不知道多少英里之后，我开始打盹，脑袋就像悬在刀边的水晶，一下一下变成碎粒。我们经过了一片施了肥料之类东西的田地，如果是和家人一起在车里，他们会假装没有闻到那种污秽的味道。我脑海里突然出现了泰勒·菲格罗亚，别问我为什么。感觉她就在路旁的田地里，趴在灌木丛后，赤裸着身体，蓝色纤维内裤紧紧地勾勒出 V 形股沟，散发着淫秽的味道。我也在那儿。我们安全舒适且时间充足。我的鼻子在她的皮肤上摩挲，沿着隐约可见的阴部边缘一直到大腿根部，探索她满是黏液的私处，那里浓烈的气味就像发酸的巧克力，把我刺激得从她的阴部跳开。在梦里，我跳开得太远了。之后我看见我们到了一片狗屁水果地，我突然不清楚这是泰勒的味道还是我闻到的田地的味道。我爬回到她的下身私密处，但微露的阴部边缘已经不见了。那股禁区刺鼻的气味融进了公车里乘客的体味和剃须后的味道。我呼哧呼哧哼着鼻子醒来，她走了，大片空地从窗外掠过。

我在座位上坐端正，希望自己看上去正常。但是情绪开始波动，那是美梦背后潮涌般的恐惧。此刻，耶稣清晰的形象出现在我的周围。他把脸转了过去，并不看我，将枪管放到嘴里，感受着它的热度。在他的周围，柔和的双眼布满了校园，像花朵一样。这些快速眨动的双眼速度开始变慢，直到最后消失不见。砰！空气断裂时发出嘎嘎声和汩汩声，还有凝结时的嘶嘶声，这些至关重要的声音没有人听见。纳克尔斯老师也在这儿，他的脸上长着年轻人的脓包。记忆回来了，我的眼泪为倒下的人喷涌而出，为马克斯·莱邱加、洛丽·唐纳和每一个人。而且我知道在之后的旅途中我都麻烦缠身，甚至之后的人生也是如此。警察的追查把我钉在了最大的十字架上，让我麻烦不断。他们怎么会认为是我干的？我和那个失败者出去鬼混，脱离群体，而现在，我替代了他的位置。现在，我最初所说的和所做的都变成了不幸的阴影。我第一次理解他了。

"你还好吧？"一位老太太在过道上问我。我肯定是像条鱼一样在喘息。她把手放在我的脸上，我迎了上去，就好像那是上帝之手。

"我会好的，"我哑摸着口水说。她拿开了自己的手，但是我的脸却不由控制似的追随着它，希望再一次得到抚摸。

"知道你有麻烦让我很难过。我就在这儿，如果你需要陪伴，我就会过来。"

她回到了自己的座位。

这位老太太就像来自天堂的天使一样，可是除了痛苦和黑暗——炼狱般的黑暗，我什么都感觉不到。我把脸埋进手里，痛苦地颤抖着，祈求某些希望的出现，然后，我以父亲的坟头起誓。米尤扎克的音乐在车上响起，最开始响起的是小提琴的音符。

起航吧，带我离开这里……

当我们进入安东尼奥时，天已经亮了，但因为还早所以并不热闹。我饿得就像一条游荡的狗。我的眼里仍然像有盐粒。我偷偷摸摸地在最后一间休息室里待到八点，然后走到电话跟前给泰勒·菲格罗亚家里人打电话。我只是感到空虚，身体里的活力被榨干。现在的逻辑是这样的：如果我能得到泰勒的电话，朝我的梦想跨进一步，就会让我受到鼓舞，甚至说不定我会打电话回家去解释那些事情。如果我没能得到泰勒的号码，那我就没什么可输的了，无论如何我会打电话回家，因为我根本不在乎是不是被鼓舞。

我按下了号码。按的时候突然有个念头，或许我的老母亲一夜之间变成了菲格罗亚家最好的朋友。他们这会儿正那喝咖啡，嚎啕大哭的可能性更大。你知道玛蒂里欧是个让人讨厌的地方。因为我老妈一辈子都不会去菲格罗亚家。但是你知道玛蒂里欧是怎样的。电话通了。

"你好。"泰勒的母亲接电话的声音冷静而深沉。

"是菲格罗亚太太吗？我是泰勒的一位朋友——我弄丢了她的电话号码，我想知道怎样能联系上她。"

"你是谁？"

"啊，就是一位学校的老朋友，就是学校里的。"

"是的，可是你是谁？"

"哦，我是——丹尼·内勒。"他妈的大错误。她的声音马上变得自然而亲密。

"哎呀，嗨，丹，我根本都没听出你的声音——你在农业机械学院的生活怎么样？"

"啊，不错，很好，我非常喜欢这个地方。"

"有一天我在新生活市场上见到你妈了，她告诉我你会回来参加矢车菊野炊聚会。

"哦，当然……你是了解我的。"我那该死的背上全是汗，视线变得黯沉，就像刚刚喝掉了四十杯咖啡一样。

"好啊，"她说，"我明天会在委员会议上见到你妈，我会告诉她你打电话来了，她一定会开心的。"

"哦，太好啦，非常感谢。"

"我想泰勒接到你的电话肯定会高兴……稍等，我给你她的号码。"

该死！"我知道泰勒接到电话会开心"——我突然感到刀子在那个地方旋转了一下，混蛋内勒总是干涉我的事情。就好像，他在整个学校生涯中只开过一个不错的玩笑。它让我想说"是啊，我要让她知道我的生殖器癌的近况"或之类的话。他妈的内勒，这个家伙。

"丹，泰勒仍然在南边休斯顿德克萨斯州立大学——我知道她午餐时间有个约会，所以你这会儿如果找不到她，之后再打给她电话。"

我在"T"和"F"为首的名字下都写上了她的号码，以防遗忘，然后我在电话簿的封皮上也把它写了下来。"谢谢了，菲格罗亚太太——您保重，并请转达我对母亲的爱。"

"一定，丹——野炊会上见。"

我挂了电话，摇摇头，一时语塞。你能够想象到丹尼到达野炊聚会时的情景——"什么他妈的电话?"或是大家都知道了一周前他死于线形舞①事故中。我他妈的脱颖而出了，伙计。我的意思是，一定有一些手段高超的匪徒，他们做的才是难以对付的案子。但是我断定他们一生从未卷入过愚蠢的事件中。就好比，我断定阿道夫·希特勒——一个卑鄙的家伙，绝不会因为假装是他妈的丹尼·内勒而让大家在野炊聚会上注意到他。

得到了泰勒的电话号码让我看起来像是得了注意力缺乏症，或是得了让人要么突然僵硬，要么像小丑一样举止滑稽的病症。我做出面部表情去掩盖它，皱着眉头就像我正在计算 π 小数点以后八十亿位一样。在我的新表情背后，我思考着所有本会使我看起来愚蠢的表情。比如，我的老母亲此时已经起床，可能有人喊出"清晰!"时，已经他妈的去除了心脏纤维②。我慢慢走到最后几扇门前，那儿有公交车时刻表。公交车按时发往休斯顿，这意味着我有充足的时间给我的老妈打电话。而且，休斯顿的公车会定时开往靠近墨西哥边界的布朗斯维尔和麦卡伦。我很想买两张去边界的票，然后把其中的一张赠送给泰勒，就像赠送结婚戒指一样。但是我的理智对我说，不要，一张都不要买。我冷静了一会儿。然后开始回想起电影《勇者胜》当中显而易见的事实，或许没有票这一事实就意味着

---

① 跳舞者排成一条横线，动作保持一致地跳动。
② （用电休克）去除（心脏）的纤维性颤动，恢复心脏的正常心律。

得不到她。我不再想这些了，站在门边动也不动地重新计算起 π。

比如说，举个例子，两个家伙想立刻拉着泰勒·菲格罗亚到墨西哥去。一个人带来了玫瑰，并告诉她自己要去墨西哥的计划，问她去不去。另一个小子带来一夸脱龙舌兰酒、一卷大麻烟和两张去墨西哥边界的票。他没有马上拿出那两张票，而是告诉她，"我活不了几小时了——帮我从痛苦中解脱吧！"他在三分钟之内将她摧毁，好比从她的喉咙中取出了扁桃体，正中要害。然后拿出票说，"离警察赶到还有十分钟，他们会把你当成同谋——让我们一起走吧！"她会跟哪个走？你肯定他妈的知道答案，不用我告诉你。让我说，不是因为一个文雅，一个是混蛋，而是因为那个人知道她肯定会跟他走。作为美国人，我们相信这一点。看在上帝的份上，是我们发明出他妈的狂妄自信。可是，在所有的书和录像带里，在整个狂妄自信这个过程中——我并不是指为了促销而花言巧语地欺骗别人，那是狗屁另一回事，我指的是在这个过程中你最终很清楚会发生什么结果，就像清楚"一就是一"那么肯定。你从来没有他妈的真正知道该怎样去做。就好像，我的钱，只是乐观地去考虑这件事根本没用。我整年都很积极乐观地去想，但是现在操他妈的看看我的样子。我老妈一直希望一台新冰箱会出现在门口，可是到现在还他妈的没见着呢。

我慢腾腾地走到电话前，不确定泰勒是不是回来了。事实上，坦诚地讲，我猜她还没回来。她在约会，她的生活是独立自我的，充满着阳光气息的皮肤和蕾丝内裤。我的生活里有的却是不请自来的恐怖现实，夹杂着发动机和血腥味道，呜呜嘟嘟地响个不停，使你失去所有的光泽。梦想真他妈的完美，可现实却猛往另一边拽。事实是，我们俩碰到了一起，彼此说声你好，这并不代表我们就会擦出火花。你能期待的最好结果就是，她的蕾丝内裤被黏糊糊的鼻屎弄脏了。这足够让你高兴地大叫起来。这样的想法不正确，可我就盼着它能发生。你得明白，我的伙伴：当明白真实情况时你就遭殃了，因为那时你再也无法不声不响，满怀自信地做事情了。

最后，我对自己很失望。我把该死的哲学那一套理论整理打包，从口袋里拿出一枚硬币。我把它抛起，落地时正面朝上，这意味着我应该立刻给在休斯顿的她打电话。我拿起电话，按下了她的号码。

2

"喂？"那声音让人想起了弹性内裤里湿湿的屁股。

"嘿，泰勒——我是维恩。"

"稍等，我去叫她，"一个女孩喊道，"泰勒，泰勒，维恩的电话。"

"谁？"那边传来一个声音。

然后你能听见咯咯的笑声，我真他妈的讨厌那个笑声。和女孩打交道周围总会有咯咯的笑声。你要知道：绝对不要一次和一个以上的女孩打交道。

她终于咔的一声接起了电话。

"嗯——嗨，我是维恩。"

"维恩？"

"维恩·利特尔——还记得我吗？"

"维恩·利特尔？好像，嗯……"在她说话的时候，能听见另外一个女孩在旁边亢奋得不得了。

"你可能在新闻中见过我，维农·格雷格里·利特尔——在玛蒂里欧县。"

"好像吧，我真的很抱歉——我听说过那次惨案，但是通常我只看有线台，你知道吗？"

"肛门入侵者频道！"另一个女孩大声喊道。

"嗯——好吧，我是在一次高年级聚会外面那个头发乱糟糟的家伙。我有些东西想给你……

"哦，维恩，抱歉——那晚你对我很照顾，我没做什么出格的事情吧？"

"哎呀，没什么大不了的。"我说。电话那边可以听见她把那个女孩撵出了房间，没有说话，只有笑声。

"真是什么事情都可能发生在我身上，你了解么？"我舔了舔嘴边的唾沫，想象着可能在她身上发生的事情。"那么，你是怎么找到我的电话号码的？"她说。

"这说来话长了——我现在正在去休斯顿的路上，我想我们或许可以喝杯咖啡什么的。"

"呃，维恩，我想，嗯，下一次吧，好吗？"

"那么一起午餐怎么样？"

"你看，我表姐准备过来，不管怎么样——女孩之间的事情，你是知道的吧。不管怎么讲，接到你的电话我很开心……"

她说出了结束时的话，就是那样。然后在她等待我说出相应的结束语时，我们陷入了尴尬的沉默。极度的沮丧让我孤注一掷。

"泰勒，听着——我刚从监狱出来，我在逃亡。我想在自己消失前告诉你一些事情，你明白吗？"

"让人难以置信——发生什么了？"

"我不能在电话里讲。"

"天哪，可是你看起来是那种，你知道的，很温和的家伙。"

"可能不怎么温和——而且事实证明不会再他妈的那么温和了。"

"上帝啊，可是你不是才十四岁吗，是吗？"

"事实上，再过几天就十七岁了。所以，我想自己在面对不公平时，肯定会崩溃的。"

"哦，上帝啊！"

站在电话旁，我的眼睛环视着周围，等待着她上钩。我凭借对女孩较有把握的了解在这里等候——这种了解是基于对全世界历史的搜集——女孩无法拒绝坏男孩。你明白这点，我明白，全世界都明白。即使你不能说出来。

"维恩，也许我可以——不管什么，你知道的，我的意思是，你知道休斯顿的风雨街廊吗？"

"不是很清楚。"

"你看，我会在大约两点钟到达'维多利亚的秘密'——我们可以在诸如韦斯特海默路的地方见面。"

"维多利亚的秘密？"我咬到了自己的舌头。

她笑着说："我知道，这有些让人难为情——我猜是这样的，我要去买内衣。真不敢相信我竟然邀你一起去。"

"我会戴上墨镜的。"

"不管怎么样，"她笑着说，"你会——开车来？"

"我会乘出租去。"

"你留心看，在风雨街廊正门外有一个充气章鱼，用来促销的。两点一刻我会在那找你的。"

看见了吗？起初我对她毫无意义，舌边一滑，她就想挂断电话了。但是看看有了麻烦之后，多么神奇的力量。麻烦真他妈的能让人激动。

去休斯顿的公车需要二十二美元。我很饿，可是我只有四十四美元半。两个人都去墨西哥的话花费会比那要多。当我坐的公共汽车到达休斯顿的时候，刚好不到一点。我朝电话机走去，在黄页里查询"凯希当铺"。我的命运得继续。一辆出租车开了几公里后，我到了当铺。在那儿他们给我价值两百元的收音机出价二十五元，我接受了，因为出租车计价器还在转动，它已经花了我十元了——司机知道我要去的是该死的当铺，非让我提前付车费。我的唱片他们也出了价，两角五分一张。我对当铺老板嗤之以鼻，他快气疯了。按我们的说法，这个老板还真不害臊。

之后，出租车载着我行驶在这条高速公路上，经过一栋栋高大发光的大楼我们来到了风雨街廊。我尽量不去预想泰勒会穿什么衣服，会散发怎样的气味。对于不确定的事情最好不去想，因为如果没有实现会让人失望。或许我以为她会和以前一样穿着超短裤，之后却发现她穿着牛仔裤之类的，那会让我十分沮丧。

我让自己通过观察司机来分散注意力。他是个职业司机，身体和屁股已经被固定成座位的样子了。他看起来不错，高高壮壮、胡须浓密，还总带着微笑。让人想起老电影里的布莱恩·登内希，就像那部水塘里出现外星球鸡蛋的电影一样。过去学校里有一群我这样的人，总希望布莱恩·登内希可以成为自己的爸爸，就像希望芭芭拉·布什是我们的奶奶一样。不像我们蛮横的奶奶那样。可是，在我看这部电影的时候，我的爸爸还活得好好的。这让我觉得，自己希望布莱恩·登内希成为自己的爸爸有些背叛了他。这或许对他的死起了负面影响，谁知道呢？

出租车到了韦斯特海默路，有四个古里街连起来那么宽。我尽量控制心跳，可它还是加剧起来，而且还他妈的快得不行。在电影里，当你想让心跳加速的时候，它才会加速，可现在我这儿它完全不受控制。心跳让我无法冷静。当这个庞大的购物中心出现在我们旁边的时候，我深深地出了口气。一个大充气章鱼被绳子拽着在路边摇摆。我的精子已经爬到嗓子眼了。

"就在那儿了，停在章鱼旁边。"我对司机说。

一个年轻女子站在路边。我耷拉着脑袋，希望她没有看见我。我讨厌当你去见某人的时候，相距还有他妈的二十多英里远就被看见，然后一直盯着她看。那会让你觉得自己的步子迈不稳，肩膀也晃得厉害。你还得一直傻笑。

那是泰勒·菲格罗亚。她穿着卡其色短裙。在棕色闪光的头发下，她的腿和手臂温暖且放松。当她看见出租车时，她的眉毛挑了一下。我的肚子他妈的难受起来。

"总共七元八角。"出租车司机说。

车门刚一打开，她清凉的体味就向我袭来。但是那个出租车的座位又矮又破，以至于我下车就像爬珠穆朗玛峰似的。当我从车的右边使劲拽出我的包时，泰勒的笑定格了。然后我把包放在路边。她把双臂交叉在胸前，我匆匆忙忙地掏出一张纸币给那个家伙。

"是七元八角。"司机说，"而这只是一张五元的。"他从窗户里举着那张纸币，仿佛是粪便一样。

我额头上的汗像洒水车喷出的水一样多，我从口袋里摸零钱，可口袋太小了，我的手根本没办法完全伸进去。范达美宁可把手背撕掉也不愿这样扭来扭去，他会一拳打碎他妈的车灯。而我最终还是从钱包里翻出了十元递给那家伙。

"不用找了。"我不在乎地告诉他。泰勒俯身亲我的脸颊，但再次停在了半空。那该死的司机从车窗里晃着一张纸币。

"别忘了你的五元。

"我说了不用找了！"

"真的啊？谢谢，非常感谢！"

他妈的，现在泰勒很尴尬，我也很尴尬，那个吻破产一半儿了，而最终，泰勒收回了那个吻。然而我还是近距离嗅到了她的香味，那香味里有诱惑——一个真女人的诱惑。它意味着更加精致的内裤，可能是丝绸的，精良的剪裁，镶着花边。或许是蓝色的，或是肉色的。我被她迷死了。

"嗨，"她边说边领我走过那只章鱼，"你抢银行了吗，嗯？"

"是啊——看见这个背包了吗？"

我现在很是疲倦，就像休斯顿日的小丑一样。汗水从我鼻子上滴下来。泰勒看着我，眯着黄褐色的眼睛。

"你还好吗？"

"我想是的。"

我没有欲望再取悦任何人，但就在这种失望中，一件奇怪的事情发生了——一件有意义的事情。在我看来，发生的这件事情让我们之间建立了一种真正的关联，就像电影里演的一样。她看到了我把自己弄成了个坏蛋，而且她清楚我明白这一点。这好像让她放松了一些，而我也随她而放松。这就像舞台上的马可以不再做算术题一样。我猜这意外地让我变得真实起来，让我看起来像是一只他妈的该被打入地狱的老狗。考虑到我的处境和我灵魂周围其他人的泪水，她默默地把我领进了购物中心。

"那么，究竟发生了什么事，你这个坏孩子？"在扶梯上她挑起了话头。

"他妈的，我不知道从哪开始说起。"

"我会从你嘴里把它们拽出来的。"她那干燥的小手滑进我湿湿的指间，然后带着我穿过人群。

"我们去找我表姐，说不定再拿杯果汁，然后去个没人的地方。"

一杯果汁，独自来杯果汁。多棒的女人啊。我看着她布裙子紧紧包裹着紧实的臀部，左，右，左——看不见内裤的痕迹，肉眼看不到。我他妈太爱她了，甚至不可以想她内裤的样子。

我们到了一家女内衣店，那里陈列的全是性感、闪亮的内衣。说实话，我对这种粗俗的样式不是很感兴趣。简单的棉布比基尼比较合我胃口，就好像女孩并不知道你会去注意她时穿的那种。我看了看周围的女人，很确定她们都他妈的盼着你去。

"我没看见她。"泰勒抻着脖子在物品中寻找着。"很明显，你想去谈谈吗？如果你不去我也能理解……"

"当然，但是你得保守住这些重要的秘密。如果你做不到我也会理解。女孩总是喜欢秘密。"

"随你怎么说吧，"她皱了一下鼻子。"比如说，我不需要知道尸体被埋在了什么地方之类的事情。"她笑了笑，然后和我一起走向了广场对面的一家很漂亮的餐厅。

"妈的，没有什么尸体之类的事情。"我说。

当她的屁股落在吧台旁的高脚凳上时，我发现她并不是完全无瑕疵的——她有几颗牙齿不齐，你还能发现在妆面下有一粒新出现的粉刺。我被融化了，就像克里内克斯里的一个软团。她是如此他妈的真实，就在眼前。

"那么，你有罪吗？"她问。

"啊，我认为没有。"

"是不是抢劫之类的罪？"

"是谋杀。"

"哎呦。"她的脸一下子变形了，就像踩到了脏东西。"你难道没想过，最好能，比如说，留下来弄清楚？"

"嗯，事情赶到一起了，我不得不消失一阵子。"

她锁紧双眉，满是同情。当我融化在她的甜蜜中时，我意识到应该停止谈论这样肮脏的事情，转而搭建一个让人兴奋的平台继续吸引她。点一杯龙舌兰之类的酒，然后吻她的嘴。

"泰，"我皱着眉头，"这可能有些突然，但是——我必须得跟你说件真正重要的事情。"

她的脸没有了表情，就像看见一个厌恶的家伙靠近时的那种表情。我一下子明白这是一个错误的方法。

"钱？"她说，"嗯，如果你需要借一笔钱的话……"

一个服务员过来了。你们需要点些什么？泰勒和我互相看了一下就转开了视线。

"我要一份石榴汁。"她说。

"嗯——来两份。"我说。龙舌兰酒，我他妈的真蠢。服务员走了之后，我试着换了个角度说，"嗐，泰，我真是太自私了——我甚至还没问问你过得怎么样……"

她摇动我的双手："你这样是在害我，就像，上帝啊，我来这儿就是为了结这件事儿的。我正在为电视剧试角色但还没有得到——就像，无论如何，你明白的对吗？"

我微笑着，并从这一刻吸吮着温暖用来搭建一个浪漫的舞台。

她向后甩了甩头发，垂下了眼睛。

"而且我正在和一名医生约会，你能相信吗？他年纪比较大，但是我好像很爱他——我今天来购物就是为了他，他和我表姐的新男友都很喜欢那种绚丽的内裤。"

我开始通过一个遥远的带回声的隧道听她说话——你知道的。然后妈的声音从我的嘴里冒了出来。

"嗨——哇。"

"上帝啊，我简直不能相信跟你说了这些！不管怎么样，他将开着像大鱼一样的海防舰来参加我十一月的生日派对……"

"嘿，哇。"

哦，此刻在你如此的柔软细滑的皮肤上，命运让我尖叫着死去——因为你生命的每一个像素，每一个微笑的转换，每一个标志着我的梦和你的心的距离。我他妈的知道这只是上千种死去的开始。

这时泰勒从高脚凳上下来，朝中心广场对面招手，"嗨，是我表姐——利昂娜！洛尼！"她大声招呼他们，"过来！"

真他妈的倒霉。是利昂娜·邓特从家里回来了。我不知道拉里是不是和她在一起。他妈的。我从凳子上跳起，拽起背包。利昂娜还在内衣店，没有朝这边看。"怎么了？"泰勒问我。

"我得走了。"

"可是——你刚才准备问我什么？"

"求你，求你，求你了，不要对利昂娜透露一个字。"

"你认识利昂娜？"

"是的，求你了。"我的耐克鞋飞一般地跑到了中心广场。

"维恩！"我消失在人群中时听见她喊了我一声。我转身看了一眼，永远地记住了她的身影：她站在那儿，就像一只迷路的小猫，张着嘴，皱着眉。"小心啊！"嘴巴在无声地说着，"给我打电话。"

我像腐烂的尸体般坐在驶向麦卡伦的灰狗长途汽车尾部，在肿瘤灯和扭曲熔岩灯烤炼的天空下，变成一个毫无意义的符号——一个蛆和蠕虫生存的地方。维恩去了地狱。而且我根本没有给我妈打电话，你应该猜到了。我甚至一整天没吃东西。我做的一切就是把自己钉在了十字架上。

我脑子里第一个放映厅无休止地放映着泰勒的特写镜头。我试着不去看，我呆在大厅里避开她。但是她就在那儿，使劲扭动着雪白的屁股。第二个放映厅播放着另一部经典作品：《母亲》或是《宝贝，我的大家庭》。我也不试着去看它。我所看的是玻璃窗上映出的我那张重叠的老傻脸，随着窗外无垠的远方滚动着；潮湿、阴暗的远方，就像全麦饼干上的绵绒球一样。眼前掠过的电线杆和栅栏就像五线谱一样，但那旋律却他妈的让人恶心。

这是我得出一天重要论点的提纲，我差点忘记了。一首歌和泰勒有关。就在你认为自己已经快到达自然法规的极点时，一些你已经快忘记的事情又出现了。从这儿我知道了例行程序。所有的人都深切地知道，一旦被命运之歌黏上就没法再摆脱了，就像他妈的疱疹。唯一抹去那首歌的办法就是买下那首歌，然后日夜播放，直到它不再有意义。这需要四十万年的时间。所有的人都明白，但我不记得在学校有人教过我关于命运之歌的威力有多大。请纠正我，如果学校教我们的那天我逃课了，或者可能那天我因为从实验室里带出了青蛙而被罚扫院子了。不，我记得我们忙着学习他妈的苏里南，并未被传授任何对生活有实际意义的东西，诸如命运之歌。

我从一个前排家伙的耳机里听到了泰勒的歌声"嚓，嚓，嚓"。曲子是珍珠果酱乐队的《更好的男人》。我甚至不知道歌词是什么，但是你可以跟我打赌，曲子的每一个音符如果跟我此时的境遇有丝毫不同，那我将在地狱度过接下来的八十年。甚至可以变成在太空之类的地方呆着的土拨鼠。

更糟糕的是，它甚至算不上一首纯粹的春歌。没有重复的小男低音在背部上上下下，摇来晃去；连手淫也不能释放欲望。这首老旋律用比重复更有力的方式拉着尖叫的你离开她的内裤。像被氧化一样,我极度渴求着什么。这致命的爱情。

突然嗓子眼里有些哽咽。我抑制住它并朝周围寻找能让自己分心的东西。我看见前排有一个消瘦的年轻女子,抱着孩子。小孩正在拉那个女人的头发,而她则假装很害怕的样子。

"哦!不行!"她喊着,"你怎么能那样对待妈?"

她假装大哭,而孩子则像个精神病一样吱吱咯咯地大笑着,手上拽得更使劲了。我正看着一把新制成的刀被放进一个全新的灵魂里。一把训练用的匕首。一个母性的刀刃。在这里他的妈敞开了那个切口——对整个世界的无言完全麻木。

"哦不,你杀了妈,妈死了!"她假装死去。

小孩儿笑了一分钟,但是只笑了那么长。然后他感觉哪儿不对劲。她没有醒过来。他杀害了她,她抛弃了他,就只是那么拽了拽头发。他用手指捅了捅她,然后准备大哭一场。就在那儿你得到了答案:他用自己的双手握着刀柄,刺入了他的第一刀,一直刺到刀柄。只是为了让她回来。能确定的是,在他流出第一滴眼泪的时候,她醒了。

"哈,哈,我还在这儿!哈哈,是妈!"

哈,哈,这就是"搞阴谋"。

哒哒哒哒哒,长途汽车大跨步驶进紫色的黄昏,像是一颗载满了刀器和维农的烈性炸弹。我知道我是因为自己的不幸才烦躁。我告诉自己只是因为不幸才烦躁,跟其他事情无关。我明白,可是脑海里一直有这种想法,就像"世纪之声"说的那样,"这不是年轻人度过学习时光的方法。"

泰勒这会儿应该买好东西了。她可能已经在该死的"大鱼海防舰"中了,她的裙子被撩到了腰部。在我的想象中,她的性感内裤暴露得足以摧毁我的生命。现在,内衣裤是比基尼的尺码,紧小贴身,腰间带有一个小小蝴蝶结。它们折磨着我的欲望。在她的阴部有一块儿硬币大小的湿迹，如果你用双手捧起柔滑的屁股，从座位上托起，把脸凑过去闻一闻，你会嗅到强烈的酸角沙爹味儿，极其刺烈。她是如此的清白，即使在像今天一样热得发泡的天气下也是如此。清白洁净，就像个芭比娃娃。哦，泰勒，他妈的泰。

　　当长途汽车开入麦卡伦时出乎意料地安静。司机关掉了引擎，车门扑哧一声开了，整个世界就停在那儿了。快十一点了，此时车上出现了新一轮的安静，连我起身时衣服摩擦的声音都显得有些吵。我就像是从高烧中醒来，特别是有过刚才那些怨恨的想法之后。我跟着其他起身的乘客一起朝汽车的前部走去，在靠近门的地方闻到了一股烟味。或许这是自由的气息，还有不到十英里就到站了。

　　我体会着我的新杰克鞋踩在混凝土上嘎吱嘎吱的声音，这声音让我觉得自己仍然还活着，仍然还有胳膊有腿儿，还有那些要命的梦想。我还有二十一元三角。几乎是空荡荡的终点站洋溢着舒服的光，所以我想来杯咖啡或是一块儿三明治，随便来点东西让我的肠胃干点分内的工作。一个墨西哥小男孩儿在门边扫地，两个老妇人在椅子上打盹，旁边是几个系着绳子的箱子。椅子垫散发着跳蚤粉的臭气。之后我注意到后面的电视，正在播新闻。我心想："别他妈的往那走。"可我他妈的还是走了过去。

　　"一起震惊的事件发生在德克萨斯州中部玛蒂里欧社区。"新闻正在播报。红蓝色警车车灯在刚下过雨的道路上闪烁着。魏茵·居里跌跌撞撞地走在靠近县城边的车道上。她穿着田径服，用手挡住摄像机照过来的光。一个高个子女人扶她穿过拍摄区，然后转向摄像机。

　　"每个人都受到了创伤——我请求在这个艰难的时刻，你们大家都能为我们的社区祈祷。"

　　画面转到了白天。记录犯罪的带子沉闷地穿过了约翰逊路，昨晚我的旅途

　　就是从这儿开始的。拉里进入画面，朝镜头走来。他的胳膊绑

着绷带。"我有幸逃过了劫难，虽然断了一根锁骨，还受了严重的刀伤和撞伤，我为自己有幸目睹这一罪行而欣慰，它消除了玛蒂里欧最近所有事件的疑云。"这个从停尸房走出来的男人瘦高结实，他跨过一个塑料布包着的尸体。他身后的警察正在把这尸体拖向一辆搬运车。"巴里·伊诺克·古里没那么走运，他倒在了距玛蒂里欧县新建的特警队训练场不到一百米的地方——在准备参加这支特警队前几小时，他倒在了自己的武器下。"

电视出现了古里作为军校学员的画面，在摄像机前的他目光明亮，对未来充满希望。拉里脸色更加阴沉地回到画面，"我不幸成为那场枪击案的目击者，子弹过早地结束了一个人的生命，他克服了年幼时的孤僻成长为法律系统一颗新星，一名被同事和市民称为真男人的军官。随着联邦军队来到这个重创之地，调查的方向已经落在了追查凶手维农·格雷格里·利特尔的身上……"

我的学生照出现了，接着是我和帕姆离开法院大楼的一组镜头。接着一个戴着度数很高眼镜的陌生人出现——穿着工装裤，戴着橡胶手套。"取证工作进展很好。"他说，"我们已经识别出一只运动鞋留下的印记——是这一地区不常见的一种鞋——并且还有证据证明尸体周围的鞋印被掩盖了。"

拉里回到了镜头前，"地区边界和高速公路上的安全防范工作会持续到深夜——当局称疑犯可能携有武器，应该避免靠近……"

我仔细看了看终点站周围。那个看门儿的人心不在焉地在休息室前扫地。柜台后面，一名售票员无精打采地敲着键盘。我从容不迫地从他们俩之间走向大门，然后朝着马路黑暗的地方跑去，飞一般地回到了高速路上。

我从光线最黑的地方穿过高速公路，沿着阴暗的边缘往前跑，什么都看不见，只有两条清晰的血管跳动着，发出淫秽的光。前方有块指向墨西哥的路牌。车流从它旁边驶过。我甚至不知道自己要走多远，我只是拼命向前跑，直到耗尽所有力气，蹒跚几步后再跑起来。午夜的时候，我脚底下一点儿力气都没了。我慢吞吞地朝前走，嗓子眼儿里发出嘶嘶声。风浪在我身后紧追不放，浪尖不是泡沫而是苍蝇，该死的苍蝇，满脑子都是失败的想法。耶稣和苍蝇一起来了，挥着手，可他很快就被淹没了。他在下沉，嘴里全是苍蝇，这些苍蝇和黑暗一起搜刮着他全部的色彩，直到让他变回黑色。我停了下来，就像一块从未移动过的岩石。我耷拉的脑袋在黑暗中嗡嗡作响。当我抬起头时，仿佛经历了一个世纪的停滞，我看见了前方的一点光亮。我跌跌撞撞朝前走去，发现那一点光变成了耀眼的强光，那是一种荒野之中光芒四射的夺目景象。

"国际大桥—彭特国际"。指示牌上写着"墨西哥"。

从这里看去，边界线就像史蒂文·斯皮尔伯格①搭建的景象一样——一道北极光定格在黑暗中。虽然天并不冷，我还是披上了夹克衫，同时试图将头发朝后抹平。我迈着大步子走完回家的这最后几百码路。

大桥的那头，成行的卡车绵延在黑暗中。载满人的轿车从中间穿行而过。即使是此时，仍有很多人在徒步前行。除了常规的边防检查站并没有设置路障的标志。走上了大桥，我知道我踏进了梦里，用双脚使劲踏住他妈的边界线，以便自己能爬上去。救赎、纪念和阳光下慵懒的女式内裤都在脑海中一一浮现。

你应该已经明白了：洁净的混凝土高速公路到头了，那边就是另一个国家了。高高低低的人们环绕在我身边就像商店里的流动百货，穿着工作服的胖子也混在中间，个个都拥有像在自己家里一样的自信。墨西哥人，脸上看起来很谨慎，就好像你会不守承诺一样，这是因为他们的梦也悬挂在这座桥上。你能感觉得到。我从一位老人身边经过，他戴着遮光镜，头顶一个旅游帽，身穿牛仔夹克衫，脚

---

① 生于美国，犹太人血统。美国著名电影导演、编剧和电影制作人。曾两度荣获奥斯卡最佳导演奖。

踏荧光耐克鞋，还提着一个任天堂的盒子——上面绑着"南方公园"牌的床单。这让我就像他妈的降价香肠一样显眼，还不算上我本身就比常人高出六英寸。

边防检查楼建在墨西哥的那边，穿着制服的工作人员拦下车辆进行检查。我竖起夹克的领子尽量让自己淹没在人群中。我认为自己要成功了，却在这时听到这样的声音。

"年轻人。"一个墨西哥官员叫着。我开始大步朝前走去。"年轻人——先生！"我朝周围看了看，他在向我挥手。

3

那个边境官员慢悠悠地从边防检查站走了出来，一副神气活现的样子。他的肤色比这里的很多人都要黑，几缕黑白相间的头发用发乳固定在他几乎全秃的头顶上，好像用的是车轴油脂或是什么类似的东西。简直就是一个名副其实的粗俗花花公子形象。

"请出示护照，"他说道。他看起来对一切事情都是那么严厉苛刻，除了以上所谈到的外貌特征现在还可以看到他的金色牙齿。他用凶煞的眼神看着我。

"哦——护照？"

"是的，请出示护照。"

"呃——我是美国国籍。"

"那出示一下驾驶执照吧？"

"哦——不用了吧，我是美国人，是来参观你们美丽的国家以及……"

他盯着我看。他会按照预定程序办事的，我可以感觉到他是那种令人讨厌的官腔十足的坏家伙。

"跟我来，"他说，然后把我直接带到了主楼。

主楼里散发着一股鞋油的味道。那可真是一个储存办公用品的"侏罗纪公园"。里边灯光暗淡，放满了一些老式桌子和有点像中国餐馆里放着的那种椅子。一个风扇在一个角落里吱吱喳喳的响个不停。这里给人的感觉像是一个法庭，又有点像你在电视里看到的那些公共卫生系统的候诊室，尤其是里面有很多墨西哥老妇女的那种。但是他妈的可不要说这是我说的。我可对这种说法不太满意。那个官员领我走到一个办公桌前，然后他在后面昂首挺胸地坐下了。看起来就像是南美洲的总统似的，其实他妈的就是边境上的一个小坏蛋。

"你有身份证吗？"他问道。

"呃——没有。"

他嘎吱一声又坐回到了椅子上，伸开双臂，好像他要指出他妈的这宇宙上最显而易见的事实一样。"没有身份证你不能进入墨西哥。"他咬牙切齿地说道，为了取得"最明显的事实"的效果。

一些顺理成章的谎话已经到了我的嘴边。我准备使用那些惯用的伎俩，如果你是我的话，就会明白这是"笨孩子"常玩的游戏。我很快地说起了我的家庭。"你知道吗？我得去见我的父母？他们早就过来了，我因为有事回去了一趟，所以过来得迟了。他们这会儿在那边等着我，他们现在很可能非常着急。

"你的父母在度假吗？"

"是的，他们在度假。"

"你的父母在什么地方？"

"他们已经在墨西哥了，正在那里等着我。"

"在墨西哥哪里？"

我真倒霉，碰到这样一个家伙可真是不幸。记住，他的方法就是把我的胡话缩小范围，然后再很自然地逼我说出真相。看看是怎样的含糊不清的谎话，比如"是啊，他们在北半球"，或者其他类似的什么话。现在他就会缩小范围，然后再缩小范围，直到你不得不说出一个该死的房间号码。你的父母到底在哪儿？

"呃——蒂华纳。"我边点头边说道。

"蒂——华纳，"他摇摇头。"这里不是去蒂华纳的路，去那里的路在墨西哥的另一边。"

"哦对！你说得对，他们是从那边过来的，而我现在在这里，我现在必须得去见他们，你明白吗？"

他在那里坐着，脸朝下而眼睛却朝上看着，当人们不相信你说的话的时候，都会是这副摸样。"在蒂华纳哪儿？"

"呃——在旅馆。"

"哪个旅馆？"

"那个，呃——我把名字写在哪里了……"我笨手笨脚地翻着我的包。

"你今天不能进墨西哥，"那个官员说道。"你最好给你的父母打电话，然后让他们过来接你。"

"呃——现在给他们打电话有点晚了——我本应该现在已经到达那里了。不管怎样，我想我们两个国家签署过协议或是什么的，我原以为美国人是可以直接过去的。"

他耸耸肩。"我怎么知道你是美国人？"

"见鬼，你只需要看看我——我的意思是，我确凿无疑是美国人，我肯定是美国人。"我伸出双手，试图再用"最明显的事实的"方法。他俯身靠向他的办公桌，用眼睛逼视着我。

"你最好给你的父母打电话。今晚你留在麦卡伦，让他们明天来接你。"

在真相揭露前我使出了我的最后一招。我假装很赞成他给我的这个建议。"哦，是啊，真是好主意，我将会给他们打电话，然后让他们过来接我，真是太感谢你了。"

我一瘸一拐地走向安装在墙上的那个老电话机，假装把硬币投了进去。然后我在我的包里乱摸一气，甚至假装在那该死的电话筒上说话。正是这种谎言引起了精神变态者的很多争论。在和我所谓的父母闲扯了一阵后，我坐到了一把空荡荡的长椅上，飘飘忽忽地走进了这无穷无尽的炼狱，与此同时那个风扇就像一群耗子一样吱吱喳喳的吵个不停。我一直坐到了早上三点，接着三点半，渴望能有一条挡着寒气的床单。你知道在你的心中会有一个像奶奶似的声音在给你说着什么合情合理的话吗？我刚听到的声音就在说："抓紧吃汉堡包，然后再好好睡上一会儿，直到清醒过来。"

我的注意力被窗口闪过的一道红光所吸引。接着是一道绿光。一辆巡逻警车在外边停下了。然后我看见了州警察的帽子。是美国州警察的。我急速离开长椅，挪动着步子绕过一个伏在文件柜上打盹的老人。他妈的他可能还是孩子的时候就已经在这儿了。情急之下，我回到了那个官员的办公桌旁。他正站着和一个穿着制服的墨西哥人交谈。他们朝我转过身来。

"长官，先生——我真的需要过境，然后去好好睡一觉。我只是一个度假的美国人……"我通过余光看见又一个州警察走过窗口。他在入口处摆弄着他的步枪，然后给他的同伴说了些什么，接着来了一个墨西哥警察对他们两个说了些话。那两个州警察点了点头，然后走开了。

"你的父母来了吗？"那个长官问我。

"呃——他们现在还不能来。"

他耸了耸肩，然后转向了他的同伴。

"瞧，"我说，"我是一个很正常的人，你可以检查我的钱包以及一切东西……"

他的眼睛里出现了一种不同的光彩。他示意要看看我的皮夹子，于是我递了过去。他取出我的现金卡，官气十足地把它放到了桌子上，然后他坐下，把皮夹子放在他的大腿上，翻出了一张二十美元的纸币。

"这就是你旅行所带的所有的钱？"

"呃——那些钱和我的卡。"

他从桌子上拿起我的卡，用手指轻轻地转动着它，在写有"V·G·利特尔"的那一面停了下来。他咬着嘴唇思考着。突然我隐隐约约感到在墨西哥我会有和国内不一样的命运。我想我在他黑色的眼睛里能看到一点：我们都是这笨拙游戏中的同谋者。接着，就在一瞬间，像北美长耳大野兔猛地一扑的一刹那，他把我皮夹里的那张二十元纸币藏于掌间，放到了办公室的抽屉里。

"欢迎来到墨西哥，"他说道。

那个著名演员布莱恩·登内希会在此刻静静地站着，眯着眼睛，然后对人们这种隐蔽的交易示以缄默的尊敬。他可能会把手搭在那人的背上说，"代我向玛丽娅问好。"我抓起我的包仓皇地离开了。那些州警察正在三十码外的美国那边，用他们的无线电话通着话。我朝着另一个方向，走向前往我梦想的夜色里。

想象一下一团乌瘴的云被"上帝之刀"沿着边界干净利落地砍断了的情形吧，"我的墨西哥命运"是不允许有任何不幸和蠢事发生的。四周是亲密而熟悉的声音，我挤在这个新的潮流之中，就像一块无助但要勇敢去面对波浪的卵石一样沿着公路的南方径直走去。

雷诺萨是位于大桥墨西哥一边的一个城市，它大而乱，里边充斥着一股小丑和斑马的气息，好像在这里什么奇迹都可以发生似的，即使我的家乡此刻已是万籁俱寂。墨西哥的夜晚一直都是喧闹繁华。假如这个世界是平面的，那它的边缘就会是这个样子。可以说自然法则在这里是行不通的。边境的人流车马开始在城镇里分散开了，我离开了公路来到一条阴暗的"之"字形街道上，直到我走到了一条小巷，小巷里的货摊上音乐此起彼伏，光秃秃的灯泡下食物闪闪发光。在一个饮食摊上，我给了一个小孩一把硬币，换了几个墨西哥玉米卷，可那对我来说也不过是塞塞牙缝而已。小巷里的食物馋得我直流口水。我就像一头软弱无力的牛一样艰难地离开了那个小巷，在我理顺思绪之前我又行走了一个多小时。我知道我必须离开那个边界一段距离，可他妈的我身无分文，双脚已累得快走不动了。耶稣的影像在我周围如碎片似的忽隐忽现，也许他很高兴我回到了具有他血缘之地的家，也许他对杀害他的那些外国人报仇心切。我恳求他给我安宁。

在县城的边缘我找到了一个暗角——两幢房屋之间的一个煤仓，可以看到远方的仙人掌丛，我靠着墙坐了下来，随即陷入一阵沉思。一个房子的窗帘随着微风轻轻飘动。他妈的他们的狗停止叫喊的时候，我看到泰勒的身躯就像一个女神一样裹在窗帘里，透过她的双腿间的蕾丝皱褶显现出她牛奶般润滑的肌肤。然后她来到我所处的肮脏角落。在我们一起逃跑的第一天，她的头发乱蓬蓬的，我们互相舔吻着进入梦乡，感觉生活在周围碎成一片一片。

第二天是个星期四，早晨我醒来得很迟，发现自己在一个陌生的地方。从那个把我一分为二的时刻起，这已经是第十六天了。我知道我必须先搞点钱生活下去。我可以向泰勒借点，但我首先得确定她没把我的事透露给利昂娜·邓特。我也得给家里打个电话把事情解释清楚，但是我妈的电话很有可能会被窃听，而且只有三十美分，他妈的我给谁也打不成电话。我拿起我的双肩包，迈着大步走上公路出了城——蒙特雷是这条公路通向的地方之一。我很高兴我还能继续前进。我的意思是，雷诺萨或许是一个会有天文馆或宠物动物园之类东西的地方，但就我们私下里说，我他妈的对此还真是很怀疑。

肮脏的卡车歪歪斜斜地在公路上向南开去，它的上面装着各种各样多余的灯光和天线，就像一个移动教堂似的。我跟在它的后面走着。我只是想独自一个人边走边想点儿东西。我拖着脚走一阵子，然后又开始大步走，然后又跛着脚蹒跚前行，这样走了整整一天，直到我的影子开始触及到远处的海岸，一团团仙人掌在夜晚的灯光下开始变得模糊。我走到公路上一个下山的弯道处，此刻我感觉到这个地方便是通往我未来的分界线。正前方是无穷的黑夜，而我身后的天空中还是光彩依旧。我感觉有一位智者在对我说：让未来听任于"墨西哥命运"吧。

随着繁星开始慢慢地点缀着夜空，我知道重大的征兆即将来临。一辆卡车游荡一般地在我身边开过，它的发动机罩上足有四百万个装饰品，就像 J. C. 彭尼店里的圣诞树一样光彩夺目，并且车身各处都写满格言。直到它从我身边经过才吸引了我的注意力，我看见了它后面的挡泥板。每个上面都印着一条弯曲如蛇形的路，夹在沙滩和一排棕榈树之间。我的沙滩啊。我还没来得及看一眼那挂在棕榈树上的女内裤，那卡车已开到了公路的逆向车道，靠着惯性滑到山下直至路边处亮着灯的地方去了。我猜想那是墨西哥的拐弯信号，你只需要把车子驶上公路的逆向车道即可。因此我又长了见识：当你看见一辆卡车的前面啪嗒啪嗒地飞溅时，你知道这是他妈的一种暗示。我追着它跑到了山下。

"蝎子，蝎子，蝎子将把你狠狠的蜇痛……"从加油站旁边的一家酒吧里传来阵阵的音乐声。卡车在酒吧旁停了下来，司机下了车。他个子比我小，脸上的五官挤在一起，并长有很粗的胡子。他脱下帽子，悄然走进那家路边餐馆，面色冷峻，好像带着枪似的。然后，就在他快进门时，他捏了一下他的卵子。一个小男孩从卡车里跳了下来，跟在他的后面。我拖着脚走进那家店，没去碰触我的裆部。似乎也没有谁注意。屋里被一个奇怪的厨房里冒出来的油烟味笼罩着。那个司机站在一个粗木吧台旁环顾四周，旁边的那几张桌子上有两三个男人正坐在那里喝着啤酒。那个酒吧招待员长得很像墨西哥人，但他却是红头发白皮肤——他妈的你想想那是什么模样。

那个小孩急匆匆地跑到一台壁挂电视机附近的一张桌子旁。我若有所思地走进那个酒吧时，其他所有的人都在上下打量我。那个司机面前递来了一瓶冰啤酒。我从包里拿出一张唱片，指指它，然后再指指那瓶啤酒。那个酒吧招待员皱起眉头，把唱片翻来覆去地看了看，然后把一瓶冰啤酒"咚"地一声放到了我面前。他把唱片递给那个司机，他们俩都点了点头。我知道在喝啤酒之前我应该吃点儿东西的，但是你知道用墨西哥语怎么说"牛奶和他妈的饼干吗"？过了一会儿，那两个人做了个手势，要过我的包，轻轻翻看着那些唱片。他们用虔诚的眼神盯着我脚上的新杰克鞋看着。最后，每次给那个司机拿啤酒的时候，那个酒吧招待员就会顺势看看我。我点点头，然后他就会递给我一瓶新的啤酒。我的自信心立刻建立了起来。我做了下自我介绍。那个卡车司机的嘴唇间闪过一道金光，然后他举起了啤酒瓶。

"干——杯！"他说。

别他妈的问我第一杯墨西哥龙舌兰酒是什么时候出现的。之后突然间，透过酒吧敞开的那一边我看到了玻璃般清澈透明的天空，夜空里繁星点点，就像是蜘蛛网上的小水珠一样，晶莹剔透，而我发现自己正在抽着芳香的"雅致"牌扁形香烟，显然是我从自己背包里拿出来的。我已喝得醉醺醺的了。这些家伙的胡子翘到了头顶，他妈的那些大嘴在不停地嚎叫着，满眼都是扁桃体和黄灿灿的牙。你就瞧着他们使劲尽情地歌唱吧。其他的人也加入进来了，其中一个甚至跪了下去。整个夜晚充满了非同寻常的乐趣，我和这些家伙一起叫嚷，大笑，玩斗牛，假扮爬行的鬣蜥。我敢肯定，如果你见到安东尼奥这个家伙所扮的他妈的鬣蜥的话，你一定会笑得拉裤子。那些家伙在我的周围拥抱和大叫着，在这一阵波涛汹涌般的快活激情里，他们变成了我的父亲、兄弟、我的儿子，这儿的气氛使我的家乡显得格外寂静无趣，就像有人忘了打开他妈的"极可意"浴缸的开关。

我家乡的空气中一定弥漫着和这里一样的氧气，一定有着同样的重力作用，可这里的一切都活力四射，无论好坏，没有什么东西比其他东西重要。我是说，我的家乡他妈的也挤满了墨西哥人，但是在那里你得不到任何这种情感上的共鸣。就以拉里为例，他的基因里他妈的有什么不一样的东西使他变得如此反常？他老爸很可能在他的时代里就像爬行的蜥蜴一样。不，拉里感染了老家的病毒——那种贪欲极强的病毒。

我边想边走到小便池，发现那儿高高地堆着已用过的绿酸柠檬，就像这儿他们饮酒时用的那种。我没说这百分之百地驱除了臭气，而且你很有可能得把它撒到地板上或墙上，但这儿确确实实有一股新鲜的柠檬味能使你保持头脑清醒。在我挤着那些柠檬橙，喷洒着它们的汁水时，我意识到在我老家有一种免疫机制，它能使你失去锋芒，冲洗掉你野性的基因，把你与你的刀一起包扎起来。比如——如果哪怕说起它也算是一个罪行的话，请原谅我——还记得我的律师老阿布蒂尼吗？他们似乎没有毁掉他多少基因。他身上肯定还带着他下船时所带的基因，你知道为什么吗？因为他们有的是快快赚钱的基因——我们钟爱的那种基因。

就是在这儿，在另一个空间和时间里，我与那些拥有正常墨西哥基因的伙伴一起待了整整一个晚上。

星期五的早晨，一阵动脉瘤疼把我疼醒了过来。我蜷曲在一张桌子后面的地板上。朝四周看时，我感觉头中似乎有一块砖头在猛烈地撞击着我眼睛的后部。我不再左右环顾了，而是把眼光集中在我头顶墙上的那个看起来粗糙的木头十字架上。我的耐克鞋挂在那上面。

"你看莱德斯马正在等你。"在吧台旁边的卡车司机说道。

"那个乌龟莱德斯马。"酒吧招待员说。

"你该在那地方狠揍他几棍子，那个乌龟。"

那司机吐了一大口痰。你能听见他往地上吐了一大口。我站起来，然后看见吧台旁边的那些家伙正聚精会神地看着电视。我转向屏幕，正好看见拉里的镜头闪过之后，出现了我的学生照。上面喋喋不休地讲着一连串的西班牙语。那些家伙并不怎么在乎。

"你看见那个金黄色头发的人了吗？"酒吧服务员说。

“但愿那人是你，胆小鬼。”

“他妈的，才不是呢。”

“我觉得你的头发比那女醉鬼的头发更金黄。”①

我知道西班牙语“Chinga”是一个骂人的词，我在学校里学到过这个。这个词肯定还有更多的用法，但是“chinga”在当地一定是一个骂人的词。不要问我它的其他用法。那个酒吧服务员拿出三个小酒杯，用他衬衣的衣角擦了擦，接着把它们摆放在吧台上。我看到我的照片被缩小到了屏幕的一角，同时一张德克萨斯州的地图在下方组合起来。很多陌生人的照片散布到了它上面。闪烁的红点子出现了，就像阿司匹林广告中发生抽痛的那个部位那样，那一定是我出现过的地方。拉伯克，泰勒，奥斯丁，圣安东尼奥。

红点没有在休斯顿出现。上帝，我爱那个女孩。

突然，司机的孩子从后面的一个房间里跑了出来，换到了动画片频道。我在楼道里颤栗着站了起来，然后扶着桌子跌跌撞撞地走进了酒吧。我注意到酒吧服务员的身上有很多我熟悉的东西。他妈的他穿着我的衬衫，还有我的牛仔裤，我又回头看了看我的宝贝耐克鞋是不是真的挂在另一个人的十字架上。他妈的还真是挂在那。我瞪着那个酒吧服务员，他指指我的裤子口袋。我低下头看看我自己，穿着一件印有“Guchi”的旧T恤衫，一条松垮的橙色裤子和一双旧车胎底的凉鞋。我的身体他妈的就是一个神龛。我摸了摸我裤子上的口袋，里边塞着二百比索的当地纸币。好家伙，维农·盖茨·利特尔。我的墨西哥命运。

那些家伙端上来一小杯烈酒，说这会治好我的。酒十分呛口。我正喝着，突然一道阳光照进了房间，炫目的光束照亮了挂在墙上的十字架框，并让我想起了昨天晚上的事情。佩拉约，那个卡车司机，将载着我朝南开去，到他家所在的格雷罗州，到卡车挡泥板上

---

① 原文为西班牙语，Me cae—tas mas güero que la chingada, tu。

画着的地方去。

　　他把他的孩子举起来放到卡车里，而我则跌跌撞撞地到加油站买了一张电话卡。经过卡车时我看了一下挡泥板。

　　天啦，好家伙，两片挡泥板之间画着这几个词："ME VES Y SUFERS。"我的穿着防护衣的冲浪者。你等着我告诉泰勒吧。

　　铃响了五声后，她接了电话。

　　"我是泰勒。"

　　"嗨，我是维恩。"

　　"什么？谁？等等……"电话里传来了碰撞的声音和一个男人低沉的说话声，然后是一阵寂静，好像她走进了另一个房间。"嗨——谁呀？"

　　"维恩。"

　　一阵死一般的安静后，她回来了，贴近话筒说道："啊，天哪。"

　　"泰，听着……"

　　"哦，我真不敢相信我在和一个连环杀人犯讲话。"

　　"胡说八道，我根本就不是杀人犯……"

　　"是啊，对——他们把一路到维多利亚的尸体都加起来数了一遍！"

　　"别相信那些闲言碎语，"我说，"那都是假的。"

　　"但是，你好像杀了一些人，对吧？总之发生了一些事，对吧？"

　　"泰，请听我说……"

　　"哦，宝贝，可怜的宝贝。你在哪儿？"

　　"墨西哥。"

　　"天哪，你看到家乡这边的情况了吗？它就像是迈阿密海滩一样，整个城镇都安装上了摄像机，一天二十四个小时联网播映着现场观众制作的节目。创建它的公司发行了可上市的流通股，并买下了巴恩烧烤店——我老爸提交了一份标书，想在那家男女通用服装店过去一点儿的地方开办一家寿司店。如果它开办成功的话，我就搬过去经营它——你想得到吗?"

我看着我卡上的余额在慢慢消失,就如同番茄酱从苍蝇的身上慢慢地滑下来一样。"泰,我在用公用电话给你打……"

电话那边传来一阵节奏强烈的音乐声和人群的嘈杂声。你能听见那个男人的声音,接着泰勒叫喊着回话:"这是我的朋友从外地打来的——知道吗?"门关上了。她深吸一口气,就像一声很沉重的叹息。"对不起,我现在感觉真的很虚弱。"

"该死,我不想……"

"你需要钱,对吗?我大概有六百美元存着度假用的。"

"这能救上我他妈的一命。"

她鼻子呼哧呼哧地吸着气,接着她降低了声调,"你竟然对我说脏话,杀人犯?"我的身子在我新的涤纶裤里膨胀起来。"但是,我把钱汇到哪儿?你在什么地方停留过吗?如果他们——你知道的……"

"哦,该死,你说的没错。"

"维恩,随时随地给我打电话,在一个城市,或者在一个宾馆里——我会检查一下西联银行的情况的。"

当我放下电话时,她的命运之歌萦绕在我的脑海。六百美元在这儿够买一栋他妈的海滩屋了。我信心大增,而且我突然变得很聪明,我决定给帕姆打电话。电话通了。她抬起肥胖的手臂拿听筒时,我正拍着旁边的苍蝇,。

"喂?"

"帕姆,我是维恩……"

"哦,天哪——维农?我们都很为你担心,你在哪儿?"

我听出母亲和她在一起。我本就应该知道这点的。到现在她们可能在吃第九百万个玉米煎饼了。她呼哧呼哧地吸着鼻子,摇摇晃晃地凑近电话筒,但帕姆把她挡开了。"你好好地吃饭了吗?别告诉我你没有,不要告诉我那个,哦,天哪……"

母亲一把夺过电话。"维农，我是妈。"她立刻控制不住地嚎啕大哭起来。我也满含泪水地哭了起来，这让她哭得更厉害了。这让人很难受，这一刻他妈的太让人难受了。

"妈——真的很对不起。"

"维农，那些刑警说，如果你早点自首的话，事情会好办一些。"

"我不会自首的。"

"但是那些命案，维农，你到底在哪儿？我们知道今天上午有人在马歇尔附近看到过你……"

"妈，我没有杀人，我不是因为那个才逃跑。我只是必须要过得更好点儿，知道吗？我可能会去加拿大，或者苏里南，或者其他的某个地方。"他妈的这一次我说错了，她们肯定会在任何多项选择的地点中找到我没说的那个地方。

"哦，维农——你是不是在墨西哥？哦，天哪，我的孩子，你在墨西哥？"

"我说过了，是加拿大或苏里南。"

"嗯，但是你逃离的时间越久，你将面临的麻烦就会越多，难道你还没有看到吗？维农？阿布蒂尼先生说他能为你辩护，他一直在寻找并且发现了一些线索，当拉里托搬回来后，我们就又和以前一样变成一个完整的家庭。"

"你不要再等拉里了……"

"呃，但在家里的那个老女人再也没打来过电话，那么为什么不行呢？维农，那是爱情，一个女人懂得这些事情的。"

"妈，你最后一次和拉里说话是在什么时候？"

"呃，你知道的，他非常忙。"

我带点儿嘲讽地哼了一声。我想当听到有人把连篇的大谎话说得那么有声有色时，那哼声应该是极带讽刺味的。我电话卡上的余额点数在慢慢地减少，似乎是我灵魂的点数似的，我觉得当我把它们用完时我就会断气。我记着一定得留点儿点数，以防它与我的灵魂点数交叉联系起来。我又学到了关于沉痛不幸时的另一点：他妈的你在困境中的时候还真的会变得迷信起来。

"你在哪儿？告诉我——维农。"

"多丽丝，你问他上次吃饭是在什么时候。"

"妈，卡上的余额快用完了——重要的是我现在很好，当我安顿下来后我会打电话的。"

"啊，维农。"她又一次大声痛哭起来。

我极想给她说一些安慰的话，告诉她关于我的海滩之屋以及她以后可以来看我等等的事，但他妈的我无法说出口。我挂断了电话。

4

"嗳，嗳，嗳！噫，噫，噫，噫！卢——皮塔！嗳，嗳，嗳！噫，噫，噫，噫……"

伴着从收音机里传出来的音乐声，我们——佩拉约，那个孩子，死去的墨西哥人耶酥和我——坐在卡车里向南开去。"真是一锅大杂烩。"他妈的纳克尔斯先生这样称呼我们。当你听着这当地土风舞会的小曲时，你会大拉一通的——那是由吉他，低音提琴和手风琴伴奏的老波尔卡舞曲，混着那些人一直哼着"嗳，嗳，嗳"等等的小曲。更有趣的是当电台播音中断的时候，播音员叫喊着应和，就像他们在看一场他妈的拳击比赛一样。我像一尊神像一样高高地坐在卡车的乘客座这边，通过放在卡车仪表板上的过分高大的圣母马利亚神龛与上面悬挂着微型足球的有流苏窗帘之间的玻璃窗空隙向外张望。佩拉约的孩子在和我玩一个游戏。他叫卢卡斯。我每次看他的时候，他都会飞快地避开我的眼睛。所以我用余光看着他，使他适应我慢慢地移动眼睛的方式，直到他放松警惕，然后我就会在他盯着我看时突然急速地回视他。哈！他的脸羞得通红，然后用胳膊挡住了脸颊。不知何故我对这个小游戏动起了感情，我真的动了感情，此刻我的心里就像有一群蝴蝶翩翩起舞。不要认为我是好人，我仍然是一个可恶的家伙。我还没有走上正途。但是，很坦诚地说，它就是所谓的"生活中简单事物"的一种——人们经常在讨论，但你却永远都不会知道他妈的他们到底是什么意思的那种。

想象一下，在老家一个普通的十岁孩子玩这种游戏吧。他妈的我并不认为他会这么玩。他很可能已经准备好了一些骂人的话，以防万一你他妈的朝着他看。

我们径直开进了墨西哥内陆，沿途经过马特瓦拉和圣路易斯波托西。我带着几分醉意完全融进了那里的壮美河山中，编织着有关家和泰勒的甜蜜梦境。我试图推开那些丝线，推开闪动着紫色和红色喷发出来的带有强烈气味的飞沫，扭动着触手的章鱼肌体，这样我能让那发霉的乱七八糟的思想与我天天获得的关于死者的陈旧思想通通气。这些思想过于庞杂，我甚至无法对它们稍加更深地思考，它们很冷静的在那里永远驻足，就像你首饰盒里缎子上的荷叶边一样。这些思想随着卡车慢慢地进入到了墨西哥城，带来了我所熟悉的每一个人断续的声音，他们都在各自的防虫纱窗后哭叫着："心神不宁，心神不宁，心神不宁，夜间新闻，夜间新闻，夜间新闻……"直到在我脑海中，一阵黑暗、令人厌恶的旋风席卷所有州和所有他妈的国家穿过怒火追赶着我，只是为了来砍伤我，勾出我搏动的内脏，然后用靴子狠狠地踩踩，就像在践踏一窝幼小的响尾蛇。"踩那一头！狠狠地踩！砍死那个他妈的杂种，他仍在逃跑！"

维农·哥斯拉·利特尔。

异乡六月的这个星期五，午夜时分，我全身上下不停地打着寒战。我感觉我的肉体都留在了墨西哥城的北部边缘，只有我紧张的神经驱使着我向南行去。很多次我们都几乎遭难。当我们最终颠簸出城时，我们所面临的驾驶环境却更为险恶。周围的其他人也一样。我们穿越高山上的森林，避让车灯亮得像航天飞机似的巨型公共汽车，绕过岩石和仙人掌密布的热带地区，一路上无线电里响着毫无意义的吵闹声，每样事情都使我更加紧张烦躁。我甚至担心在这里会见到古森斯医生的秘书或者屠宰场的乐队等。我试图在头脑里编织我的梦，并以泰勒、沙滩以及"冲浪"作为丝线，但编织变得越来越费劲，那些丝线乱成一团，变成了血管。"心神不宁，心神不宁，心神不宁……"

最后我们在一个肯定满是苍蝇的农场的城镇停了下来。我和几只苍蝇"争夺"着一个热狗，直到其中一只落在芥子酱里。墨西哥的苍蝇行动太迟缓了。我环顾四周，这个地方就像电视电影里的赌场，里面的赌徒在死亡大厅里等着看那电梯是上去还是下来。我发誓，你会觉得自己能看到夜总会钢琴师的骸骨在某个地方的陈列盒里。不必说，有背景音乐。有背景音乐，还有老鼠存在的印迹。然后，我走入灼热而短暂的黎明，当我在回到卡车之前去撒尿时，一只他妈的蝎子急速地向我爬来。征兆已经不再那么清晰了。

阿卡普尔科延伸出去的格局与玛蒂里欧一样：外围人们身穿松垂的彩色内衣，然后渐渐地收缩变细，经过 Y 形的前部和实用的鞋形地区抵达中心，在那儿丝绸般的称心如意的东西大放光彩。当我们爬上海岸前面的最后一座小山时，这个地区的边缘就显露出来了。佩拉约必须要先把他装载的货物卸在阿卡普尔科，然后回到更北面他的家乡。各种气味尾随着我们一路进城。如果这里多少有点像老家的话，我们将很快抵达宠物药皂区，接着穿过老香料区和草本香精区。此刻我们在经过一个区，这个地方就好似你把一根手指塞到你的屁眼里，然后再拿出来闻它。

公路盘盘曲曲地绕出群山，直接延伸到远处蔚蓝色的大洋那边。阿卡普尔科就是这一巨大的圆形海湾，这里到处都是旅馆。我必须得找到最大的那家旅馆，然后给泰勒打电话。我意识到我被人认出来的可能性在慢慢变大，因为我以前听说过这个地方，那就意味着这里会有很多国内来的游客。我听说过阿卡普尔科和库恩——卡恩，或任何利昂娜曾经去过的地方。我全身开始颤抖起来，我扫视远方，想找到一家看上去合适的旅馆去打电话，但在我的灵魂深处，我不希望找到它。这就是我们大脑为了避免那种颤抖而工作的方式，他妈的看看它。我的脸部动作显示着我好像在扫视着海湾，我眯着眼睛，嘴唇因为表现得像在专心致志地寻找一家合适的旅馆而向前突出。我甚至和自己玩起了游戏。比如，如果我在街上看见一块蓝色的招牌，我就让佩拉约停车，但是我知道如果我看见一块，我的脑子将会找出一些不应停下的理由。然后游戏就会变成这样：如果我看见一块招牌上有绿色，我会绝对肯定让他停下来。我就是这样他妈的坏到极点了。

佩拉约的解决办法就是把车停到那条主干道后面的一家路边小酒吧旁边。我们吃过那顿热狗后就没吃任何东西，到现在已是星期六了。佩拉约把车停在了酒吧旁边的人行道上，然后就只是看着我。他感觉到我得让我的大脑冷静一会儿。他告诉我，如果我想搭车去他的城镇，我应该在这儿等他去卸货，要等他两个小时。当他说这话时，一层难堪的薄膜在我们彼此之间滋长起来。似乎他知道我的惯常居所是住满有钱人的高楼大厦，在那些地方他至多像一个他妈的园丁。他的目光因为那些真相，因为我们曾经有过一段不寻常的友谊而变得羞怯。他拍了拍我的背，带着他那把无形的枪转身走向酒吧，卢卡斯也带着困惑的眼神转过身。关于维农·冈萨雷斯·利特尔就到此为止了。

到达林荫大道旁边的海滩上时，我已经汗流浃背。这很新奇。在海滩上行走用不上什么钱，所以我脱去衬衫和我宽大的费尔斯通轮胎橡胶凉鞋，看上去又像一个美国人了。两个保安看着我走向这家雄伟庄严的旅馆。当我看向他们时，他们朝我招了招手，他们一定在说，这又是一个美国怪人。我吐了一些唾沫把头发、眉毛都撸了撸，然后如佩拉约教会我的那样，我趾高气昂得好像佩着枪似的走进了旅馆。旅馆的大厅与他妈的达拉斯—沃斯堡机场差不多大小，铺着大理石地板，长得似龙虾般的白痴在上面轻快地走动。这地方棒极了！我还没有走进电梯门口，一位侍者已经开着电梯门在等我了。

"先生，要上楼吗？"

我抑制不住地放声大笑，但真是他妈的太难了。我昨夜还待在那个有苍蝇，还有夜总会钢琴师正在腐烂的尸体的地方。而今天我却好像在等着草裙舞女郎吮吸我的小家伙。利昂娜·邓特只能在梦中来到他妈的这个地方。有一家美国人从我身边擦肩而过走进电梯，他们穿戴得就像出席一场高尔夫球大赛的汤米·希尔菲格①。这家人里有一个母亲、一个神情紧张的老男人，还有两个一般家庭里都会有的孩子——一个好，一个坏。他们就是那种听到正餐音乐就会心情轻快，并开始讨论他们的感受以展示他们多么放松的家伙。他妈的餐具抽屉在被排着队使用。

"喏，博比，记住我们所说的话——你知道那个安排。"母亲说。

"是啊——博比。"父亲在背后说，就像他妈的一个袜套傀儡。那个女孩抬起了眉毛。

"但是我并没有感觉到有多好。"博比说。

"我们几天前就计划要乘船漫游海湾，钱也付了。"母亲说。

"几天前。"父亲说。

那孩子仍然一脸郁闷。老女人紧闭着她的嘴唇。"特雷，别提它了，你知道他是什么德性。我们只希望别像那次一样，付了那么一大笔钱上潜水课结果……"

我得说这真是世界级的捅刀子方式，只有那女孩的脸上留下了得意的表情。

我从容地走向有香肠和咖啡气味的地方去寻找一个公用电话

---

① 美国最著名的时装品牌之一，有自己的专属时装公司。

机。外面巨大的院子里摆满了自助餐，我像个蠢蛋一样拿起一份菜单看，上面最便宜的东西也比他妈的乘一次直升机兜风来得贵。一个服务员已经在近旁等候，所以我继续往前走向游泳池旁边服务区的洗手间那里。途中看到一个真正的神经病，一个很有潜力成为精神病的家伙。那个小胖子与他的伙伴站在游泳池里，他的妹妹向水里跳，在他们旁边溅起了水花。然后，小胖子以他的伙伴听不到的声音，对他的妹妹低吼道："我告诉你跳到他身上，而不是他身旁……"——这是一个未来的参议员，确凿无疑。

我经过几张面对着海湾的躺椅，前面有船只和降落伞滑行而过，近旁的激浪中有几个孩子在大声尖叫着。我开始幻想一个小孩正好在我前方溺水，然后我跳进水里救了他。我的脑海中演习着要告诉记者的话，我甚至还看到报纸的头条写到"少年英雄得到宽恕"等等他妈的之类的话。过了一会儿，我才知道我救的是他妈的总统的儿子，总统感激涕零，而我却拖曳着脚步缓慢地走开了。看见了没有？所有这一切就像一根他妈的生锈的链条一样在我的脑海里拖拉着缓慢呈现。

为了迅速摆脱这些幻想，我走到旅馆外面的街上找到一个电话机，拨了泰勒的号码。

"Glassbadanbow?"一个在路边散发广告传单的小孩说。

"你说什么？

"就是你喜欢坐玻璃船游览观光吗？"

"我是泰勒。"电话接通了，我挥手叫那小孩走开。

"墨西哥来电。"我说。

"嗨，杀手。"

我能断定一定出了什么事情，我感到心头一阵刺痛。我想让她蜷伏在我的身边——我是指她和她的安全就都可以得到保障。在她的世界里，最大的问题就是生活越来越枯燥乏味，或者房屋周围能闻到沼泽的气味。很可能她最大的秘密就是吃鼻屎干。她刚才在大哭，我能感觉出来。

"一切都好吗？"我问。

泰勒嘲讽似的笑了一声。"我就像，他妈的，你知道吗？跟我约会的那个该死的家伙……"

"那个医生？"

"是啊，所谓的医生。我只想逃离，天哪……"

"我理解你的感受。"

"不管怎么样，你在什么地方？"她擤了擤鼻涕问道。

"阿卡普尔科。"

"你这坏家伙。让我看看地图——你在，比如，海滩边上？"

"是啊，在主干道上。"

"那一定是米格尔阿莱曼海滩——一个名叫墨西哥商业区的地方有一个西联银行代理处。"

"泰，我会还给你的。"

"可是你听着——明天是星期天，我要到星期一才能取到钱。那代理处星期一晚上营业至七点，所以如果你六点钟去……"

"没问题。"我撒谎说，眼睛看着电话机屏幕上快要用完的余额。

"还有，宝贝……"她说。嘟——电话断了。

那他妈的"爱情之舟"在这儿。我向上帝发誓，我老妈看的那些老电影里有，里面还有那个好色的巡航总监和笨蛋船长等等。船的烟囱上有威娜宝的标识图案。明星云集的阿卡普尔科，好家伙。

海湾消失在我们身后时，我把头缩回到了驾驶室内。佩拉约的卡车隆隆地开过一些小山，然后沿着这条在电视电影里见到过的有着整片整片椰林的海岸线向北驶去。这海滩没有像《危情十日》里的那么广阔，水也没有那么蓝，但是，嘿，我们还沿着环礁湖行走了一段，就像直接来到了《人猿泰山》中的场景。我们甚至穿过了一道有一个他妈的机枪掩体的军事路障，我可没有吹牛。我的肠子都抽筋了，但后来发现那些士兵不过是些孩子，他们戴着尺寸过大的头盔，活像卡通片里的蚂蚁。

几个小时后，我们离开了公路，向下转入一条通往大海的路径。路的尽头是几根一头沉入海滩的圆木，后面是热带植物丛林。这是一个非常小的镇子，房子是贫民窟里才能看到的那种木头的，饲养着猪、鸡和看起来很凶狠的狗。这儿不只是像贫民窟，更像是《国家地理》杂志刊登的一些地方。他妈的天堂，佩拉约把车停在一家店铺后面，这是一家由芬达汽水广告牌搭成的店铺，门廊是一些棕榈干叶。两个男人躺在吊床上啜饮着啤酒。当我们从卡车里挤出来时，一群小孩聚集过来。你能看出佩拉约是这一带的一个人物，很可能就像我们县城里的莱丘加，但是他有人情味。现在我是他的世界里的外来人。他尽力让我感到像在家一样，厉声叫那些小孩走开，并从店里叫来一瓶啤酒。我只是安静地站在那里，翘起鼻子享受迎面吹来的微风，倾听充满了各种新虫子鸣叫的声音。我发誓，"嗯噶哇，哇咔嘻嗒①。"佩拉约用牙齿咬开啤酒盖，并自豪地带我去海滩上一个有顶棚的平台。两个年纪较大的人坐在一张桌旁，一位老太太俯身靠在临时吧台的后面。

一个光着身子的小孩突然从她身边挤了过去，试图去叉那多沙的混凝土上的一只受伤的螃蟹。他最后干脆利落地刺穿了它的背。"中——了！"他说，并停下来握紧双拳去拉回一根想象中的控制杆。佩拉约把螃蟹从我面前的道上踢出去，把我拉到海滩边的一张桌子那里。

桌子上聚集起了一大堆瓶子。到傍晚时出现了一个会说一点英语的年轻人，一个精瘦的、长有聪明相的、戴着畸齿矫正钢丝架的家伙，叫维克托，一种你在这儿不常见到的人。他告诉我，对于他来说，在生活中不断奋斗是多么重要，这样他可以给村庄和自己带来无尽的财富。这使我感觉我像是他妈的最低等的蛇。他把涂写在

---

① 电影《人猿泰山》中大猩猩喜欢发出的声音。

卡车挡泥板之间的词语翻译了一下，它们的意思是"看见我，你就遭殃"。

当我出现醉态时，那些家伙给我吃了一些刚从海里捕捞上来的有玉米煎饼那么大的牡蛎。他妈的，我只是小的时候吃过一个，它使我感到像是从我的鼻后吸出再咽下的东西。甚至有一次当我感到有一块鼻屎干堵着我的喉咙时，他们给我吃那牡蛎。我想也没想，边吞咽那块鼻屎，边指着我的鼻子，然后指着那牡蛎做了一个鬼脸。他们哄笑不止。在那之后的一个小时中，他们无法看着我的脸，因为他们只要一看我，就会他妈的畅怀大笑。

在喝了一杯墨西哥龙舌兰酒后，我就如狮子老虎般在这玻璃般澄澈的黄昏开始活跃起来，试图解释我的海滩屋梦想、挡泥板和我的墨西哥命运。我有一点儿醉了，事实上是他妈的真醉了。但是我一开始说起海滩屋，维克托和佩拉约就扶起我的手臂，领我走向海滩，穿过现在蝙蝠旋舞的棕榈树林，来到一个十分钟路程远的地方，那儿的热带植物丛几乎要把你推入海里。小孩子们跟着我们，在海浪里进进出出。然后维克托停了下来，透过黯淡下去的天光，他的手指向远处。我眯着眼顺着他手指的方向越过沙滩看去。在那儿，四面被围住，几乎完全隐藏在热带植物丛中的是一栋白色的旧海滩屋——我的房子。

那些家伙说在这儿住到星期一没有问题，也许还可再住久些，也许可以永远住下去。在他们踉跄着走上海滩回家时，我坐在这栋房子的露台上，让黄昏从海平线慢慢地渗入到我的灵魂中。突然之间，我内心的所有各不相同的情感融合成一个曲调，我原来的梦想羽毛在这新的交响乐中翩翩舞动着：我的老妈来到这儿了，她查看着整洁的卫生设备，仔细想着事情怎么变得这么美好。我也许得改改名，成为一个墨西哥人或什么的。但我仍然是我，周围没有任何污秽的迹象。我越过这个地方的庭院向外看去，看见海滩，看见泰勒穿着短裤在那儿跑来跑去。她皮肤黝黑，就像一个当地人。

整个星期天我都是在这所"瓦尔哈拉神殿"中度过的，懒洋洋地做着我的美梦。当我星期一上午醒来时，一阵炎热而湿润的风吹过我的身体，我的小家伙变得就像他妈的增强水泥，就像是从拉什莫尔山上凿下来的一样。我的手离它远远的，它这会儿就是检阅自己小小的行进队列的贵宾。我环视四方，看到天空被云层遮没，不起眼的鹈鹕猛扑下来潜入水中，椰子树的顶端在沙沙摆动，我希望我的生命能像它们那样舞动，冷静而平滑。今天早上是这一段时间以来第一次感到那么彻底的快乐。今天是我的生日。

　　今天下午我一无所有地乘车去阿卡普尔科，就像把拉斯维加斯插在我的屁眼里。我十六岁，而拉斯维加斯就在我屁眼里。在车子还未进城前我就站了起来，忙碌地考虑着种种可能：热带鱼和热带鸟，香蕉叶，猴子，还有性。那栋海滩屋，它原来属于村子后面的一个老果农，而他根本就不用它。维克托认为，如果我好好照管一下，也许能免费住下去。

　　傍晚，阿卡普尔科的林荫大道又湿又热，我沿着它一路走过去时，脑子里的想法像彩色灯泡一样又大又耀眼。维克托借给我一顶草帽，这样我那椰树般的头发和牡蛎壳般的耳朵显得柔和了一些。我在墨西哥商业中心的玻璃窗上看到了自己的形象：好家伙，就是一个哈克贝利·芬。我在进那家商店前佩上手枪，我觉得能弥补一下戴的那顶帽子，然后就趾高气扬地兜圈子，好像一条狗在寻找能躺下来的地方一样。我最后发现了西部联合银行的柜台，四周围满了等候的人，包括从老家来的穿着体面的人们。一个职员立刻看到了我。

　　"呃——我在等一份德克萨斯州休斯敦发来的电汇。"

　　"姓名？"那个职员问。

　　我的脸开始忧郁起来。"呃——我不能肯定她把它汇给谁了……"

"你有密码吗?"那家伙问道。他妈的,我感到更多的人围在我后面。

"我最好打个电话去问问。"我说道,拖着脚离开了柜台。

人们用奇怪的眼神看着我,我继续慢慢地拖着脚步,走出了那家银行。走出那个冰柜一样的地方,回到了外面的火炉。我得联系上泰勒,也许她知道需要密码而没有汇来。我的电话卡上已经没有余额了,我甚至无法给佩拉约打电话。拉斯维加斯爆裂开来,死在我的屁眼里。

我在林荫大道上向前走,直到找到了一部电话机。我不知道它是否像在电视里的那样,是那种可以从任何地方打,然后由对方付费的电话。我决定用可以由对方付费的电话给泰勒打。在我和接线员讲话的时候,汗水从我的脸上直流而下。至少她在讲英语。然后当她告诉我不能用由对方付费的方式打移动电话时,汗水又一次湿透了我的脸颊。挂上电话后,我耳朵上积聚起来的汗水哗啦一声掉在我他妈的肩上,然后"呼啸"着坠到地上。很可能之后又会回归到他妈的大海中去。

事实上他妈的这使我十分恼火,所有老练的的撒谎者和骗子都将在这个晚上像往常一样回到他们自己的床上,至多为明天能从他们周围人身上勒索些什么而担忧。而我,我受困在苏里南,一串犯罪的指控形成了一条指回老家的路。我带着怒火回到了那家银行,走近那个代理的办公桌。此刻周围没有其他人,那个职员抬起头来。

"我找不到密码。"我告诉他。

"你的姓名?"

"维农·利特尔。"我等着看他的眉毛由于惊讶从他妈的头上炸飞。可是没有,他只是上下打量了我一会儿。

"你预期有多少钱?"

"六百美元。"

那家伙敲打着他的键盘,查看屏幕,然后他摇摇头。"很抱歉,这儿什么也没有。"我停了一会儿，估计一下我陷入了多大的困境中。这时那个代理人的眼睛越过我的肩膀看着什么。

突然有人抱住了我的腰。"不许动！"一个声音说。

5

我吓得魂飞魄散，从抱住我腰的手臂中挣脱出来，两条腿像装了弹簧似的转身奔跳向出口处。顾客都停下来，盯着着。

"生日快乐！"原来是他妈的泰勒。

我跳转一周，寻找那些可能埋伏在这儿要捉捕我的高大壮汉。但是只有泰勒。我全身都在发抖，当她搂着我的腰和我一同走出商店时，汇款代理柜台的那个职员微笑了。

"笨蛋，你没等着听清汇款的细节，譬如密码。"她说。

"啊哈，所以你跳上了一架他妈的飞机。"

"注意言辞，杀手！"

"对不起。"

"嗯，我不能让你无依无靠而坐视不管。而且，我在家里也无聊得很，这是我度假的钱——我希望你不介意与我分享。这儿是三百元，我们以后再来计算……"

"我会还给你的。你怎么知道今天是我的生日？"

"见鬼——哦，全世界都知道今天是你的生日。"

正在发生的事情让我感到简直不可思议。泰勒在这儿。我找到了一栋海滩屋，而泰勒在这儿，还带着钱。有一件事值得自豪：我并没有对我高涨的荷尔蒙激素有所反应，就是那种会激起你嗅花的欲望或说出"我爱你"之类的话语的激素。我像一个成年人一样控制住了自己。

"等会儿去看看我们住的地方，"泰勒拖着我在街上边走边说，

"如果他们让你进去的话。你看上去像个印第安人。"

"你找了一个旅馆?"

"双人房,所以你最好规矩行事。你这个连环杀手。"

我身体变得很沉,她拖不动了。"等等,我已找到一个地方可以暂住,你不会相信的,在海滩上,有热带植物丛……"

"呦!有,比如,蜘蛛和虫子吗?"

"你从来没看过《危情十日》?"

"我已经付了房费,维恩,天哪。"

随便吧。我们走着,我想起我必须保持身边麻烦不断,这样就可以毫不介意地与她亲密接触了。只有当你没有什么可以失去的时候,你才能真正地做到自由自在,懂吗?那是我学到的一点经验。也许听上去很愚蠢,但当你的梦想来临时,要做到那一点并不容易。请记住,你可以感觉到后面潜伏着的愚蠢。而且正如我们所知,仅仅想起它,你就会吃到更多的苦头。我又多了一条教训:一个梦想实现时的潜在愚蠢与你花在构想这个梦想上的时间有关系。这意味着我他妈的甚至可以。

她穿着宽松的白色运动短裤,我还无法判断是否有一条可见的内裤边痕,因为那短裤有点儿皱。也许有一条皱褶就是依着她内裤形状的边线形成的。她还穿着一件桃红色 T 恤,上面有一个天蝎星座的标志,外面还加上了一件硬挺的夹克衫。两条略显褐色的修长美腿显得完美。不过,我对着那夹克衫皱了皱眉。她看见了我的表情,朝我微笑了一下。

"那飞机就像个冰箱一样。"

当我们到达她的那个宽敞的旅馆时,天几乎已经黑了。她把我拉进大厅,所有的人都开始看着我们。我的肩头耸了起来。突然之间一切都看起来非常奇怪,像某种商店里的陈列品一样,好像只有我一个人在动,其实我也没动,根本没动,我只是沉默了。

泰勒取来了她的钥匙,然后她说话的速度变得时快时慢:"来吧上楼去——你会喜欢的——来吧。"

我看着她完美的鼻子、皮肤和头发。她露出一个狡黠的浅浅的微笑——一个带有情欲的微笑，并握住了我的手。实际上她先握住我的手指，仅仅是指尖，然后抚摸着它们，一直到我的手掌。我的小家伙他妈的像触了电一样。我们走到了电梯间，乘上去到她的房门前。她的房间很漂亮，视角很好，整个海湾的景色尽收眼底。浴室里装着洗发香波的小瓶在超亮的灯光下熠熠生辉。

"欢迎回家。"她说。她从微型吧台里拿出几小瓶墨西哥龙舌兰酒，而我只是像个多余的蠢货一样站着。然后她蜷曲起身子，躺在床上最靠近窗的地方。在空调吹出的凉风中夹杂着一股体香味，它使人回忆起强烈的水果味，沾有海水和沙的弹性织物湿润的边缘和带着麝香与醋酸味的、咸津津的撅起的双唇所带来的困扰。我驱散了这些想法，径直走向床边。她的头发散发着太阳的味道，使今天显得像是一个平常的假日：轻松、悠闲而且自由自在——就像你十六岁生日时应该感觉到的那样。但我的老妈会在家里想到今天是我的生日，并努力忘却其他的事情。要是我还在那儿，她很可能会为我买好蛋糕，然后就开始期盼那时刻的到来。我脑海中浮现这样一幅画面：桌子上孤零零地放着一个蛋糕，母亲正在它的旁边哭泣。"天哪，你会把它弄湿的！"帕姆会说。甚至那是真实的事情——比如她很可能与帕姆一起在巴恩烧烤店——这一切都使我的内心感到一阵酸楚。泰勒一定对我这种回忆的神情有些察觉，因为她向我抛来一瓶龙舌兰酒。

"振作起来吧。"

我手忙脚乱地接住了酒瓶。"泰——你到这儿是来看我有没有犯什么谋杀罪。你是个证人——对吗？"

"嘘，打住。我甚至不想……你知道吗？我就是到这儿来随便看看。"

"但如果法庭，我是说如果……"

"你没想打退堂鼓吧，杀手？"她拍了拍她大腿旁的床单，"到泰这儿来，你这坏家伙。"

泰勒举起她的酒瓶，我们各自把一瓶龙舌兰酒喝了个精光。我向后靠在床上，仿佛佩戴着枪支似的。她趴在床上去拿啤酒，有一半身子离开了床，臀部绷得紧紧的。我看到了她内裤边缘的皱痕，是比基尼。这让我浮想联翩。在我的梦中，我们总是单独在一起，在一个与外界隔绝而安全的地方，紧紧地相依相偎，但从来没有在任何高级的装饰漂亮的房间里，而是在一些灌木丛之间的空隙，或在一块田地里。她像阿米巴虫一样紧贴着我，全是亲吻的味道，她的大腿和嘴唇吸干了我满身的大汗。在这个梦里，我也渴望与她在一个房间里，门窗紧闭。但这个梦从来没有实现过，直到此刻。

在喝了四瓶酒后，我用肘部斜撑着向后躺着，感觉到了我的生日气氛。酒的美妙之处就在于此。泰勒踢掉了她的皮凉鞋，其中一只飞到了电视机背后。她用一根手指顺着她的瓶口抚了一圈，同时用狐狸般的眼睛看着我。

"维农，把你做的事情都告诉我。"她的声音就像一个小女孩。

关于麻烦，我之前说过什么？她挪动着身体慢慢地靠近我，直至我们之间仅有一寸之隔，呼出的酒精气息中隐隐有一股奶酪的味道。我们彼此没有一点肌肤的接触，只是悬着不动，像颤抖的狗一样嗅吸着彼此的气息。然后从她的鼻尖传来了电击：电线交织。我们的嘴巴碰触在一起，我的手找到了她浑圆的臀部，抚摸着它，一根手指沿着她内裤的边缘探索——没有扒开它或提起它——只是在撩拨和滑行，向上移动，感觉到在她最猛烈反抗的地方温度和湿度在变化，这一切都是为了维恩。

"狂野下流的家伙，"她说，"告诉我你杀人是为了泰勒。"

她低声的话语化成了花边里的丝线，句句柔情似水。她扭动着脱下了运动短裤，把它踢到微型吧台旁边的地板上。内裤——最后的边界。我的脸凑近过去，这时她屁股上的皱褶消失了，紧绷绷地展示着光彩，挺向我的触摸，迫使我的手平摊着隔着一层丝绸去挤压那玉液甘露，使它像环礁湖的水一样细细地溢过内裤的弹性边缘，顺着她的大腿流下来。

"死臭虫——天哪，谋杀——噢噢喔，天哪……"

她尽力扭动着身体，试图并拢两腿，但是她失败了，而我却像火在燃烧，见到她为自己散发出湿润的麝香气味而害羞，我变得更为坚决。我拉下她湿润的内裤，面对着一个三角洲。她肉滚滚地蠕动着，汗津津的带着来自臀部含有香味的微粒而闪闪发光，是橄榄、桂皮粉末和辣椒汁。她筋疲力尽，停止了反抗，在这个兽性的世界里再无隐密。她的膝盖弯曲起来，她吮吸着我的舌头、我的手指和我的脸，叫嚷着、冲撞着，欲火的峰峦、涟漪和沙砾把我吞吸，吸入到内裤背后发出恶臭的潮湿的真相中去，金钱、正义和污秽就如酸浇在黄油上一样，在我脑中烧灼出道道痕迹。他妈的粉红色的高速。

"哦，你该死的！告诉我你对那些人做了什么，告诉我你喜欢那样做。"

我一声不吭。

"告诉我！告诉我你杀了人！"

她开始夹紧双腿要躲闪过去。我轻轻地低语着，直至她松弛下来并又把我拉回到她的 V 字形地带。我听说过这样的姑娘。

"你，维恩，你做那一切是不是为了我——为了我们？"

我感觉到我老弟的顶部传来一阵致命的颤动，就把它顶在床单上，用上面的纤维揉擦它的血脉。"是啊，"我呻吟着，"我是为你而做的。"我继续低语着，但是新的现实像一种传染病一样开始沉重地渗入我的体内。突然之间，她翘起的嘴唇变成了橡胶，她轻风似的气息变成了生冷的虾和金属制就的黄油。有事情不对头了。她急速移向床边。她最后一次弯下腰时，她的 V 字形凹陷透过她的丝绸内裤向我嘲笑着，我知道这是我最后一次拥有泰勒·菲格罗亚了。我的世界随着腹部底下一股喷射而出的液体消解了，就像遭到蛰叮的蛇从它的眼窝处喷涌般地蜕出一样。接着是平静。只有一个缓缓的大洋徐徐地波动，还有咖喱味的唾液在性交之后于我的脸上冷冷地干结起来。泰勒套上她的运动短裤，系好她的凉鞋，对着镜子轻轻地拍了拍头发。

"好了！"她对着她夹克衫的胸襟部位说。

门打开了，走进来四个男人。我用手遮着眼睛，避开耀眼的摄像机灯光。"维农·格雷格里·利特尔？"有个人问道。

我能对付大厅里每一个瞪视我的人，只要他们中有一个是泰勒。但她没有盯着我，甚至连看都没有看。她蹲伏在一个笑嘻嘻的技术人员旁边，听着一个电线伸进她夹克衫的耳机。

然后她对着一个话筒咯咯地笑着。"这太令人激动了。你真的认为我能充当那个节目的主持人吗？天哪，就像拉里托一样……"

我被人带着离开了她那处于蹲伏姿态的屁股——一个上面我的唾液和梦想几乎还未干结的屁股。她漠不关心的笑声跟随着我离开大厅。当我戴着手铐脚镣穿过宾馆的大门时，周围的人们都沉默了下来，静得能听到室内的棕榈树在空调的气流中沙沙作响。四周变得出奇的安静，安静中还带点儿冰冷，这不用我告诉你。有一架飞机在机场等候。由此你可以看出来这件事情耗资巨大。可能，很难告诉某个主持人说这一切只是一场大误会。如果你试图把这个告诉某个主持人的话，所有地方的主持人都会笑得地动山摇。我竭力要想出些奶油馅饼般的故事，但我做不到。结果我在航空香水味中，反而会因为喷气机呜呜的"再见"声而哽咽，就像过去奶奶常去北方时一样。在走道的另一边，你能看见紧张的乘客拖曳着缓慢的脚步走向移民的道路，他们的脑子一片空白，但他们的时尚品牌的行李却很引人注目。我被拴在一个金属管上，身旁是两个狱警，他们的谈论与我所陷入的狼狈不堪的不幸处境形成极佳的对照。他们谈论着他们的车子，一顿牛排饭，一场球赛，其中一个还放了屁。

我就这么坐着，看着机翼顶端的闪光灯照亮外面的黑暗。在闪了两个小时后——时间真够长的，我们穿过悬浮在休斯敦州际机场上空的肿瘤般的云层开始降落。当飞机登陆时，你能一眼看到地面上足有八千辆巡逻警车，警灯在新近打湿的混凝土地面上闪烁，而且很可能警笛和电视台的蜂鸣器也在鸣响。一切都是为了小维农——维农·利特尔。飞机着陆后转向在机场边缘的一块空旷土地上搭建起来的一片露天看台。我们慢了下来，在看台的一侧停下，而我则被成群的新闻媒体透过窗户照射进来的闪光灯灯光照得通亮。你真的感觉到了那种长耳大野兔猛扑时的激情，它在说："他来了!"今天是星期二，从那地狱里的烘燥机开始影响我们的生活以来正好三个星期。虽然现在是凌晨四点，但你完全知道全国上下家家户户都在收看电视节目。"他妈的他来了!"

狱警们把我从飞机的阶梯上弄下来，然后押着我在露天看台前走过示众。露天看台后面是栅栏，而在栅栏后面你能感觉到成群愤怒的人们——就是那种在任何需要他们的场合出现的愤怒的人们。我被举起来放入一辆白色卡车的后部，里面有一些穿戴着实验室大褂和头盔的男人在等候。他们把我缚在一把椅子上，然后我们就在全世界半数的警车护卫下进入城市，全世界的直升飞机都在头顶上飞行，投下的光柱就像一部好莱坞电影在举行首映一样，那他妈的奥斯卡污秽奖，好家伙。从中我可以给你一点经验：巡逻警车并不是到处都可以被撞毁的。完全不是。你也想不出任何聪明诡计去引开警察的注意力，而你则趁机逃跑，让他们自己互相碰撞，驾车从大桥上跌下，他妈的。更甚的是，你一坐进巡逻警车，就会清楚地知道这种意外是绝对不会发生的。记住，他妈的他们的车子开得很平稳。

今天晚上人人都他妈的心满意足，这向某个未来的公正的陪审团表明，我一定是十分清白。然后我被"砰"地一下掷回到地狱，不是回到家里，而是下到这儿，在所有大事的发生地——哈里斯县。

　　我在单人牢房里闭上眼睛，重新思考并审查了一遍我的生活。在我对那件事的思考中，我他妈的甚至没有一点局内人的感觉。相反，我就是一个倾听着别人麻烦事的旁观者，也许是另一个孩子拿了他父亲的突击步枪到教室里，把他一半的同伴都打死了。上帝知道他妈的这种事会发生。也许我是那个仅仅在倾听着的孩子，倾听关于某个可怜的杂种的故事，很可能是那个不声不响的人，也可能是那个语言大师，或者那个坐在班级后排有着种种想法和蠢念头的人。直至那把枪来到学校。我就是在倾听着的那个家伙，享受着做出表示同情，还是感到震惊，抑或不加理睬的令人心痒的奢侈决定，就像人们碰到与己无关的不幸发生时做出的举动。我在脑海中重新浮现的就是那种日子，仍然充满了各种各样的繁杂琐事，狗呀什么的，但是我却是个旁观者，上街去买冰淇淋，像我们惯常那样漠视我无忧无虑的岁月，变得厌倦而执拗。

　　正当我试图入睡时，我这一排的其他罪犯开始醒过来了。他们中有一个听到了我的叹息声，通过他的门对我喊道："利特尔？你这他妈的明星！"

　　"是啊，没错。"我说，"去告诉检察当局。"

　　"见鬼，你自己去找他妈的最出色的律师。能听见我说话吗？"

　　"我的律师甚至连他妈的英语都不会说。"

　　"不是，"那个罪犯说，"他们瞧不起那蠢货和他的资历。我在电视里看见他说他仍在办理这个案子，但那是吹牛，他甚至没再被雇佣。你现在是个大人物了，能听见我说话吗？"

　　那个家伙终于静了下来，我抓紧时间断断续续地睡了一个小时，然后一个看守过来像演习似的把我带到这排牢房尽头处的一部电话机旁。他骄傲地押着我经过所有其他的牢房，像是让我在他们面前游行一样，大家都挤在门边看着我经过。

　　"喂，伯（弗）恩！喂，伯尼姆（维农）·利特尔！"

我在电话机旁坐了下来，那看守给自己塞上了一个耳机，然后为我拨家里的号码。电话没通，我让他拨帕姆家的号码。

"嗯？"她嘴里含了满口食物。

"帕姆，我是维恩。"

"维恩？哦，我的天哪，你在什么地方？"

"休斯敦。"

"该死，对——我们在电视里看见的。他们给你吃东西了吗？"

看守弯下身子轻声地说："鸡蛋和西班牙辣味香肠，半小时以后就有。"

"呃——我们吃鸡蛋和西班牙辣味香肠。"

"什么？就那些？只有香肠和鸡蛋？"

看守皱起了眉头，他做了几个有满满一盘花式配菜的手势。

"还有整整一盘东西。"

看守朝我竖了一下大拇指，母亲已经在争夺电话听筒了，你能听到她在帕姆身旁。她最终夺过了电话。

"维农？"

"嗨，妈。"

"好，你好吗？"

"我想是的，你好吗？"

"嗯，拉里抛弃了利昂娜，那是一件事。我们认为他会那样做的，我敢说他马上就会夹着尾巴爬到这儿来的。"她嘲讽似的哼了一声。

"妈，不要再说这些了。"

"唉，你就是不懂，他有了所有那一切新的责任，需要一个强有力的女人在他身边——尤其是现在他把魏茵逼出局之后……"

"责——任？"

"嗯，你一定已经听说了，他买下了对你的审讯及一切的报道权。公司还在磋商，要买下在亨茨维尔的教养所的报道权。他正在竭尽全力，却没有一个真正理解他和关心他的人。"她听到我有一会儿冷冰冰地默不作声，于是试着泵入一些奶油馅饼。"那么——你的生日过得好吗？"

"不怎么好。"

"嗯，今年也给你留蛋糕了，我不知道你会在城里。不管怎么样，要是见到你，我会在哈里斯店里赶快买一块的，现在他们的营业时间延长到每晚十点了，然而马乔里对这新的安排感到不太舒服，至少现在还是。我想这事会花上些时间的。"

我仍在思索亲人们对明摆着的不幸避而不谈的举动是好事还是坏事。从某一个方面看，在我的生活中有这么一条明显确实存在的大蛆虫在大家面前慢慢地爬动，并散发着恶臭，这有点令人难堪。然而谁也不去谈论它。我想它是不言自明的了。

我打完电话后面前出现了一份很不错的早餐，有烤面包片和粗玉米片，在我的鸡蛋和西班牙辣味香肠旁边还有炸土豆饼。然后州里为我指定的新律师来了。他们选派布莱恩·登内希做为我的律师，我可不是吹，他是一个直率而精明的人。我猜想老里克谢·阿布蒂尼真的被解雇了，又一个处于劣势的人被上风者所取代。不过这位布莱恩给了我一些真正的希望，你知道的，他的案子可没输过。我他妈的有希望了，我就知道陪审团会喜欢他的，他们甚至希望他做他们的老爹：粗俗无礼而又和蔼可亲。我与老布莱恩经过了一次长谈，我告诉他事情是怎样发展起来的。

"你是说你是无罪的？"他问道，"你甚至根本不在那儿？"

"呃，我是说我在那儿，比如说在学校里，我想我的身体经过了巴里·古里倒下的同一块地面，但是……"

他皱着眉头举起了一只手："你的证词不会打动陪审团的。你懂我的意思吗？"

"嗯——当然。"

"这个辩护很重要。"他站在门旁说，"我们一定要抓住这次机会。这对你来说很重要，对我也很重要。"

"你能这样说，我真的很高兴。"

"哦，这是应该的。"他点点头，"死刑审讯是我们司法系统最新的尝试。"

"那么，利特尔先生，你将是第一个试验新制度的人——请原谅这个双关语①。"那个法庭派来的人咯咯地轻笑着，同时眼睛看向一边。每当他微笑时他的头就撇过去。他舒服地坐在我牢房的床上，笑得很多。

"在你做出决定之前，你应该知道，丝毫没有什么压力要迫使你去按那个将安装在你的——安全范围内的蜂鸣器。一台摄像机将会自始至终对准它，以防发生意外。但在审讯过程中，无论何时你觉得想要改变申诉，或想要撤回到此为止所提供的信息，你可以按蜂鸣器，立刻采取有效的行动，也在世界范围内为观众们提供了一个理解公正的很有价值的直观教具……"

"有没有证明无罪的蜂鸣器？"

"维农，你是无罪的，直至证明有罪——记住了吗？"那男子朝我走来，对我微笑着，好像我是一个小小孩一样，"我向你保证，制度中已设计了一切预防措施。按钮与它所激发的灯光都是绿色的，以避免令人更为紧张的红色。此外，虽然我们开玩笑地叫它为蜂鸣器，它所发出的声音却更像铃声……"

---

① trial the new system，英语中 trial 表示试验和审讯两种意思，trial 无动词用法，此处也显示出说者的故意。

第四幕 我是怎么熬过暑假的

1

押我的囚车驶往休斯顿，一辆辆警车紧随其后。那些车顶上的警灯每闪烁四十三下就同步亮起来。它们先是各自闪烁几个来回，而后便开始像导航灯一样连续流动闪烁。接着，有那么一秒钟，又一齐亮起来。

那是我被警车押往休斯顿去接受审判的第一天，头顶上天低云沉，还有低飞的直升机，这时我知道，生活还是老样子。大多数时候，你会感到事情有同步发生的可能，但实际上真正的同步只是偶尔。同步可能是好事，也可能是坏事。就拿我来说吧，从离家出走到他们迅速把我抓捕回来，这期间，我被指控涉嫌德克萨斯几乎每一起凶杀案。我的面孔遍及各家媒体，我想人们现在可以在每个角落都看到我了。他们将这称作"记忆"。要提防那笨蛋。而我仍因这起悲剧而受到指控。大家都忘却了耶稣，每个人都忘了，除了我。

自从上次你们费心听我讲述以来，已经过去了整整一个夏天。是啊，整个夏天我都被拘押，等待着审判。从某种程度上说，是耶稣陪伴着我。我一句话都没法说。我想，是生活变得现实了。也许我就是长大了。也得提防那坏家伙，我是认真的。

我扭头向囚车那扇狭小的侧窗望去，一根根篱桩在眼前掠过。十月的潮湿浸漫着周围的景致并挤走了阳光，挤得一干二净。想起上几个星期，我觉得兴许被挤走是再好不过的了。这不，我老妈曾想自杀。帕姆悄悄打电话来，让我对拉里多一点支持，还有冰箱，以及所有的一切。她说那天我妈把家门关起来，将烤箱开到最高温度，然后就坐在敞开的烤箱门旁边。显然这是在发出求救信号，尽管我家用的是电烤箱。现在帕姆正在给我妈弄东西吃。

而今天的我，就像一台冰箱一样，空空荡荡，散发着腐味，甚至连电源都没有接通。我的身体已经感觉得到，它不再需要传感设备而只需一条真正聚焦的逻辑带就能存活下去。用它来下象棋，看电视就足够了，人的身体就是如此机敏，可以像这样的芟繁就简。恐怕你还不知道——我需要眼镜。当时的情况是他们发现我的视力真的很差，因此，给我弄来一副新眼镜，真是很体贴。起初我还有点不想戴，因为这眼镜有点大，镜片有点厚，镜框也是透明塑料的。但我得承认，把整个眼镜擦亮，配上我剃得很干净的头，习惯了之后，我觉得这眼镜看上去还不错呢。我这一身看起来还真有点"酷"。浅蓝色套服，还有那副用松紧带固定在我脑袋上的眼镜。这根带子原本是要绕在我脖子上的，我把它拉紧绕在头上，因为它老是挡住我的十字架。是啊——这条十字架项链是阿布蒂尼先生送给我的。我简直不敢相信，他人这么好，哪儿都好。老阿布蒂尼一路开车赶到这儿来就是要带给我这枚上边有个小人的十字架。呃，可不只是个小人，而是——十字架上的耶稣。我的意思是，很难看得清上面所有的细节，但你就是知道那一定是耶稣。

我在这儿与那位心理医生做了交谈，告诉他我不具备任何所谓人的才能，比如说技术或者别的什么。但他说这并非事实，他说对身边的那帮弟兄，我有非常高的认知和感觉能力。某种程度上，我想我的确是具备那些天份的。我能够嗅到麻烦将至，要我说那就是指我的天份了。它必定能解释点什么。还有个重大消息就是从此我不再骂人了，信不信由你。我想我只是把时间用在了——你知道的——看电视上，而不再琢磨负面的东西了。对我来说，念念不忘负面的东西已经被确认为是一种毛病了，还有就是总琢磨肛门，如果你可以原谅我这么说的话，就是那种一切想法都结束为与人的粪便、内衣等等有关的毛病。大毛病，可那心理医生却说认知是改变的开始。我甚至连那些刺鼻的气味都回忆不起来了，真的。我只是一直在电视上看老电影，我想我是要回过头来检查哪儿出了问题。几天前，有部片子居然搞得我热泪盈眶。

一群准备行私刑的暴徒围堵在法院四周，囚车穿过时他们便冲着车子扔东西、尖叫，甚至捶砸车身。我透过这个小窗看见了他们，他们以及注视他们的摄像头。不过，有一点，后面似乎还有一群支持者。法院门前已然变成了一个天文观测点，有摄影机、灯光架，还有国内知名人物都上镜的实况转播室。嗯，还有餐饮车、热狗摊、供电车、化妆车、卖T恤的、卖胸针的和卖气球的。

他们没有把我直接押到审讯室，而是进了法院大楼后面的一个化妆室。很明显，这是因为这里"弥漫着柔润的灯光"，那个安顿我坐下来并摸着我脑袋的男人是这样跟我解释的。法庭上还有些人也在这里，脸色照得泛红。他们冲我微笑着，就像我是从他们办公室收发处来的一个同事；他们谈论着今天发生的事儿，仿佛在说一场球赛。我发现我的脸有点苍白。苍白而泛灰。

终于我被带着踏上了一个长长的、像枪膛一样的走廊。走廊尽头，耀眼的灯光照射出一道门的轮廓，穿过这道门我被带进了审判室。好了，来吧。我不得不说，走进法庭时我是清白无罪的，而且我相信一旦他们聆听了我的故事，我就能通过前门走出法庭。真相终会胜出，看吧。我环顾四周看着我整个人生舞台上的演员们，他们坐在那里等候着，空气中弥漫着手指画和粘在牧羊人约瑟夫的羔羊剪纸上的爆米花的味道。摄像机在旋转支架上呼呼作响，人们跟着摄像机转过头来看着我正在被关进这种好像动物园用的笼子里，囚笼前面装有话筒和一个大大的绿色按键。笼子的黑色栏杆之间相隔四英寸，闪闪发亮，比我站起来还高出三英尺。一名警卫打开笼子后门，另外一个把我弄了进去。门上有个标牌上写着这笼子是用一种新型合金制成，单独一人没法将它毁掉。我环视一周看见我妈，她嘴巴紧闭，像个提线木偶或类似的什么东西。手腕上缠着绷带，我猜那是她发出求救信号时留下的。帕姆就坐在她身边，她那张脸告诉我他们肚子里填满了汽车旅馆里的盒饭早餐，就是那种食料都固定搭配好的盒饭，如同从泥模子里倒出来的一样。他们就是爱吃医院里的饭菜、汽车旅馆里的早餐等等类似的东西。妈今天有她自己在镜头里的位置。可刀子不转了，你知道吧。这些天来我的刀子自行转动着，我现在已经完全长大了。据那位心理医生说，那把刀是我的良知。他还说，刀是你的亲人能够给予你的最棒的礼物。

我的新律师，老布莱恩先生看上去真的非常积极，对一切都信心满满。他停下片刻冲我眨了眨眼，然后取出一盒文件放在桌面上。当然还有一帮新来的看着很光鲜的公诉人。为首的公诉人居然穿着吊裆裤，你要是觉得这么说不是太恶心、不至于犯我那老毛病的话。这说明他觉得今天将他妈的会有多么可笑。高高的审判席上，一位老法官拍拍手然后点头向律师们示意。突然之间，一片安静。

"陪审团的女士们、先生们。"公诉人说，"今天，我们将开庭审理本州所见到的最常见的法律案件之一。有个人就站在你们面前，他曾经断送了三十四位正直公民的生命，他们中有许多都还是孩子，甚至是他的朋友。此人公开承认，一家中学发生杀戮时，他就在案发现场。目击者曾明确认定，在另外十六起死刑案中，此人也在事发现场。这个人的童年充斥着血腥与死亡的幻想。他堕落的性倾向与制造中学枪击案的另外一名杀手脱不了干系。女士们、先生们，今天你们将见到这个人——这个称呼我说得不够严谨——他小小年纪，十六岁，却无视他人的最基本权利，这种无视之深度和广度已然使其取代了臭名昭著的约翰·魏茵·格斯①。"

他的手挥过人群指着我的囚笼。人们转过脸来，我光溜溜的脑袋和那双透过眼镜巨大而游移的双眼都被他们尽收眼底。我面无表情。公诉人微笑着，像是记起了一个老笑话似的。

"你知道，"他说，"像格斯一样——这个男孩喊着自己是清白的，而且并非是在某一起犯罪行为上（也许他的身份被弄错了呢），而是在横贯这个大州的三十四起恶性谋杀案上。"

轮到布莱恩上场的时候，我的半个身子已经缩了回来。他围绕法庭里那块空地缓缓地踱着步子，静静地点着头。然后停下来靠在陪审团席位上，望着空中，若有所思。

"上帝知道，"他说，"劳累了一天后坐在电视机前放松一下是件好事。"他搓着下巴，又踱回那块空地。"有可能看一部电影，"他皱了一下眉头说，"可是对于那部电影里的明星们来说，在大街上让人认出来日子就一定不太好过了。我为什么要提到这个呢？那是因为，在被认作是我当事人经过的地方，每周就有四点三起谋杀案件发生。四点三起谋杀案发生在他被指控所犯的罪行之前——四点三起案件就发生在所谓他恐怖杀戮的那段时间，而此时他跟我们在一起，四点三起案件正在发生。"他转过身逐一盯视着每一位陪审员。"女士们先生们，我们将会发现这样一个事实，针对我当事人的起诉一直就不存在，直到他的相片出现在我们的电视荧屏上。从那一刻起，德克萨斯中部及以外地区几乎每一起谋杀都被认作是他所为。那就意味着所有本来的罪犯们都度假去了，而是维农·格雷格里·利特

---

① 一个凶煞无比的杀人犯，手段惨不忍睹。

尔完成了几乎所有众人皆知的谋杀，其中有些案件差不多是同时发生的，使用不同的凶器，并且案发地处于本州地辖的两端。请扪心自问：他是怎么做到的？通过远程遥控吗？我认为不是这样。"

我的律师走到我的囚笼前。他若有所思地看看我，抓住一根栏杆，然后转过身去面向陪审团。

"女士们先生们，审判期间我要展现给大家的，是人类对于暗示的感受程度。媒体来到每一起凶杀案现场，他们只携带一名嫌疑犯的照片：被告。并非所有媒体，而是受雇于最想从这些审判程序中获得利益的某人旗下的媒体。他把一份产业——不，是一个真正的帝国，建在了针对这位孤单不幸的年轻人的残酷迫害之上。五月二十日的悲剧事件发生之前，他还是个无名小辈。这次审判中你们将看见他并做出自己的判断。"

布莱恩从容地走到陪审团一边，向上拉了拉袖口，然后亲切地靠在了他们前边的横栏上。他低声说道："这一切都是怎么回事呢？很简单。在摄像机刺眼的灯光下，困惑悲哀的大众得到了一个机会来参加自 O. J. 辛普森以来最大规模的黄金时段的跟风节目。当他们被问到：'这是疑犯吗？'照片上那张脸就敲响了警钟，他们当然在哪儿见过他，甚至就在最近。结果呢？即便是发生在黑人区，针对黑人凶杀案的黑人目击者都能认定这名十六岁的白人学生就是嫌疑犯。"

他扫视了一下陪审团，把眼睛眯了起来。

"同胞们，你们将看到这样一个温顺羞怯的年轻人，他没有任何前科记录，然而却不幸成为马迪里奥县悲剧活生生的受害者。在他正步入成年那脆弱的紧要关头，这些事情却将他压垮了。他无法合理地说出自己的悲哀，无法整理散落在他身边的残片。我来告诉你们这个男孩的唯一错误吧——一个莫大的错误——那就是他当时没能及时大声地喊出来'我无罪'这三个字。"

公诉人坐在那儿，两条腿大大地分开着，如果我这么说不算下流的话。但我喜欢布莱恩说的这些话。环视法庭，我开始惊异地感到正义即将来临，就像人们期待的那样，仿佛圣诞老人要来了。这是个特殊的为正义而存在的地方。的确，每个人都自鸣得意，如此就能解释他们为什么都那么自信了，因为正义即将来临。

就拿法庭的女打字员来说吧——我听到有人叫她污点记录员，别问我为什么他们需要她——她的头充满信心地向后仰着，是因为正义将至？还是因为无法忍受她不得不敲进那台小型打字机里去的污言秽语所散发出来的臭气？为什么她用的是小型打字机呢？为什么法庭里就不能使用美好的语言呢？你想知道是不是她就喜欢接近这残秽的东西，甚至是不是爱上了它。也许下班后她会告诉她的朋友，她们会一起紧闭嘴巴，然后叹道"哦，我的天哪"或是别的什么。也许律师们脸上一贯带着这副似笑非笑的表情，甚至是在家中。也许，他们之所以能成为律师是因为具备了这种过度发达的技能，能发出呵呵的低笑声来表明你就是世上唯一的无知到能相信你自己刚刚说过的话的人。也许他们还是婴儿的时候就能将这呵呵的笑声从嘴里溜出来，然后他的亲人会说："看哪，亲爱的，一个律师!"

审判第一天的午餐时侯，这一切惊叹便渐渐消失了。之后，我就像个僵尸似的坐着，一坐就是好几天，看着他们弄来的地图、图表、脚印、纤维等物证。耶稣的运动包出现了，上面有我的指纹。这让全世界的技术人员们忙活了一周时间。而我就只是那么面无表情地坐着，满脑子都是些不合逻辑的想法，比如说，一根纤维是在鞋上还是在袜子上发现的，他妈的谁会知道？陪审团偶尔会打个盹，除非从化妆间又进来一个新的证人。

"你能指认你在案发现场见到的那个人吗？"公诉人问道。那些证人们，对我来说就是陌生人，一个接一个地，都把视线和手指指向了我。

"就是笼子里面的那个，"他们说，"我们见过他。"

像是所有法庭戏里演的那样，从第一幕开始，每个角色都——

213

出场来讲述他们的故事。他们是要帮着你出来，还是要把你关进去，你只有等着瞧了。等到十一月份的一场寒流将毛毯唤到我监狱的床上时，诉讼程序已经一路消解并进展到了实质部分。

"公诉人传唤奥利弗·古森斯医生。"

古森斯走上证人席，脸颊圆润得就像丝绸包着乳霜一样。他宣过誓后，跟公诉人生硬地微微对笑了一下。

"医生，您是专门研究人格障碍的心理专家？"

"是的。"

"您今天是作为一名公正的专家证人而出庭的，您之前与被告之间的职业性接触与此毫无关联吧？"

"是的。"

法官伸出一根手指指向公诉人示意他停下来。然后他转向我的律师说："辩护人，你的异议书在邮寄过程中丢失了吗？"

"没有，法官大人。"布莱恩说道。他站在那儿纹丝不动。

"这位是你当事人自己的治疗医生，我可否推断你不会在意这个矛盾呢？"

"您请便，先生。"

法官咬了咬嘴巴，然后点点头说："请继续。"

"奥利弗·古森斯医生，"公诉人问道，"依您的专业视角来看，是什么样的人犯下了所有这些罪行呢？"

"反对！"我的律师大声喊道，"这些罪行是一人所为并没有得到证实。"

"反对有效，"法官说，"公诉人应该知道得更加清楚。"

"我来换个表达，"公诉人说道，"古森斯医生，这些犯罪行为对您来说是否意味着一种模式呢？"

"非常肯定。"

"在您的专业领域里常见的一种模式？"

"其犯罪特征与反社会的人格障碍有关。"

公诉人用拇指和食指摸了摸下巴，说道："但是有人说这些特征属于一个人？"

古森斯轻轻地笑了一下，"还有一种说法，说是局部范围的反社会人格障碍流行病，持续时间恰好是六天。"

公诉人笑着说："那么这些人格障碍疾病患者与我们其他人有什么不同呢？"

"他们的人格成长是依靠片刻的满足感——他们无法容忍其欲望受到丝毫的挫折。他们是灵活的操控者，而且因为拥有一种独特的自尊而无法意识到他人的权利和需要。"

"照这么说，这些人并非精神疾病患者，我这么认为不知道是否正确。也就是说，对于受害者一方而言，他们不牵扯任何免责问题吧？"

"非常正确，人格障碍属于性格失衡，是得到认同的机制发生了偏离。"

公诉人垂下头并点头琢磨着。"我听您刚才提到反社会人格障碍。有没有一个更为常见的术语用来描述那种障碍症患者呢？"

"反社会人格就是，呃——典型的精神变态。"只听得一个低沉的喘息游移在整个法庭上。我感到我的眼镜变得又厚又沉重。

"这种人格障碍疾病所表现的形式包括杀人在内？"

"反对，"布莱恩说道，"大多数杀人犯并非心理变态，而变态的也并非都是杀人犯。"

法官的眼神疲倦地落在公诉人身上说："公诉人——请吧。"你能感到他本要更强硬些的，可他却只说了声"请"。他想说什么，他能说什么，我担保正是这之间的差别使他那对眼睛越发像一对儿母牛眼。公诉人嘴角边那根筋抽搐了一下，然后他转过身去朝着古森斯。

"那么，大夫——我这样认为不知是否正确，您提到的人格障碍症患者对其行为后果是毫无感觉——没有丝毫悔改之心的，是吗？"

"反对！没有懊悔之情，是因为清白无辜！"

公诉人转向陪审团一方得意地笑了笑。我仍然站在那里，面无表情。"反对无效，"法官说，"他并没有针对您的当事人。"他点着头让古森斯作答。

"这类患者比你我的兴奋临界点要高出许多，"古森斯抬起那张女人气的脸，望着公诉人说道。"他们对兴奋的欲望能驱使其铤而走险，不计后果。"

"比如说杀人的那种兴奋？"

"是的。"

公诉人将这个回答停顿在法庭的地板上，等了片刻。它所散发出的臭气朝着陪审团一方飘过去。他转过身看着我并向古森斯问到他下一个问题。"还有请您告诉我——性对此类行为有影响吗？"

"性是我们最强的内驱力。从人的本性上说，它是构成获取以及维持权力行为的主要导因。在反社会人格障碍患者的脑海中，死亡和性形影相随。"

"按非专业人士的话来说，这些特征是如何产生的呢？"

"嗯，在儿童时期就可能产生一种依恋癖……"

"比如说依恋——女性？"公诉人把脸低下去，两眼却往上翻转着往证人席上瞟去。

"嗯，是啊，男人的依恋对象往往就是女人。"

"精神变态者会由于兴奋而去杀一个女人？"

"是的，也或者他为了这个女人而杀人……"

"我没有问题了。"

今天中午吃的是干酪通心粉。还有面包。后来，当我的律师微笑着迈着步子走上证人席时，这食物仍还顶在我胃里。

"奥利弗·古森斯，您还好吧？"

"我很好，谢谢。"

"请您告诉我，大夫——反社会人格障碍症会随着年龄的增长而恶化吗？"

"那不一定——但是不管怎么归类，这些特征到十五岁一定都定型了。"

"这种症状在十五岁还能医治吗？"

"大多数障碍症无论任何年龄都是有可能被医治的，但真正的反社会人格障碍症能否医治还是个问题。"

"您的意思是他们不可能被成功医治？"

"普遍证明如此。"

我的律师低着头在法庭里绕着圈儿走了几步，边走边想。大概在计算圆周率吧？然后他停下来说："您递交给马迪里奥县地方法院的报告中曾建议我的当事人到您那儿做门诊治疗，而不是拘留他，对吗？"

古森斯抬头看了看法官。法官点头示意他作答。"是这样。"古森斯说道。

"治疗一种不可医治的精神疾病，您不觉得这种方法有点简单了吗？"

医生脸上掠过一丝愤怒。"这些病例很难在一次诊疗中就诊断出结果来。"

"可刚才您示意陪审团的时候并没有什么困难啊。"布莱恩呵呵地低笑着。"还有，大夫，就您提到的性暗示而言——对于一名反社会人格障碍者来说，是否同样有可能去依恋一个男人，或是——男孩呢？"他开始绕着古森斯踱步，绕的圈子越来越小。

"当然，杰夫瑞·代莫尔就是个很好的例子……"

"但是怎样辨别一般的同性恋欲望和病态的依恋癖呢？"

"嗯——征得对方的同意。精神变态的人会欺骗或者强迫他的目标而不考虑对方的愿望。"

"所以，把自己的愿望强加在男孩身上的人——会是一个精神病患者。"

"是的，当然有可能。"

古森斯看上去不再那般自鸣得意了。我的律师停下踱圈的脚步，然后眼睛盯住他，那眼神像是在说"咱们合作一把吧"。"奥利弗·古森斯，"他沉思了一会，"听过'哈伦·帕里欧'这个名字吗？"

古森斯的脸变得煞白。

布莱恩转向陪审团说："女士们、先生们——法官大人——请原谅我在此处的用语。"他又移到证人席一边，逼近古森斯的脸说："如果没有的话，那你也许听说过有个叫做'斑比男孩屁股市场'的网站吧？"

"什么？"

"有个叫哈伦·帕里欧的人因通过色情网站引诱腐蚀青少年而在俄克拉荷马州受到指控——请坦白告诉我们吧，在您的法庭誓言下——您对此有所了解吧？"

"我没有必要回答。"

布莱恩懒懒地笑了一下。他从桌上拿起一些文件并高高地举起，道："我有证据表明你，奥利弗·古森斯，先前曾化名为哈伦·帕里欧。"法庭里一片哗然。"让我告诉你吧，大夫！你在五年前曾以这个名字被告上法庭，你因在色情网站的行为涉嫌腐蚀儿童而受到四项指控。"

"这些指控从未得到过证实。"

"我再提醒你一下吧，大夫，你现在仍然拥有并经营着那家网站，网名叫做'索多玛小夜曲'。"

后排座上有个人强忍住从鼻子里发出的笑声。法官皱着眉头。

"对吗，大夫？"布莱恩慢条斯理、清清脆脆地说道"是——还是——不是？"

古森斯的眼睛迅速移动到法官那儿，法官点点头让他回答。

"不。不完全是，不。"

"最后一个问题：你也那样对待过耶稣·纳瓦罗·罗萨里奥吧，差不多就是今年五月，校园悲剧发生前后，对吗？"

古森斯两眼垂下来望着地面。

"你还给他展示了这些女士内衣，而你购买内衣的信用卡付费已经被追踪发现了。"

布莱恩拿起一个塑料袋。袋子里是耶稣在世最后一天穿的女式内裤。

2

我坐在监狱的马桶上，感觉到一丝希望，老实说，就是要让这世上的压力通过下面的肠道噼里啪啦地排泄出去。我知道不应该说这些，可是老兄，锻炼你的肠道是人生一大壮举。这是另外一件你永远也学不到的关于人生的东西。事实上，不仅学不到，他们还会对你进行一番反面说教，将它说成类似魔鬼所为或是诸如此类的东西。想想看，这就像我妈发明了这世上所有见鬼的规矩一样。

但是现在我根本就不去想它。早晨，阴暗的牢房里，空气中有一种冬日里朦胧、潮湿的清新。在他们把我装进囚车押回法院之前还有一些时间，所以我逗留在离监狱大院最近的浴室里。我甚至还弄了一根骆驼牌香烟来抽，全新上市的骆驼牌过滤嘴香烟，从德蒂弗沃那儿搞来的，他因一起特大盗窃案正在接受审讯。他的女友带着他俩刚出生的孩子来探监，所以他才那么大方。我跟他说小孩儿长得像他，确实挺像的，尽管是个女孩儿。此刻，我正把我刚刚吐出去的蓝色烟雾一团团吸回来，并尝试将烟灰从两腿缝间弹下去而不烫着我的小家伙。所有的麻烦都从肠道跳了出来，像老鼠从飞机里跳出来一样，每过一秒，都会感到愈加轻松和利落。我拼命地计划着。肠道，老兄，他妈的。

通向法庭的路一如既往的灰暗阴郁。在化妆室，我听到直升飞机在法庭上方嗡嗡作响，是为了防止我逃跑吧，或是别的什么。啊哈！是的，没错。他们倒希望我逃跑，这样的话，等到我趾高气昂地被无罪释放时，他们就不用追悔莫及了。这道冷菜他们还非吃不可。今天化妆期间，我带着这种正义的乐观坚定地坐着，吃着炸薯条。他们一定嗅到了这即将到来的原始真相，所以才突然给我吃炸薯条。唯一的问题是在我迈向囚笼时，他们把我的手铐得更紧了，我只好弯下腰，耸起的肩膀挨在我粘着番茄酱的脸上。当我试着去擦的时候，我看见一道阳光在审判室地面上缓缓转动，直到照亮了证人席，就像西奈山的日出。一双破皮鞋走动时发出的拖沓声沿着楼梯上来传到后面。不用看就知道，那是我妈，她正要离开这里。每天早上一到场她就让人拍照，不过她没法应对这天的事。帕姆会坐在外面的福特水星车里等着她，两脚踩在脚踏板上。

法官来了，他冲大家点点头，我坐在后面观看我的命运之戏开始上演。

"公诉方传唤泰勒·菲格罗亚。"

泰勒身着灰色西服和短裙从人群中走了出来。她把头发向后一甩，让她那邻家女孩儿般的微笑在摄像机前定格片刻，然后像一位军乐团女指挥那样挺拔地站着，准备宣誓。天哪，她真是太漂亮了。事情怎么会这样？这一感觉慢慢爬着穿透我的全身。我遏制住了。

"泰勒·菲格罗亚小姐，"公诉人说："请说明你的年龄与职业。"

泰勒咬了咬嘴唇，像是在思考。当她说话时，她的声调先是升，继而落，最后又升起来，就像是汽车换挡的声音。这声音跟学校里的效果一样。

"我刚满十九岁，是这样的，我以前是个学生，现在在一家媒体试用实习。"

公诉人怜悯地点点头，然后又皱起眉头。"我不想引起过多的痛苦，但是请你理解这些诉讼程序需要问到一些棘手的问题——如若你感到非常不舒服的话，请举起手。"

泰勒的一颗牙在嘴唇上刮了一下说："好吧，怎么都行。"

"你很勇敢。"公诉人垂下头，"泰勒·菲格罗亚小姐——你有没有被尾随过？"

"尾随？"

"就是陌生人或偶而相识的人对你表现出的一种不正常的兴趣。"

"我想有的，是的，有个小伙。"

"你怎么认为这个人的兴趣不正常呢？"

"呃，比如说，他突然出现，然后开始坦白所有这些罪行和之类的事情。"

"你以前认识他吗？"

"是的——算是吧，我的意思是——我想我在一次聚会场所外面见过他。"

"聚会场所外面？"

"是的，就是，他没有得到邀请或者别的什么。"

"还有其他人也在聚会场所外面吗？"

"没有。"

公诉人冲着地面点点头说："那么——他是一个人，在一个他不能参加的聚会场所外面。他跟你说话了吗？"

"是的，他扶我坐进了这辆车的后座。"

"他帮着你坐进了一辆车的后座？接着发生了什么？"

"好像是，我最好的朋友来了，从聚会场所里或是别的什么地方出来，这小伙就走了。"

我的眼光移向陪审团的成员们。我估量着他们的年龄，他们都到了有像泰勒这么大女儿的年龄了。他们眉毛上泛着新的偏见。

公诉人等候着，试图让人们来消化听到的这一切。然后他又问道："那么你下一次见到他是在哪里？"

"在休斯顿。"

"他那时住在休斯顿，或者是哈里斯县的某个地方吗？"

"不，他是在去，好像是——墨西哥的路上。"

"打哪儿来的？"

"玛蒂里欧县。"

公诉人意味深长地将怒目投向陪审团。"从玛蒂里欧经休斯顿再到墨西哥，真是绕了个大圈子。"

"是啊，我都不敢相信，他好像就是来看我的，他还承认了所做的一切什么之类的……"

"那么接下来发生了什么？"

"我堂哥来了，他就跑掉了。"

此刻，泰勒垂下头，大家都屏住了呼吸，是怕她哭出来吧，或是怕她干出别的什么事儿来。不过她没有。公诉人等了等，直到他很有把握她不会哭，然后发射出一枚重型炮弹："你在这个审判室里看到那个人了吗？"

泰勒并没有抬起头，而只是指着我的囚笼。我低下脑袋试图捕捉她的眼神，可她那眼光却一直黏在自己那双鞋上。公诉人闭紧了嘴巴并开始不遗余力地在我的十字架上钉那些剩下的钉子。

"请庭审记录证明证人已经辨认出被告，维农·格雷格里·利特尔。菲格罗亚小姐，你将会听到被告一方声明，在最近的绝大多数凶杀案案发同时，维农·利特尔在墨西哥。他们说你知道他在那儿。你知道他在那儿吗？"

"呃，好像——我到的时候，他是在那儿。"

"你能明确说出被告在墨西哥呆了多长时间吗？"

"可能三个小时，最多。"

"那么对于被告声称的所有凶杀案案发时他不在现场，你无法证实吧？"

"我想是的。"

公诉人走向证人席，他将一只胳膊歇在栏杆上并关切地冲着泰勒微笑着。"快结束了，"他轻声说道，"那就告诉我们吧，不要着急——在墨西哥那几个小时内发生了什么？"

泰勒僵住了。她深吸了一口气，"他试图，好像是——要跟我做爱。"

"是在他跟你坦白了这些凶杀案之后吗？"

"是的。"

整个法庭，很可能是整个世界都倒吸了一口气，接着是一阵嗡嗡的低语声。我的灵魂因被刺痛而尖声呼叫着，但我的律师却用一只眼睛盯住我示意我安静下来。当整个法庭，摄影机，还有整个世界都极其缓慢地调转方向开始更为仔细地研究我的时候，我那因笼里绿色的蜂鸣器看起来是那么的引人注目。公诉人只是微笑着走向他的桌子，然后在一台机器的按键上按了一下。

"是。"我声嘶力竭的嗓音传遍了审判厅。"我是为你才这么干的。"这声音播放了一遍又一遍。"我是为你才这么干的，为你，为你，我干了。"

布莱恩讯问的时候，脸上挂着典型的律师的微笑。他把双手插在衣兜里，站在泰勒面前，就像是她的父亲或什么人似的。他只是盯住她，好像她要说的话是他所听过的最愚蠢的借口。她向下瞟了一两眼，然后睁大眼睛像是在说："什么？"

"你见到被告在墨西哥呆了三个小时吗？"

"是啊。"

"那么，在你看来，这三小时之外，他有可能在这个世界的任何一个地方？"

"我想是的。"

"为什么维农·利特尔到墨西哥来见你？"

泰勒转着眼珠，露出了女孩的微笑。"呃，来做爱，或是坦白，或是别的。"

"他和你做爱，你是付过钱的吧？"

泰勒畏缩了："这不可能！"

"那么你们俩之间没有钱的交易？"

"没有，呃，好像……"

"有，还是没有，请回答。"

"你看，可是……"

"有，还是没有。"

"有。"

"那么，实际上，你给了维农·利特尔一些钱——三百美元。"布莱恩转向听众席，扬起一只眉毛。"妈的，这小子一定很棒。"一声窃笑在后席闪过。

"反对！"公诉人吼了起来。

"反对有效。"法官说。

布莱恩冲着我略微眨了眨眼，然后转过去慈父般地注视着她说："维农·利特尔知道你那天会在墨西哥吗？"

"你看——可是，好像……"

"你让他吃了一惊，不是吗？你用现金来诱惑他——一个困惑、天真、绝望的少年——来到你突然现身的地方。这是事实吧？"

泰勒茫然地张着嘴，有那么一会儿，她说："是的，可是有人告诉我……"

我的律师冲她扬起手，然后抱着胳膊说："我来告诉你实情吧，你是被雇来演这场戏的。你受雇来诱捕被告，不是警方，也不一定是用钱，而是整个这场戏幕后的那个男人将成名作为诱饵向你许下的承诺。"

她只是瞪着布莱恩。

"泰勒·菲格罗亚——请把带你去墨西哥的那个男人的名字告诉法庭。"

"尤拉里奥·莱德斯马。"

"没有更多的问题了。"

拉里着一身白衣出现在楼梯顶端。他面色苍白，气愤地磨着牙齿，两颊上的皱纹扭动着。人们转过来看着他沿着走廊走下来，走到亮光处。我转过头看着人群。你看得出来人们喜欢他。公诉人先行质询。

"尤拉里奥·莱德斯马——一直以来你都是处在一个独特的位置上来观察被告的，先是作为他家的一个亲密朋友，后来，我肯定，是作为一个关注此事的公民……"

"喊，对不起，"拉里说，"我在州务部还有个会要开——这儿不会耽搁很久吧？"

"我无法代替被告说话，但我会尽量简洁，"公诉人说，"请只是告诉我们——如果您能用一个词来描述一下被告，那将是什么呢？"

"精神病人。"

"反对！"布莱恩喊道。

"反对有效——陪审团对于刚才的问答将不予理睬。"法官转着眼珠狠狠地盯着公诉人说，"请律师记住，作为法律诉讼结果，这个年轻人会得到合理的裁决。"

公诉人朝陪审团做了个姿势，仿佛他的双手被捆在了一起，可法官迅速皱起眉头示意他停止。他悄悄溜回到拉里身边。"莱德斯马先生，也许您会告诉法庭——被告私下里跟您说过些什么吗，关于学校里的悲剧？"

拉里紧闭着嘴巴，就像你最好的朋友不得不告诉他老妈是你吃掉了最后一块饼干。

"没有。"他说。

"他有没有做过什么说明他与之有牵连呢？"

拉里深深吸了口气。他那两只肿胀起来的黑眼睛看着我，然后摇摇头。"有的晚上他说梦话。"他的下嘴唇抖动起来，"睡觉时他会

225

大叫，好像是——'砰'，他会说，'接招吧——砰——砰……'"抽泣声从他嗓门里迸发出来。整个世界陷入死一般的寂静。

公诉人低下头，恭敬地等候了片刻。然后他说道："让您来讲述这一切，我非常抱歉……"

拉里颤抖着举起一只手，打断了他的话："只要能给那些不幸的灵魂带去安宁，要我做什么都行。"

法庭里有人在抽泣。公诉人脸上再也找不到一丝"呵呵"微笑的痕迹，甚至他周围一百英里内都没有。经过了八个世纪，他才开口问道："你也见到被告杀死了巴里·古里警官吗？"

"当时我躺在地上，受伤了，我看到被告朝着巴里·古里警官跑了过去。我听到一阵扭打声，然后是三声枪响……"

公诉人点点头，然后转过来对我的律师说："你来质询目击证人。"

布莱恩弄直了领带，迈着步子来到证人席。场内一片寂静，偶尔传出仿佛碾压蜥蜴骨头发出的嘎喇嘎喇的响声。

"莱德斯马先生——你从事电视新闻记者这一行有多久了？"

"到现在差不多有十五年了。"

"在哪里从业？"

"大部分是在纽约，也有芝加哥。"

"不在纳卡多奇斯吗？"

拉里皱起眉头。"不在——囉。"他摆出一副装腔作势的样子。

"不曾去过？"

"不曾——囉囉。"

布莱恩朝他会意地一笑。"你撒过谎没有，莱德斯马先生？"

"喊……"

"有，还是没有？"

"没有——囉——囉。"

我的律师点点头转向陪审团。他举起一张名片说："女士们，先生们，我要给证人展示一张名片。上面写着：尤拉里奥·莱德斯马·古铁雷斯，纳卡多奇斯关爱传媒公司，总裁及技术服务主管。"他把名片从空中划到拉里眼前。"莱德斯马先生，这是您的商务名片吧？"

"哦，请——请。"拉里嚯嚯了两声。突然之间他变得像是一列老式火车。

布莱恩极其严厉地瞪着他说："有一个证人将会证明你曾经将其作为自己的名片出示过。我再问一遍——这是你的名片吗？"

"我说过了，不是。"

"法官大人，能否允许我为了验证身份而增加一名证人进行质询呢？"

"可以。"法官说。

我的律师朝法庭后面点了点头。那双扇门嘎吱一声打开了，两名警卫带着一个墨西哥的小老太太进来了。布莱恩等着，直到她蹒跚着来到楼梯顶部然后走近拉里。

"莱德斯马先生——这位是你的母亲吗？"

"别太荒唐了。"拉里咆哮着。

"拉里，我的拉罗！"老太太哭喊着。她挣脱了警卫，可一只脚却被走廊上的一根栏杆绊住，跌倒在地。法官从座位上站起来皱着眉头望着老太太被搀扶着站起来。她嚎啕大哭并努力寻找拉里说话的方位。拉里一声不响，他脸上的皱纹缩得更紧了。

布莱恩等到场内恢复了安静才对那老太太大声说道："古铁雷斯夫人，请您告诉法庭——这是您的儿子吗？"

"是他。"

她拉着那两个搀扶他的警卫沿着走廊往下走，接着又一脚没踩稳，于是她的身子就挂在了那两名警卫的胳膊中间。法官的嘴巴向后撇着好像刚刚踩到了一个脾脏上。他斜了老太太一眼，摇了摇头。

"夫人——您能指出您的儿子吗？"

整个世界都停住了呼吸。"拉罗？"她喊着，"尤——拉里奥？"他没有应答。就在那时，两个律师中有一人交叉起胳膊，那极其细微的衣袖摩擦声让她退却了，然后指着公诉人喊道："拉里！"

公诉人"绝望地"摊开两臂。法官的眼光落在了我的律师身上。"时间到了——我可否这样理解，这位证人的视力有障碍？"

"每个女人都听得出她孩子的声音，法官大人。"

"拉罗？"老太太用鼻子嗅着，现在她正走向那位污点记录员。

法官叹了口气说："看在上帝的份上，你是怎么想出要弄一个确凿的身份证明的呢？"

"法官大人。"布莱恩说起来，可是法官却使劲扔下眼镜，大大地摊开两手。

"律师——这位证人女士看不见。"

如此美好的夜晚，我却无法入睡，我蜷曲着身子挣扎在耶稣可怖的事件中，明白自己中了头彩，我已经钻进了他的躯壳。第二天一早，当我被锁进囚笼时，所有人的注意力都集中在我一人身上。当然，布莱恩起身争辩说，这一切都是个圈套。但你能感到大家都有点明白，拉里说的话也许已经板上钉钉了。法庭里微妙的变化告诉你他们都知道，比方说，污点记录员的脑袋就向后仰得厉害。

当这一切正进行着的时候，我感觉到了来自于耶稣的心灵感应。它告诉我要减少损失就得忘记我家里的秘密——它说我的忠实已远远超出了责任的需要。我必须要让他们找到那支枪。它说，应该告诉他们那天我在学校外面解大便的事。我的意思是，一个人的粪便一定能够提供大量证据。通过它你就有可能克隆出所有其他的男孩子来，然手就问他们为什么要那么干。

我的一根手指触到了囚笼里那个绿色按钮上，在按钮的表面来回抚摸着。摄影机嗡嗡地向我推近。要知道街上、机场上的人群，呆在自家舒适氛围里的人们，日本理发店里的男人们，意大利逃学的孩子们都他妈的屏住呼吸被招来收看节目。你能感到人生累积起来的十亿个小时被肆虐的血压缩短了。那力量，好家伙！我噘着嘴，手指寻觅到按钮边缘那一圈柔软的边线，我把玩着，假装要做出重大抉择。法庭里突然的寂静让布莱恩飞快转过身来。看见我的手已在按钮上方了，他迅速朝我赶来，可是法官却在他身后"嘘"了一声。

"别阻止他！"

我摁那发声按钮并非是要改变在我身上发生过的事情，而是因为我的事情没有得到澄清。我对这十年已经有所觉悟，十年来我仿佛一直在听一群权力纺织者该死的连篇废话，他们具备地毯纤维专家和精神病医生们锲而不舍、不折不挠的精神，他们就用他妈的这些废话将我终结。你也知道这个州不可能为我空降任何一名专家下来。我所知道的就是你需要那种不折不挠的精神，高水准的不折不挠。因为虽然他们不允许你说，可这魔鬼的勾当不是我干的，我希望不用自己说出来——合理的怀疑不再适用于我了，事实上根本不适用，别试图告诉我说它适用。也许你的猫咬了邻居的仓鼠，而你碰上的是朱迪法官①或是像她一样的法官。她的生硬粗暴判词令观众看得十分过瘾，收视率不断上升，那么它是适用的。可是一旦他们增运来巡逻警车并在法庭里搭一个动物笼子，那你就别想了。你必须得到简单的、实实在在的无罪证据——任何人通过看电视就可以辨别的证据。否则他们会对那些技术型证据进行长达九个世纪的推敲，像是连续要上一千年的数学课。但是在这里他们抹去了合理的怀疑，一切都结束了。

没有什么可失去的了，我摁响了蜂鸣器。那声音仿佛一架木琴从飞机上坠落。照相机闪光灯的一阵暴闪瞬间弄得我什么也看不见了。最后看到的只是布莱恩张大了嘴巴。

---

① 以尖酸刻薄言词出名的美国法官朱迪，主持法庭诉讼电视节目《法官朱迪》。

"法官。"我说。

"嘘!"布莱恩像呛住一样说不出话来。

"说吧,孩子。"法官说,"我们要不要启动撤回程序?"

"不,先生,是这样的——我本来以为自己有机会说出事情究竟如何发生的,但是他们只问了一大堆使我看起来是个坏人的问题。我的意思是,我有证人可以一直追溯到这场惨案的发生。"

"法官大人,"公诉人说,"公诉方希望在投入了所有努力之后能够保留这个案件的框架。"

法官面无表情地盯着他。"我希望公诉律师、公诉方与本庭一样,都会力求维持真相。"他热情地对着摄影机微笑着,然后说:"让这孩子宣誓吧。"

"法官大人。"布莱恩说,他无助地举起一只手。

"安静!"法官说道。他朝我点点头。"把你要说的话都讲出来吧,利特尔先生。"

我深深吸了一口气,然后依照惯例对着《圣经》起誓。布莱恩坐在那儿,双手托着脑袋。然后我浑身颤抖着直奔我关注的核心话题:"我从未参与过任何一起麻烦事。我的老师,纳克尔斯先生是知道的,他知道当时我在哪里。我不在教室里的原因是他派我去取一支蜡烛来做翘翘板实验。如果他早点说的话,任何对我的怀疑将不可能产生。"

法官瞪着那两位律师说:"为什么那个证人没有出现过呢?"

"医生诊断说他身体不适,不宜出庭,"布莱恩说。"加之我们有把握根据现有的证据,撤回对这起中学案件的起诉。"

"我认为我们需要听听纳克尔斯先生的证词,"法官说。他抬头看着那些摄影机。"我想整个世界都要求听到他的证词。"他朝着法庭的警卫挥了挥手说:"传令他出庭——如果有必要的话,我们会走到他床边去。"

"谢谢您,先生,"我说道:"还有一件事……"

"你已经说清楚了，孩子。现在为了公正起见，我必须要让公诉人问你一些问题。"

我想这会儿你能听到我的律师在哭泣。公诉人调整了一下他的微笑，慢悠悠地走过来说："谢谢您，法官。维农·格雷格里·利特尔，今天你还好吧？"

"我想还行——我刚才还想说……"

他举起一只手说："你坚称，你从没见过最后的那十六位受害者——是吗？"

"你看，事情是这样的……"

"是？不是？请回答。"

我看着法官。他点点头。我说："是。"

"还有你从没在学校里见过那些受害者，直到他们死了或是快死的时候——是吗？"

"是。"

"但你承认你在那些凶杀案的现场了？"

"呃，是的。"

"就是说你以上帝的名义发过誓，说你在那十八个死者的死亡现场，尽管你并没有看见行凶过程。"

"呃——呃。"我快速地眨动眼睛，试图跟上他的逻辑。

"你还发过誓说，最后死去的十六名受害者中，你一个都没见过——可是事实证明他们也都死了。"公诉人皱着眉头，舌头沿着嘴边绕了一圈。这是一种高级的嘲弄，也许你还不知道哩。而后他朝陪审团微笑着说道："你不认为你的视力在这镇上引起了小小的麻烦吗？"法庭里一阵爆笑。

"反对！"

"别打扰他，律师！"法官驳回了布莱恩并向我挥挥手让我回答。

"最近发生的那些死亡案件，我并不在现场。"我说。

"不在？那你在哪儿？"

"墨西哥。"

"我明白了。你有什么理由要呆在墨西哥吗?"

"呃——要知道,当时我可以算是在逃跑了。"

"你在逃跑。"公诉人紧闭双唇。他回头看看陪审团,他们中多半都是拥有旅行车的或是类似的人物,几个女的面相刻板生硬,还有几个男的显得紧张不安。还有个家伙,你一看就知道他会熨烫自己的袜子和内衣。他们都模仿着公诉人紧闭起嘴唇。"那么咱们就打开天窗说亮话吧——你说你是清白的,没有犯罪,你甚至连一半受害者都没有见过。是吗?"

"是的。"

"但是你承认第一次凶杀案你在现场,而且另外几起凶杀案你也被指认在现场,证据确凿。在这个法庭里有三十一个人指认你就是他们在后来的凶杀案现场见到的人,你同意吗?"

"反对!"布莱恩说,"那是老情况了,法官大人。"

"法官,"公诉人说:"我只是试图要确认被告对于事实的感知能力。"

"反对无效。"法官超我点点头说:"回答问题。"

"可是……"

"回答问题:是或不是?"公诉人说:"是否曾有三十一位公民在本法庭认定你是嫌疑人?"

"呃——我想是的。"

"是,还是不是?"

"是。"

我的眼睛低下来看着地板。在我意识到自己眼部动作的那一瞬间,身体的其余部位就感到了第一波恐惧。一股热流冲向我的鼻梁。公诉人停了停,留出足够的时间使我的身体语言显示在电视上以背叛我自己。

"那么现在已经确认了三十四人的凶杀案现场你都在场——你

告诉我们说你后来在逃跑。"他冲着陪审团瞪大眼睛说:"我无法想象这是为何?"法庭里爆出一阵暗笑。

"因为大家都在怀疑我。"我说。

公诉人猛地张开双臂说:"三十四起谋杀之后,这我并不感到吃惊!"他站定了片刻,这时他的双肩因无声的大笑而抖动着。他摇着脑袋,擦着额眉。他擦去眼角一滴热泪,深吸一口气,然后朝我的笼子踉跄着迈了几步,身体依旧由于大笑而抖动着。可是当他拉平视线盯着我的时候,那眼光是灼烧的。

"今年五月二十号你在墨西哥吗?"

"呃——那是那场惨剧发生的日子,呃——不——"

"但是你在法庭上说过,案发时你在墨西哥。"

"我是说最近的案子,你知道……"

"啊,我明白了,我知道了——你是因为某些凶杀案而去墨西哥的——对吗?"

"我的意思是说……"

"让我来帮你说吧,"他说,"你现在说你是在某些凶杀案发生的时候去的墨西哥,对吧?"

"呃——是的。"

"那么你不在墨西哥的时候又在哪里呢?"

"就在家里。"

"就是在阿莫斯·基特地产附近,不是吗?"

"是的,先生,差不多吧。"

"就是发现巴里·古里尸体的地方?"

"反对。"我的律师说。

"法官大人,"公诉人说,"我们想要证实的是所有凶杀案件均是在他逃跑之前发生的。"

"继续吧——你尽可放心大胆地去查证这一关键问题。"

公诉人转过身对我说:"我要说的是——你是大家所知道的持枪

歹徒耶稣·纳瓦罗最亲近的伙伴。你的住所离十七起杀人现场近在咫尺，而且在所有这些现场都有证人指认你。初次受审时，你从县治安官的办公室里偷偷逃走。被逮捕并保释后，你又逃往墨西哥……”他懒散、疲倦地斜靠在笼子的栅栏上并松弛地把头垂到胸前，只有那阴沉的两只眼向上翻着。“承认吧，”他柔和、坚定地说，“所有那些人都是你杀的。”

“我没有。”

“我是想说你杀了他们，只是忘记了所有尸体加起来的数字了。”

“不。”

“你没忘记数字?”

“我没杀人。”

公诉人双唇紧闭并从鼻子里发出一声叹息，就像是下班时间接到了加班任务似的。“请说出你的全名。”

“维农·格里格里·利特尔。”

“确切地说，你在墨西哥的什么地方?”

“格雷罗。”

“有人可以为你作证吗?”

“是的，我的朋友佩拉约……”

“海边村庄的那个卡车司机?”他从容地走到他的桌前并拿起一份貌似官方的文件，他举起那文件对着整个法庭说：“这是被告所说的来自那个村子的佩拉约·加西亚·马德罗的宣誓书。”他小心翼翼地放下那份文件，环顾四周，想要把所有人的注意力都吸引过来。“加西亚·马德罗先生陈述说他一生中只见过一个美国人——他在墨西哥北部的一家酒吧里见到的一位搭便车的人，他开着卡车把他捎到了南方——这个搭便车的人叫丹尼·内勒……”

3

今天是十一月十四日，生命在我眼前闪烁着，那是奇异生命的短暂闪烁，就像蚊子为期两周的生命一样。那生命的最后一刻充斥着一条消息——纳克尔斯先生要在审判我的最后一天来为我作证，也就是五天之后。关注这件事的人说现在只有他能救我了。我还记得最后一次见到他是在今年五月二十号。

"如果说除非你亲眼看到，否则事情不算发生了的话，"耶稣说，"那么如果你知道它们将要发生但不告诉任何人，是不是就不算发生了呢……？"

"听上去好像不会，除非大家都看出来你没说了。"

"他妈的，维农，甭提了。"他的眼睛眯得像刀划的口子，双脚蹬着车子一路向前。我想他无法忍受像上个星期那样的日子。有时候他对生活中任何一丁点权力的追求都会令你恐慌。他不是体育明星，也非绝顶聪明的人。对他打击最大的是他买不起新的名牌。世间许可的正道他走不了，明白吗？别误解我，那家伙很聪明的，这是我从他花在追逐昆虫、制作飞机和给手枪上油那漫长的一百万分钟里知道的。我们吵了架又和好，我知道他是个心地善良的人，这一点他是明白的。没有人会花费心机去估量他的为人，只有我懂得耶稣。

这个星期二早晨，教室里就像个披萨烤箱。所有的平常气味都被烧烤成了唾液残留在金属上的余味。光线穿刺过来，照在几个出了名的坏家伙身上。最强的那道光线照在耶稣身上，他上学的态度是一成不变的。他盯着课桌，敞着脊背，露出他的刀。可能你身上就会插着这么一把刀，而爱你的人会一时兴起去转动它。你得当心别让人发现它插在哪儿了。你他妈的得万分小心，耶稣就是个例子。

"你，耶稣，你屁股在流水儿。"马克斯·莱丘加说。你知道他就是班里长得矮胖敦实的那个家伙。说实话，加上那张鼓胀的嘴巴，确实是胖。"离耶稣的屁股远点儿，昨晚在那儿消防队又失踪了四名成员。"姓古里的那对双胞胎挤着他，继续吃喝着。然后他开始攻击我："维农——今早儿有没有做一下肛门运动啊？"

"让你吃屎，莱丘加。"

"你试试，同性恋。"

"我不是同性恋，你这肥屁股。"

洛娜·斯佩尔茨的反应总是比其他人要慢些。她才搞懂了第一个玩笑。"也许是一整台消防车在那里吧。"她傻呵呵地笑着说。这傻笑授权给了其他蠢蛋女生，她们也跟着呵呵地傻笑着。

学校从不教你这种乱七八糟的人类肮脏勾当，这真是害苦了我。当你所有的时间都花在学习了解苏里南首都时，这些弱智们却在你背后刻上了他们名字的首字母。

"请注意，热爱科学的人们。"马里恩·纳克尔斯在一股卡尔文·克莱恩牌子的粉笔灰中出现了，他昂首挺胸，精神抖擞。他是一个你唯一能见到的在九十度高温下仍身着灯芯绒长裤的人，他看起来就是那种穿皮短裤也不会觉得自己可笑的人。

"谁记得带蜡烛了？"他问。我突然发现需要系一下我的鞋带了。大家似乎都需要系鞋带，除了达娜·古里，她拿出一套盒装的金叶香薰蜡烛。

"哎呀——我忘了把价格标签撕下来了！"她有意慢腾腾地向四周挥动着盒子。看上去她就是要让价格更为突出显眼。这就是我们的达娜。她总是忙着上报谁在班里呕吐了。就业指导老师说她会成为一名优秀的记者。

坐在椅子上的莱丘加站起来说："我想耶稣已经使用过他的蜡烛了，先生。"

一阵探究的轻蔑笑声之后，纳克尔斯先生收紧面孔说："注意说得具体些好吗，马克斯？"

"也许你不想去碰耶稣的蜡烛，说完了。"

"你觉得那蜡烛在哪儿？"

马克斯忖度着听众可能的反应，说："在他屁股上呢。"

全班从鼻腔里喷出一阵爆笑。"纳克尔斯先生，"达娜说："我们在这儿是来接受教育的，可这一切似乎并没有什么教育意义。"

"是的，先生，"夏洛特·布鲁斯特说："依据宪法我们有权受到保护，不接受非正当的性影响。"

"而有些人有权利不受侵害，布鲁斯特小姐。"纳克尔斯说。

"是布鲁斯特女士，先生。"

马克斯·莱丘加一脸无辜地说："见鬼，就是个玩笑么，你知道吗？"

"问问耶稣，看他是否觉得好笑。"纳克尔斯说。

"好吧，"夏洛特耸了耸肩说："如果你受不了的话……"

"滚下车去！"洛娜·斯佩尔茨尖叫着。有病，洛娜，这白痴。

纳克尔斯叹了口气说："是什么使得你们这些人认为宪法更加维护你们的而不是纳瓦罗先生的利益呢？"

"因为他是个蠢货。"博·古里说。实际上根本用不着问。

"谢谢你对于身边这件事情的透彻概括，博勒加德。至于布鲁斯特小姐，我想你会发现我们伟大的宪法并未授权予你去侵犯一个人最基本的人权。"

"我们没有侵犯任何权利，"夏洛特说："我们，人民，已经决定了要开个玩笑，无论跟谁，我们有那个权利。任何人也有权利反过来跟我们开玩笑。或者不理睬我们。另外，如果他们受不了的话……"

"就从火堆里滚出去！"有病，洛娜，这白痴。

"是的，先生，"莱丘加说："这是合乎宪法的。"

纳克尔斯在教室里踱来踱去，边说道："莱丘加博士，你不会在本州公文里找到'如果你受不了的话'这类字眼。"这几个词厚重匀滑地从他嘴里吐了出来。这是个战术错误,夏洛特·布鲁斯特已经火冒三丈了。她根本无法忍受失败。她的嘴唇缩得像肛门一样,眼睛瞪得像两颗珠子。

"在我看来,先生,你似乎花了大量时间在为耶稣·纳瓦罗辩护。那么长的一段时间。也许我们并不全面地了解……?"

纳克尔斯僵住了:"什么意思?"

"我猜你不怎么上网吧,嗬,先生?"莱丘加狡猾地在教室里四处环望着。"我猜你没看过那些——男孩网站。"

纳克尔斯朝马克斯走过去,他气得浑身发抖。耶稣"咚"地一声撇开桌子从教室里冲了出去。班上的女神洛丽·唐纳追了出去。纳克尔斯快速转过身,"洛丽!耶稣!"他追着他们来到走廊。

见过耶稣的父亲,老罗萨里奥吗?他就不会这样。知道为什么吗?因为他是越过边境,在另一边长大的。在那里,他们有一个合理的传统,那就是有什么新鲜事发生的时候他们便极度恐慌。耶稣却得了这狗屁缄默不语的毛病。我必须得找到他。

全班自然而然地陷入了一个场景之中,在这里,他们都是一个偶然事件无辜的旁观者。他们成熟地摇着头。姓古里的那对双胞胎将咯咯的笑声咽了回去。随后,马克斯·莱丘加离开座椅走到窗户旁边的一排电脑终端前。他一台一台激活了屏保程序。耶稣的照片从荧屏上跳了出来,他正赤裸着身体朝着一张医院的轮床俯下身去。

我朝站在教室外面走廊里的纳克尔斯走去。他还没有看见电脑屏幕。"先生,需要去找耶稣吗?"我问道。

"不,把这些讲义拿到实验室,然后看看能不能给我找支蜡烛来。"

我从桌上抓起那一叠讲义往外走。我看到走廊上耶稣的存物柜是敞开的,他的运动包不见了。纳克尔斯回到班上。我猜他看到那些照片了,因为他咆哮着:"你们这帮食人的家伙竟敢跟我谈论宪法?"

"宪法,"夏洛特说:"对于任何特定时代占统治地位的大多数人来说是一个阐释的工具。"

"然后?"

"我们就是那大多数。这是我们的时代。"

"斑比男孩,斑比男孩!"马克斯·莱丘加哼唱着。

*

洛丽·唐纳的泪水顺着脸颊潸然而下,悄无声息地落在实验室外面的小路上。"他骑走了自行车。我不知道他去哪儿了。"

"我知道。"我说。

耶稣变成了现在这个样子,我想她现在踏实了。她确实是同情他的。我仍然没有把握如何去面对这个新的耶稣。他就好像是电视看得太多了,结果被诱惑得觉得干什么都行。就好像全世界突然一下变成了加利福尼亚。

"洛丽,我得找到他。掩护我好吗?"

"我怎么跟纳克尔斯说呢?"

"就说我摔倒了或什么的。说我会回来上数学课的。"

她拉住我的一根手指,捏着指尖说:"维农——告诉耶稣,如果团结起来,我们就可以改变这一切——告诉他……"她哭了起来。

"我走了。"我说。我的脚蹬着新杰克鞋踏离地面,纵身一跃跳过学校大楼,在我的电影里我就是这样干的。直到离洛丽有五十码距离的时候,我才意识到那支蜡烛,还有纳克尔斯的讲义仍然在我手中——我不想损毁我身披斗篷的十字军战士般的离场形象,因此只是将它们塞进了我裤子后面的口袋,然后继续奔跑。

我骑着自行车朝基特地产飞奔,烈日下狗的气味与晒化了的柏油味扑鼻而来。我还嗅到了一股炎热天气里女孩们内衣散发出的气味,就是那种带有小孔、透气、宽松的白色棉质内衣。我可没说我真的闻到了,可别误解我。只是这泡沫般的早晨将她们带进了我的思绪。就像纳克尔斯说的,那些内衣是通过激发联想所得的。在通向基特地产的小路上,我熟练地躲闪着灌木丛,骑着车穿越这片充满刺鼻气味的阴霾。猛地一阵风吹来,一张铁皮嘎嘎作响,不知怎的像是要标记这个重大的日子,一个关键的日子。可我有些难为情。因为这种兴奋将我和学校里的那些渣滓归为一类,他们专门拿别人的事情取乐。邻居的悲剧如今已成为一大产业了,我想是因为用金钱都无法购买吧。

我在土路上发现了新的脚印,耶稣确实去了我们的密室。我挤进我们那块空地时,最后几丛灌木在我四周啪啪作响。可是他不在这儿。他没有在此生闷气,没有用其中一支步枪射击罐头瓶,这不正常。我扔下自行车奔向密室门口。挂锁是锁好的。我的钥匙在家里,在我衣柜的鞋盒里,可我还是想办法将密室的门边撬开了一些,可以斜着眼看到里面。我爸的步枪还在,耶稣的枪不在了。我沿着他的足迹来到远处地堡的另一边,向四周极目远望寻找他的踪影。接着我屏住了呼吸。在那儿,远处的一个小点儿——是耶稣,他正立起身子骑着车,飞快地,背着他的运动包朝返回学校的路上飞奔。我在他身后声嘶力竭地喊着,感觉自己就像老电影里的小孩一样边跑边大声叫着"沙恩——回来!"可他已经走了。

我的血液又开始在体里汹涌。这意味我大便的时机到了。谢天谢地。我的大脑堵塞着各种信息,可我却无能为力。相信我。于是我从口袋里抓出纳克尔斯手写的物理讲义。我手头只有它们来充当擦屁股的手纸了。我决定用上它们,然后把它们丢在密室里。某种直觉隐约地告诉我,回到班上去的时候这些纸就不再重要了。

骑车回校的路上,仿佛一团慢镜头的云跟在我身后并将我超越,它浑浊不清像是一堆被鼓风机筛选掉的未长熟的水果。你能感到它微风般地在你脸上涂抹,抹布般地塞进你的鼻腔,时机一到,随时准备猛扯。麻烦有它自己的荷尔蒙。我回过头望着阳光的明媚渐渐萎缩、消失。前路一片黯淡。数学课我迟到了。天黑了,我迟到了,我的生命滚向一个陌生世界。先前陌生的旧世界我还没弄清楚，现在新的又来了。

回到学校的时候，我闻到一股恶臭味，是没人会吃的三明治的味道，还有被人或仔细或开玩笑随随便便打包的午餐盒的味道，那午餐盒似乎到今晚就会变质还会渗出冷冷的水珠。我还没来得及转身，就已经被这股臭气所笼罩了。我在体育馆的一侧卧倒在地，透过灌木丛目睹了年轻生命的鲜血在黏滑的空气中喷溅。当重大时刻来临，你的大脑会冻结。不是为了麻痹，而是为了终止你的期待。这是我在枪射击的时刻学到的。那枪声就像日常超市购物车一样平常。

我发现了一团布藏在体育馆附近的阴暗处。是耶稣的短裤，搁在他储物箱最里面的那条。有人在短裤后面剪了个洞并用棕色记号笔在洞的边沿涂上颜色，上面写着"斑比"。他的运动包就在几英尺以外的地上。我抓起包，里面除了半盒子弹别无它物。我低下眼睛，没往草坪上看。草坪上的十六具躯体已经交出了他们的灵魂。空荡荡的躯体像是充满了蜜蜂在嗡嗡作响。

"他冲我来的，但是打中了洛丽……"纳克尔斯扭动着身躯匍匐绕过那个拐角，大口喘息着艰难地说："他说别跟着他——还有一支枪，在基特地产……"

耶稣的一根手指背叛了他。他击中了洛丽·唐纳，他另一个仅有的朋友。我抬起头向学校大门望去，看到他弓着身子俯在她倒下的身体上尖叫着，丑陋而孤单。我从未见到过他那副表情。他知道要做什么。当我这位曾经傻里傻气的朋友去吞食枪膛的时刻，我迅速转过身来。我将胳臂伸向纳克尔斯，可他却离开了。我不知道这是为什么。我注视着他。他的嘴角向下咧着，像一个悲剧面具，而后唾沫从嘴角流了出来。一股寒气浸透了我的全身。我顺着他的眼光看到那运动包和剩下的子弹——依然牢牢地抓在我手上。

4

纳克尔斯走下法庭通道时脸色苍白，头发少得只有几丛。如果你看见他的样子，你会发现他不止是精神崩溃。堆砌的浓妆使他显得更加憔悴和虚弱。

"马里恩·纳克尔斯，"公诉人问道："你能认出法庭里的维农·格雷格里·利特尔吗？"

纳克尔斯凹陷的双眼慢慢转向房间，停在我的囚禁栏前。然后，他的手指像一阵飓风一样，指向了我。

"我们看到证人已经辨认出被告。纳克尔斯先生，你确定在今年的五月二十日星期二上午十点到十一点之间你在给被告上课吗？"

纳克尔斯的眼睛转动着，但什么也没有看。他突然汗如雨下，倒在了证人席的栏杆上。

"法官，我抗议。"布莱恩说，"证人的状况……"

"安静！"法官说。他用犀利的目光看着纳克尔斯。

"我在那儿。"纳克尔斯说。他的嘴唇颤抖着，还哭了起来。

法官向公诉人挥手示意，急道："请说重点！"

"马里恩·纳克尔斯，你确定在那一个小时里你交给被告一些你亲手写的东西，然后让他离开教室去办事了吗？

"对，对。"纳克尔斯颤抖得厉害。

"然后发生了什么？"

纳克尔斯用手擦去了栏杆上的呕吐物。"蔑视上帝的爱——抹去了他洒在大地上的芬芳……"

"尊敬的法官，请听我说！"布莱恩喊道。

"将它浸没在婴儿的鲜血里……"

公诉人焦躁不安，张着嘴巴。"发生了什么？"他大喊道，"维农

·利特尔究竟做了什么?"

"他杀死了他们,全都杀了!"

纳克尔斯突然开始啜泣,像狼一样咆哮起来。而我,在这个全新世界里的囚笼里,发出回应的吼叫,像扔骨头一样把那悲泣从栅栏里抛了回去。我的啜泣回荡在双方律师的辩论声中,笼罩在返回牢房的路上,并一直持续到有警员告诉我陪审团已经回到住所去思索我的生死问题。

星期五,十一月二十一日,是个烟雾弥漫的日子。它让你觉得固体的物质能像空气般穿透你的身体。我看着陪审团主席戴上眼镜,拿起一张纸放到眼前。妈今天没能来,但是帕姆、魏茵·居里和乔吉特·博克尼都来了。魏茵皱着眉头,看起来消瘦了一些。乔吉特瓷器般的双眼环视着整个房间,她想用其他事来分散自己的注意力。这儿不让抽烟,她微微地颤抖着。她看了看帕姆。当我和她目光相遇时,她快速打了个手势,意思像是在说很快我们就能相聚美餐一顿了,我只是将目光转开。

"主席先生,陪审团是否已经做出裁决?"

"是的,先生。"

检察官向陪审团宣读了第一项指控,道:"你们是怎样裁定被告的——罪名成立还是不成立?"

"罪名不成立。"主席说。

"关于第二项指控,即谋杀德克萨斯州洛克哈特县的海勒·萨拉礼的罪名——罪名成立还是不成立?"

"罪名不成立。"

在前五个无罪裁定中,我的心怦怦直跳。六、七、八……十七项均为无罪。公诉人撇了撇嘴。我的律师骄傲地坐在椅子上。

"关于第十八项一级谋杀罪,即德克萨斯州洛克哈特县的巴里·伊诺克·古里的被杀——你们怎样裁定的,罪名成立还是不成立?"

"罪名不成立。"主席说。

检察官宣读了一份我学校死去朋友的名单。当他抬起头询问结果时，整个世界都屏住了呼吸。

陪审团主席的眼睛抽动了一下，然后朝下看了看。

"罪名成立。"

在他说出这句话之前，我已经感觉到我的生命开始终止；文档被碾碎；灵敏器被叠了起来放进盒子；灯和报警器都关了。当我的躯体被带出法庭时，我感觉到灵魂深处坐着一个小人。在没有灯罩的低功率灯泡下，他弓着腰坐在纸牌桌旁，用塑料杯呷着跑了气儿的啤酒。我知道他是看牢房的，而且我知道，他肯定是看守我的。

第
五
幕 | 你和我在一起会痛苦

1

　　十二月二日我被判决以静脉注射的方式执行死刑。天啊，要在
监狱的死囚区过圣诞节了。平心而论，布莱恩·登内希已经竭尽所
能了。最终，看来他们不会让他出演电影里的布莱恩的，我想那是
因为他从来没有输过官司吧。但是我的上诉终会使真相大白的。现
在有一种简易快速的上诉方式能使我在三月份出狱。他们改良了制
度，所以那些无辜的人就不用在死囚区里呆很多年排队等候上诉了。
还算不错。我唯一的变化就是，在判刑后体重增加了二十磅。替我
抵抗住了一月里的些许寒意。除此之外，尽管周围时物更替，但我
的生活依然如故。

　　泰勒在屏幕上忽闪着她的大眼睛，在电视里，它们闪闪发光，
但却奇怪地转动着，好像她在用皮带控制着一样。她露齿而笑，呆

245

板得像是从果冻模子里刻出来的。我感觉她好像在盯着我看，直到一分钟后，我才注意到她在读摄像机后面的某个东西。她一定是在读她的台词吧。过了一会儿，我意识到她在读关于我的东西。明白了这一切，我的皮肤慢慢变冷。

"然后，当重要的那天到来的时候，"她说，"别的所有人，包括那些目击证人，都要在五点五十五分在探望室隔壁的休息室里集合。下午三点半到四点之间将会是临死之前的最后一次晚饭供应，然后，六点之前，他可以洗洗澡，穿上干净的衣服。"

一个毫不相关的想法突然溜进了我的脑海：我的最后一顿晚餐还是得在帕姆的监管下吃完。"哦，上帝啊，它开始变得湿呼呼的了……"

"六点过后，"泰勒说，"他将会从牢室被带到受刑室，用皮带捆绑到轮床上。一位军医将会在他的手臂插导液管，然后再注入生理盐水，之后证人们将会被护送到行刑室。当大家都各就其位时，监狱长会让犯人做临终发言……"

当她说到这儿的时候，节目主持人咯咯地笑了起来。"见鬼，"他说，"我想背诵《战争与和平》做为我的临终发言！"泰勒只是笑着，仍是迷死人的笑容。

事实上，我前几周已看见过泰勒很多次了。最初，她在《今日》里做节目，然后她在《莱特曼》节目里讲述她的勇敢经历以及我们的那种关系。直到我看到她在节目里的谈话，我才意识到我们曾经是那么的亲密。她的照片也刊登在十一月份的《阁楼》杂志里，那些照片是在监狱博物馆里拍摄的，真是美若天仙啊。国家的第一把名为"老火花"的电椅也在那个博物馆里保管着。泰勒围着"老火花"搔首弄姿的那些照片也刊登在了十一月份的《阁楼》杂志里，真是惊艳迷人，要是这么说不会太唐突的话。我在我的牢房里也贴了一张她的照片，不是那种全身照什么的，照片上只有她的脸蛋。你也可以看到她身后的椅子的一角。我想对于从事模特职业的人用静脉注射的方式执行死刑，这种死法很不体面，譬如让泰勒伸开四肢躺在轮床上或一些别的方式。

在我牢房的长凳上，放着一排挂在钓鱼线上的能互相敲击的金属球，是用来消遣的。旁边放着毛巾，盖着我做艺术时用的一些工具。是的，我在我的衣物下面也藏着一些东西。一些习惯是很难改掉的。然后，毛巾的旁边是魏茵·居里借给我的微型电视机，我伸出手，换频道。

"那个叫莱德斯马的家伙非常邪恶，他是个罪犯，他们隐藏了很多没有在法庭里呈现的事实。"这是我的老律师阿布蒂尼，他在当地的电视台正和一个由女士们组成的专题讨论组讲话。瞧瞧那老里克谢，一条斗败了的狗，他的穿着打扮像是要去跳土耳其迪斯科舞。

"维农·利特尔正在上诉中，是吗？"女主持人问道。

"是的，"另一位女士说道，"但是看上去成功的机会不是很大。"

"比如说，警察从没有发现另一件雾——器。"阿布蒂尼继续说道。

"什么？"讨论小组的另一个人问道。

"我想他是想要说他们从来没有发现另一件武器。"他的同事提示道。

那些女士们都笑了，笑态端庄而文雅。但是阿布蒂尼双眼只是盯着摄像机，脸紧紧地绷着。"我会找到它的……"

我又更换了频道，我想看看那些坐享其成的幸运儿还有谁。在另一档节目里，一位记者采访拉里："对那些指控你们专门制造和贩卖垃圾作品的公众部门，你有什么要说的吗？"

"切，简直就是胡说八道。"拉里说，"首先，传播本身是一种非营利的事业，各项收入都要上交给国家，而不是用纳税人的钱去支持那些最邪恶的罪犯。其次，它维护我们的基本权利，使正义能得到伸张。"

"所以你强烈建议，通过出卖执行囚犯死刑的播放权来为国家的刑法制度提供资金？我的意思是——难道一个死囚犯在临终前也不该有点儿隐私吗？"

"根本就不应该有，不要忘了，所有的死刑执行都是要有见证人的，这次也不例外。我们仅仅是为了让所有对法律的正确功能感兴趣的人都能有所见证。"拉里一只手搭在了他的臀部上。"鲍勃，不久前，所有的死刑执行都是公开的——甚至在市广场上也举行过。犯罪率降低了，公众的满意度也会随之上升。自古以来，让社会自己处决罪犯是它一直以来所具有的权力，所以将此权归还给社会是合情合理的。"

"因此就有了网络投票？"

"一点儿也没错。我们在此不只是在讨论死刑的执行问题，也在讨论最后的电视直播情况，公众可以通过有线电视或网络密切注视死刑犯的全部生活。可以这么说，公众就像是与他们生活在一起，并就一个罪犯应得的惩罚做出决定。然后每周，观众都将投票决定下一个被执行死刑的囚犯。这是人道主义行动——是走向真正民主的逻辑性一步。"

"但是你确定正规的程序就能决定罪犯的命运吗？"

"确信无疑，对这个我们绝对不会含糊。但是最新的快速上诉方式会导致罪犯对于法律的求助快速用竭，我想在那之后公众就应该要参与决定事件的最后程序了。"拉里伸开双臂，对着记者嚯嚯地大笑起来。"在所有的重大改革中，这个最为简单，鲍勃，处理罪犯需要花钱，而大众传媒需要赚钱。人们喜欢在电视上看到罪犯。二者结合——问题便迎刃而解了。"

一架直升机从后面降落。记者稍停了片刻，过后他继续问道，"对于那些声称囚犯的权利将会因此受到侵犯的人，你有什么要说的吗？"

"哦，请听我说——罪犯，从定义上来讲，就是因犯罪而过着没有权利的生活。而且，现在的那些囚犯在对自己未来的命运毫无知晓的情况下，在牢房里自生自灭——难道这还不算残忍吗？我们最终会给予他们法律一直许诺却从未履行过的东西——个人权利。不只是那个，他们应该有更多的权利享受他们临终前的精神咨询和音乐的权利。我们甚至应该根据他们的临终发言以及他们所选择的背景形象为他们精心设计一个特别的片段。请相信我——他们会非常喜欢这些改革的。"

记者微笑着，并朝拉里点点头："关于你准备竞选参议员的报道，你有何看法？"

我关了电视。我不想在这里安装摄像头，你知道吗？我们这里只有一个厕所可以用。我想这就是他们赚钱的地方吧。网络观众能够选择观看哪个牢房，而且还可以转变摄像机的角度。电视观众也可以看到经过采编的当日活动要闻。然后大众就会通过电话或网络投票。他们将会投票决定下一个该死的人。我们的行为越搞笑，他们的娱乐笑点就会越多，这样我们就有可能活的更长。我听到一个老囚犯说我们简直就会像真正的演员一样生活着。

在熄灯前，我总要玩玩那些噼里啪啦的金属球，我最近一直都在玩那些金属球。我偶尔也读读埃拉·布夏尔寄给我的一首诗，那是一首关于真实内心之类的诗。我知道诗的拼写应该是"poem"，但是不知何故她写成了"pome"。我今晚没有读诗，只是不停地玩着那些金属球。然后看守员琼斯把电话带到了我的牢房里。拉里的一系列行动之中，引入手机可真是一件好事。同样，淋浴区的立体门和电子打火机都是好东西，即使打火机打不着火。

我从琼斯手里接过电话，道："喂？"

"嗯，"母亲说，"我不知道谁一直在和拉里谈话……"

"应该说谁一直没有与他谈话。"

"不要变得这么蛮横无理，维农，哦，天哪，我只是说说而已，就是这样。人们都来探听关于你父亲的消息，而且那几个女人也一直在被打扰。处理这一切事情已经够拉里忙的了。同时我还得凑钱去修那该死的长椅，它每天都在慢慢地往下沉……"

"打探我父亲的消息？"

"嗯，你知道的，他们会问为什么从来都没有找到你父亲的尸体等等。拉里自从抛弃了乔吉特之后，一直都焦躁不安，甚至帕姆和魏茵也注意到了这点。"

"魏茵现在也加入了你们，对吗？"

"她也受了很多苦，因为拉里的公司不再支持特警部队。县治安官把局里的麻烦事都推到了她的身上，她现在压力很大——你一点儿同情心都没有，维农。"

"妈，我也无能为力呀。"

"我知道，我只是说说，仅此而已。只要拉里能够回家的话，那情况就会有所转机。"

"你可别等他，妈。"

"对于爱情，女人总能以她的细泥（细腻）猜得八九不离十。"

"是细腻，妈。"

"哦——我得赶紧挂了，帕姆和魏茵已到了，而我还没有缝好帕姆裤子上的拉链。哈里斯家正在筹资开办一家电子商店，那儿有大量的特廉品。答应我，你一定要好好的……"

"帕姆要穿长裤……？"

她挂断了电话。泰勒的声音从旁边牢房的电视机里传了出来，所以我又回头去玩撞击金属球的游戏去了。我盯着它们，感到很痛苦，不想做我的艺术品了。以后再说吧。

"天哪，利特尔。"这排牢房里的一个罪犯尖叫道。"你他妈的不要再吵了。"

这个囚犯其实是个很不错的家伙。他们其实都很冷静。他们每天计划着，当他们去天堂或者别的什么地方后，他们要一起喝酒，吃牛排和肋条。老实说，我仍然想多活一些日子。全新的真相还没有大白，还在外面静候着。不管怎样，我并没有太注意这一排牢房。

因为这些金属球的特点是：一旦你开始撞击它们，你就会全神贯注地盯着。你先让两个球落下，那一边相应的两个球便啪地荡开了，就这中间的一个球在传递所有的撞击力。

"维农·利特尔，你他妈的蠢驴臭粪蛋。"那个囚犯尖叫道。

"天——哪，"琼斯叫喊道，"你们能不能不要吵了？"

"琼斯，"那个囚犯说，"如果他还不停止敲击那些他妈的金属球的话，我发誓他妈的我会疯掉的。"

"冷静点，那孩子有权享受一点娱乐，"看守员说。"你们都知道在上诉待定期间那滋味可真不好受。"老琼斯人很好，尽管他不是很聪明。他有时会在我的牢房前停下来告诉我，我的请求通过了。"利特尔，你的请求通过了。"他说。然后他就笑了。这些天里，我也笑。

"琼斯，我不是在开玩笑，"那个囚犯叫道。"他妈的噼里啪啦的声音整天整夜地响个不停，他已经失去了理智——看在上帝的份上，安排个时间让他去见拉萨尔吧。"

"哦，好像你是这里下达命令的人似的。你他妈的给我一百万美元，我将会考虑你的提议。"琼斯说道。"不管怎样，他不需要见拉萨尔。他根本就不需要拉萨尔，现在他妈的把你的臭嘴闭上。"

"利特尔，"那个囚犯喊道，"去你妈的上诉，如果你再不停止撞击那些金属球，我将用拔根器①捅你的屁股。"

"嗨，"琼斯喊道。"你他妈的没听见我刚才对你说的话吗？"

"琼斯，那孩子很反常，他需要通过拉萨尔的帮助去见他的上帝。"

"想让这孩子变正常，需要的不只是那该死的拉萨尔。"琼斯说。"现在去睡觉吧，去吧。"

"我在这该死的监狱里，他妈的我有基本的人权！"那个囚犯尖

---

① Roto-rooter 一种管道疏通器的商标，生产管道疏通器。

叫道。

"你他妈的赶紧去睡觉，"琼斯嚷道。"我看看怎么办。"

我陷入了沉默。谁是拉萨尔？"面对我的上帝"这句话深深地印在了我的脑海里。

早餐过后，一个看守员过来把我带出了牢房。

当我沿着那排牢房拖着步子走过的时候，那些囚犯都在说："很好，很好。"

我们下了楼梯，来到了大楼底下一条像根肠子似的通道内，如果这样说不是很粗鲁的话。最后来到了一道阴暗潮湿的走廊里，走廊边上只有三个相连的牢房。这些牢房没有栅门和窗子，只有像银行地下室似的门，上面有着加固的窥视孔。

"要是你是无辜的，你是根本不会到这儿来的，"那个看守员说道。"只有你这样有名的罪犯才会被带到这里来。"

"这下面是什么呢？"我问道。

"这下面是一个小教堂。"

"牧师也在下面吗？"

"拉萨尔牧师在下面。"他在最后一个门前停下了，一束绿光照进了这个阴暗的牢房里。里边空徒四壁，只有两张固定在两边墙上并可翻下来的金属床架子。

"坐下。拉萨尔快要到了。"

他又走回走廊里，朝着阴暗的楼梯井瞥了一眼。过了一会儿，我听见叮叮当当脚拖地走路的声音，然后一个头戴破旧工作帽的黑人出现了。他穿着普通灰衬衫和长裤，面带着令人百思不得其解的笑容。你能感觉到那微笑已保持了好一会儿了。

老黑人把对面那张床翻下来，然后直接坐了下去，压得弹簧吱吱呀呀的响，好像我不在场似的。接着他把帽檐拉得低低的，双手十指交叉搁在腿上，然后闭上了眼睛，显出一副安然自得的样子。

"那么——你是牧师?"我问道。

他没回答。过了一会儿便听见一阵从他鼻孔里发出的呼呼声,舌头懒洋洋地围着嘴唇蠕动着,接着他的头一点一点地垂到胸前。他睡着了。我一直端详着他,直到厌烦了这里的潮湿和阴暗,然后我溜下床,准备去敲门叫那个看守员。

拉萨尔在我身后动了一下。"脾气暴躁而被赶出来的弃儿,虽勇敢却孤身一人,年龄不大,心智却很成熟……"

我的脚牢牢地焊在了地板上。

"大步跑着跳上出城的另一辆公共汽车。"我转身看见一只黄色眼睛突然睁开,闪闪发光地盯着我看。"孩子,只有一辆汽车是离开这里的——你知道它开往何方。"

"对不起,你在说什么?"我盯着他。只见他老态龙钟,嘴唇在下巴上吃力地蠕动。

"你知道你为什么要到这里来见我吗?"他问道。

"他们没有对我说。"我坐回到对面的床上,低下身去看他帽子下面的阴影。他的眼睛在黑暗中闪闪发亮。

"孩子,只有一个原因,因为你还没准备好去死。"

"我想还没有。"我说道。

"因为你把这些年都花在弄清楚事情的真相上了,但在你弄清楚它们的过程中,你却变得更为迷惑混乱。"

"你是如何知道的?"

"因为我是人。"拉萨尔嘎吱嘎吱地移到床的边缘。从他的衬衣口袋里取出了一副大眼镜,戴好。透过眼镜可以看到他圆溜溜的大眼睛不停地游动着。"你感觉我们人类怎么样?"

"呃,我一点都不懂。人人都在为他们的权利喋喋不休地叫嚷着,见面都会说'见到你很高兴',而其实他们宁愿看见你被砍了头丢到河里。我知道的就这么多。"

"孩子,那不是事实。"拉萨尔咯咯地笑着说。

"还不只是那样吗？人们每天都在他们的生活中不加思索地撒谎，'先生，我醒来时发现自己发高烧了。'但他们用尽余生来教你别撒谎……"

拉萨尔摇了摇头，道："阿门，听起来你好像再也不想和那些人联系了，甚至不想和他们在同一个地方生存。"

"牧师，你说的一点儿没错。"

"好吧。"他说话时眼睛向上盯着天花板。"你的愿望实现了。"

这句话有点刺中了我的神经，我立刻坐直了。

"孩子，你还有什么愿望吗？我敢说你以前希望把你妈关上一两次，我敢说你梦见过离家出走……"

"我想我以前这么想过……"

"快，"他张开他的双手说道。"你看起来越来越幸运了。"

"但是，等等——但那不是正确的逻辑……"

他的眼神犀利地看着我，声音变得严厉了："啊，那么你是一个讲究逻辑性的孩子。所有别人的谎言都使你神经高度紧张，所有别人的习惯都让你无比憎恨，因为你讲究逻辑性。我敢说你甚至没法告诉我你喜欢什么东西。"

"呃……"

"那是因为你是一个粗野、独立的大男人？或者，等等，让我猜猜——或者很有可能是因为你老妈——我敢说她是那种你做了一点芝麻小事，也会让你感到内疚的人。她也很有可能是那种每次在你过生日时，都会给你相同的、上面画有小狗和蒸汽机的愚蠢卡片的女人……"

"她就是那样的。"

拉萨尔点点头，他通过双唇轻轻地吐了一口气："孩子，那个女人一定是一个笨头笨脑的讨厌鬼。必定是这个世界上他妈的最愚蠢的臭抹布，很可能屁股都在抽搐……"

"喂，喂——你真的是个牧师吗？"

"孩子，她可真是一个他妈的自私鬼……"

"等等，真该死！"

突然门口传来一阵噪音，窥视孔变暗了。"声音小点儿。"看守说。

我意识到我已经站了起来，而且双拳紧握。当我回过头去看拉萨尔时，他正在微笑着："孩子，没有爱吗？"

我坐到床上，脊背上如有蛆虫在向上爬。

"让我告诉你一些事情吧，免费的——如果你爱那些先爱你的人，你就会有一个很甜蜜的生活。你可曾见过你妈为你挑选生日卡吗？"

"没有。"

他笑了。"那是因为在你的日程表上没有安排时间去观察你的妈，没有看到她站着读着那些卡片里的每一个字。你没有处在她的灵魂里去感受她对你的感情。你可能太忙于往壁橱里藏那些卡片而没有时间去阅读上面的文字，那些记载着你出生那天的阳光的文字。对吗？维农·格雷格里？

泪水湿润了我的眼眶。

"孩子，你把一切都搞得乱七八糟，勇敢地面对吧。"

"但是我并不想让这一切发生……"

"孩了，事情是必然会发生的。或许会与这不同。你只是没有面对你的上帝。"拉萨尔在他的裤袋里拿出一块手帕递给我，让我擦擦我的眼睛，但是我用我的袖子擦了。他伸过一只满是皱纹的手搂住了我。"孩子，"他说道，"让老拉萨尔告诉你应该怎样处理这一切。拉萨尔将教你人类生活的秘诀，而且你会想你以前怎么从没遇见过它……"

正在他说话时，我听到外面的走廊里有响动，是脚步声。而后就传来拉里说话的声音。

2

"首次公开投票的关键是，"拉里说，"不要提供太多的选择。我们需要的是简短的犯人名单，好好地给他们做广告，然后打开投票渠道，看看谁该被判刑。"

听起来和他在一起的至少还有三个人。看守焦急地敲我们的门，却并没打开它，看来是提醒我们注意点。

"我们一共是一百四十个人，"另一个人说，"你的意思是挑出这当中三十个左右去等待投票？"

"这恐怕不行。我的意思是挑出两三个，最多了。提供给观众关于他们性格的翔实材料，作采访，重现他们犯罪的经过并播出受害者家属伤痛的样子。然后在最后一周提供给候选人网络渠道进行现场直播——一场为了博得同情的正面交锋。"

"我明白了。"那个家伙说，"就像'老大哥'① 一样，对吧？"

"没错，这样我们才能把它卖给赞助商。"

"可是我们怎么挑出头两个呢？"另一个人问道。

"这其实并没什么重要的，只要犯得罪够分量就行。那天我听到了一个让我感兴趣的想法，虽然那挺像个游戏节目之类的东西——'末位淘汰赛'。这个不错吧，你们觉得呢？"

"不错，"又一个人说道，"'看谁更厉害'。"

"很棒。"

走近我们的牢房时，他们的脚步慢了下来，我听见了看守立正站好的声音。

"能说说你来这儿的原因吗，先生？"拉里问道。

---

① 英国作家奥威尔的讽刺小说中的独裁者，他统治着一个极权主义的专制国家。

看守在门口磨蹭着，一个影子从窥视孔处闪过。"打开门。"拉里说。钥匙拧开了门，他朝里看了看。"这是怎么回事？"他转向看守，"这些人难道不是该被隔离开的吗？"

"哦，是的，当然，"看守不安地摆弄着钥匙答道。"这就是，治疗，你知道的，一点劝解能让死刑区的这些犯人舒服一点儿。"

拉里皱了皱眉，道："这小子杀了很多人——劝解对他来说有点晚了。无论如何，其他人不应随便出入这些牢房，我们准备在这儿安装用于声音后期制作的设备。"

"你妈还好吧？"我问拉里。这些词儿就像唾沫星子般从我嘴里飞出："操你妈！"

"上帝啊，孩子！"看守愣在那儿了。

拉里克制住了想打我的冲动，商业利益让他冷静下来。我死死地盯着他看。"天堂里的祈祷者远不够阻止我向你这个混蛋讨债的决心！"我能听见自己在小声地说着，连拉萨尔也害怕了。

拉里强挤出了点儿笑："把他们分开。"

"是的，长官！"看守说道。他挺了挺身子，愤怒地朝拉萨尔和我挥了挥手。我试图看拉萨尔一眼，但他缓缓地走了。

"拉萨尔——那个秘密是什么？"我在他身后喊着。

"回来再说，孩子，回来再说。"

我走出房间时拉里朝我笑了笑。"还想着弄清楚呢，啊，小朋友？"他发出了一声像哮喘一样的笑，之后他领着那些人离开，远远的回声中传来一句话，"那么，就二月十四号我们进行第一次投票。"

"你的意思是在情人节那天？"

"是的。"

猜猜有些什么东西：你可以在死刑犯牢房里收到广告邮件，在第一次选举前一周我收到了告知彩票获奖的信件，上面很肯定地通知我赢了一百万美元，至少信封上是这么写的。我想你得买本百科全书才能知道怎么赢得这奖，或许那样也还是不行。我还发现了一张巴恩烧烤店鸡块儿的赠券，可以在州内任何一家分店买一赠一。对啊，它们已经在全州都有分店了，我猜以后会覆盖全世界的。

当我听见琼斯正在朝死刑区走来时，我正在忙着弄我的艺术品。从其他牢房传出的谈笑声就能判断他此刻在哪。他正在打电话。我有些紧张地把艺术品藏到了一边。他还没走到我跟前，一条惊人的新闻从电视里传来。

"……美国人的尸体会在今天空运回国。四十个难民也在这次的冲突中丧生。广告之后新闻将播报'连环杀手维农·格雷格里·利特尔的最后时光'，我们会播报关于他上诉失败的最新消息——像他这样的鸭子和仓鼠之类的笨蛋不见棺材不死心。"

琼斯把电话递给我，没有看我。"维农，我很难过。"律师焦急的声音从电话里传来："没有任何词汇能表达我现在的心情。"

我什么都没说。

"我已经想不出任何办法了。"

"能向最高法院上诉吗？"

"按你现在的情况，恐怕在短期内上诉是不现实的，我很抱歉……"

我把电话放到床上，床单陷下去的每一个皱褶都像砾石般在我耳内发出嗡嗡的声响。

今天晚上他们在我的牢房安装了摄像头，还把所有的电视机和收音机拿走了。他们不想让我们知道投票的过程。我就一声不响地坐在最黑暗的角落里，胡思乱想着，没有心思去玩那个噼噼啪啪的金属球。数不清的情人节礼物在我面前出现，是全世界的精神病人和道德有问题的人送来的。收发室的好心人甚至送来了埃拉·布夏尔的礼物，我把她放入了可收发邮件人列表里，别问我为什么。可我没有打开。今天的死刑犯区特别安静，我猜大家是出于尊重。我的这些伙伴犯人被称作是全世界最坏的人，但他们知道什么是尊重。

我需要再见一次拉萨尔。在第一次投票开始进行的时候，我发现自己脑子里一直拼命念叨着他曾说过的某些话。过去在我还能活的时候，并没有觉得这句话有什么意思。但它却在我脑海中扎了根，就像个蛋，在我心中开始孵化。在交换邮件时，其他囚犯在议论这次投票，并赌谁会是第一个离开的人。这是他们抱怨电视和广播之外的一项活动。他们没赌这个牢房里具体的某一个人，可你知道在牙科候诊室成为最后一名候诊者的感受吗？那就是我此刻的心情。最大的煎熬是不到最后一天的最后一刻，谁都不知道那个人是不是自己，所以不得不时刻准备着。有时我构想出宏大的计划来面对自己最后的被处决：把袜子套在耳朵上，或是在最后陈词时说一些荒诞不经的话语。想完这些场景之后，我便嚎啕大哭。作为一个男人，我最近哭的次数真是太多了。

最后一天投票的时候，我已经几近崩溃。一小时之后，全世界都将知道谁是那个死去的人。我跟琼斯发牢骚说我要见拉萨尔，但他毫不理会。他正和另一个看守在争执行处决那天，谁该守候在州长专线旁边，偶尔也会回头训斥几句我们。

"他妈的拉里命令不许再有任何探望！"他说："用不了多久，你们就永远不会再为探望烦心了。"

我又开始噼噼啪啪地玩金属球了，直到其他囚犯抱怨才停下来。我做的这一切就是为了煮恼琼斯。"你们这些杂种里有谁能拿出一百万申请特别照顾啊？"

"混蛋！"囚犯们喊道。

我只是一声声地叹气。一股发霉的气流把椅子上的纸片吹得嘶嘶响。"琼斯，"我抓着抽奖信说："这是你的一百万。"

"啊，你小子别胡说。"他说。

"我没骗你——看。"我举着那个信封。

"你以为我三岁小孩啊？"琼斯歪着鼻子说："我每天早上几乎都得用铲子才能把你们那些乱七八糟的广告邮件从我私人车道上

铲走。"

我呵呵地笑了几声："哈——不过这可是法律上承认的一百万——你知道的，如果是假的话，他们不会承认的，可这分明是白纸黑字清清楚楚写着呢。"

"嗨，利特尔，"一个囚犯喊道："你是说你收到了最新的彩票抽奖信？"

"是啊。"

"上面是黑字还是红字？"

"是红字，没问题，是红字。"

"上帝，我的天啊——我给你两百美元换你那个信封。"

"让我看看！"琼斯伸手穿过铁栏一把拿走了那封信，仔细看了看，然后说："上面有你的名字，我拿上也没用。"

"琼斯警官，"我像个小学老师似的说道："我的处决函里有一份遗嘱和说明——我可以把它留给你，知道吗？"

"利特尔，等等！"又一个囚犯嚷嚷道："我出三百买你那个信封！"

"滚蛋！"又一个囚犯喊道："我出五百！"

"你们他妈的给我安静。"琼斯喝斥道："你们都没听见他给我了吗？"他看了看手表，然后将手穿过铁栏指着我的鞋说："准备准备吧。"

当他的钥匙叮当声慢慢消失时，囚犯们叫道："嘿嘿，嘿嘿，该死的琼斯。"

"利特尔。"隔壁牢房的囚犯说："你终于明白怎么做人了。"

琼斯警官亲自押送我下楼去找拉萨尔。在路上碰见把电视机和收音机推回来的勤杂工，我们靠边给他让道。这意味着投票已经结束了。在这些设备后面，有个穿着黑制服、手持判决书的男子趾高气昂地走了过来。他的任务是把判决书交给监狱看守长，然后看守长会把它交到该被处决的那个人手上。这个男人经过我们身边的时候，我看见琼斯不易察觉地挑了挑眉毛。那个男人同样轻轻地摇了摇头，然后一直向前走去。

"今天我看守的犯人里没有被处决的。"琼斯说。我的心一下子放了下来。至少暂时，我又活了。我们下到另一个区的时候，琼斯把头伸进一个看上去很普通的房间，但是里面没有人。他朝着上面喊了一声："拉萨尔在哪儿？"

"在监狱里，"一个看守答道："大便呢！"

琼斯带我到下一层楼的卫生间，直接到了里面。

"我们不等他出来吗？"我问了一句。

"没时间了，今天是处决日，我得赶快下楼去。你有五分钟的时间。"他骨碌碌地转了转眼珠，看了看周围，然后走出去站在门外，留下我，还有黄褐色的水滴滴答答。

我蹲在湿漉漉的水泥地上，从门底下往里看人在哪儿。有两扇小门关着，但锁不住的那种。一扇门的下面露出一双监狱犯人穿的鞋和一条监狱长裤。另一扇门下面是一双干净的鞋子和蓝色的西装裤，我敲了敲这扇。

"拉萨尔，我是维农。"

"哦，天哪，你他妈的想让我在监狱的厕所里为你做什么？"

"嗯 ——帮我见上帝。"我不冷不热地笑着说道。我想在这样一个处决日，自己在监狱厕所里的笑只能是这样的。

"呸！"他发起了牢骚。

看看，今天所有的人都在紧张，连这牢房的门都在嗡嗡响个不停，就像我们在《死亡市场》里看见的场景一样。我快被这情绪淹没了。

"你他妈的真想见上帝啊？"拉萨尔说道："那你应该先他妈的跪下来。"

"拉萨尔，嗯，你看，这外面还是挺湿的。"

"那你向圣诞老人许个愿吧，告诉他你在这世上最想要的东西。"

我想了一会儿，主要在想是不是就该这样走了。这时，我听见拉萨尔衣服的簌簌声。抽水马桶开始冲水了。他推开门，伸在领口和领带间老火鸡般的头探了出来。他的下唇傻子般地向前突着。

"嗯，"他朝四周看了看，"就你一个人?"我像个呆瓜一样环视了四周。他拉正了他的领带，朝着门礼貌地举起一只手。"琼斯警官!"他回道:"关于这孩子赦免有什么消息吗?"琼斯只是笑，暧昧不清地笑着。拉萨尔盯着我，道:"这就是他妈的所谓圣诞老人。"

"你算什么牧师。"我说。我转身朝门口走去，他抓住了我的胳膊，把我拧过来。一条粗粗的血管在他的颈部突着，就像生殖器上的一样，突突地跳动着。

"你个瞎子，笨得一塌糊涂!"他吐着口水，呼出的气在我耳边沙沙作响。"你所谓的上帝在哪儿呢?那些婴儿们一个个饿死，善良的人们日夜受着苦难流血不止。你以为真有上帝拯救他们?哪有上帝?只有他妈的人类。你和我们所有的人一样，顽固地待在人类欲望的沟壑里，这些欲望得不到满足就会变成本能世俗的需要。"

他这番爆发的话语让我吃惊极了。"每个人都有需求。"我喃喃自语地说道。

"但是别因为这个就哭着喊着跑来找我。"

"可是，拉萨尔……"

"你觉得为什么这个世界会自己吞噬自己?因为那里有好东西。可我们得不到它。为什么得不到?因为市场有它自己的需要。那不是上帝干的，是我们人类自己。人类虚构出一个上帝是用作转移压力的东西。"拉萨尔颤抖的嘴唇朝我张开:"你他妈学聪明点吧。是数不清的需要在推动这个世界运转，你如果为这种需要效力，你的需要就能得到满足。可曾听说过'给人们想要的'这个说法?"

"当然，可是这样把上帝搁哪儿去了?"

"好家伙，你还真相信有上帝。我简单说给你听吧，上帝老爸把

262

我们养大，教会我们穿裤子。然后他同意以他的名义发行美元纸币，把汽车钥匙留在桌上，然后就他妈的出了城。"

我的眼泪一下子涌上了眼眶。

"所以，别抬头祈求上帝帮忙，低下头看看这儿，看看我们这些畸形的做梦人。"他抓住我的胳膊，使劲把我推到墙上的那面镜子跟前，"你就是上帝，担起该担的责任来，用你自己的智慧。"

这时四个男人出现在门口：两个看守、一个牧师还有一个穿着深色西装的家伙。"是宣布最后结果的时刻了。"穿深色西装的人说道。

我迅速地看了看有罪犯呆着的那个厕所，可是那些人却一把抓住了拉萨尔。他的嘴唇又一次突了起来。他垂下了双肩。我眼睛的余光看见琼斯正在叫我过去。

"拉萨尔，你是个囚犯？"我问道。

"很快就不是了，"他轻轻地说："看来很快就不是了。"

"过来吧。利特尔。"琼斯在门口喊道："拉萨尔在第一次投票中票数最多。"

"可是，拉萨尔，那就是——生活的秘诀吗？"

"我的意思是说——什么才是实际的……？"

他朝那两个看守挥了一下手，让他们稍等。"你的意思是说实际中该怎么做？随便看看动物就能明白，至于我们人类——看看这个……"他从口袋里掏出一个打火机，示意我们安静，接着轻轻地按了一下，然后朝着厕所竖了竖耳朵，在那儿坐着另一个囚犯。不一会儿，厕所里发出了细微的声音，接着，里面也传出了打火机按动的声音。一股烟升了起来，那个囚犯在抽烟，但他并不知道为什么要抽。——这就是暗示的力量。拉萨尔笑着转向我，在空中按下打火机。"了解他们的需要，这样他们就会按着你的步调跳起任何一支舞蹈。"

在那几个人向走廊转去的时候，琼斯抓住了我的胳膊，我挣脱着向前冲去，想追上拉萨尔，但琼斯用手臂穿过我的胳膊从后面夹住了我。这是他的职责，我不再挣扎。

"谢谢你，拉萨尔。"我喊道。

"这一点儿也不难，维农上帝。"远处传来他的声音。

"好家伙。"琼斯押我到楼梯口时说："你真相信他的胡言乱语？

"有人告诉我他是个牧师。"

"不，拉萨尔是个他妈的用斧子砍人的凶手。"

晚上我躺在床上睡不着。拉萨尔被处决的报道嗡嗡地从牢房的电视里传出来。我想到会有泰勒的声音，虽然我的狱友说她已经不干这个节目转而做了自由记者了。我猜她现在关系网壮大了。这一切需要的只是一个惊人的故事。不管怎么样，我们仅仅收看了那个节目最后一个小时的内容。拉萨尔没有做任何最后陈词，挺酷。他选了一首《爱你爱到心坎里》作为最后的送别曲。真是个厉害的家伙。

这个星期余下的日子，我整天盯着天花板。我甚至还仰面躺着，身上盖一块毛巾，做我的艺术品。拉萨尔被处决之后，那些娱乐设施又消失了。而我则整天在想他说过的话。那些话听上去简单极了，像电视或是电影之类的东西，或任何用小提琴配乐的老节目。但他的话让我开始思考我过去荒废掉的时光。而对于我的才能，现在甚至还没有能够匹配的职业。我猜想，自己没能成为像公诉人或是莱恩那样的人是个错误。我对周围的人、环境之类的东西感觉是很敏感的。当然，我并不是一个优秀的学生、运动员或其他之类的，但我有这些才能，这点我很确定。我猜想在权力角逐的过程中，他们比我强，所以他们通过了，而我却没有。但我学到了一点：我的致命缺点是胆怯。在一个你被看成精神病人的世界里，我就是因为喊叫得不够响亮而没能前进。我是他妈的太胆怯所以没能当成上帝。

拉萨尔说，观察动物，然后给他们想要的东西。观察任何动物！我能明白"给予"是什么意思，但为了弄懂他说的动物，我花去了夜里所有的时间。期间我逃过了两次，然后又逃过三次被投票处决的命运，直到三月十五日。我后来就观察周围那些没有用途的飞蛾，它们像黑夜里毛茸茸的碎毡片一样围着牢房里的灯一个劲地飞，迷失方向，找不到出路。它们算是动物吧。我听说飞蛾其实是受遗传的作用，由月亮作为引导线飞行的。但是这些超市买来的电灯泡弄乱了它们飞行的线路。我看到一只飞蛾被绊倒在灯罩上，拍打着翅膀扬起一股股粉尘，然后转着圈掉了下来，扑哧一下摔在地板上。灯泡还在那儿亮着，它们永远找不到月亮了。小子，我跟这些飞蛾也差不多。

奇奇怪怪的动物开始影响我的梦，比如我梦到亚麻长毛狗在与耶稣追逐玩耍，但是白天我始终在思考拉萨尔的观点。我猜自己知道的动物只有那只叫库尔特的狗，可是我不确定用它来解释"人生的秘诀"是否有帮助。老库尔特被邻居家的烧烤味熏得抓狂，成为"狗吠联合会"的主席后提升了它的自尊。如果联合会知道它有多么愚蠢拙劣，它是根本成不了什么主席的。如果那些狗知道的话，就会把它嘲笑得滚出县城。但是，它们并不知道。

我从床上坐了起来。库尔特发出了一声特别大的犬吠声应对它的日子。

3

"那么维农，你每天都洗澡吗？"

"真是见鬼，妈！"

"我只是想说这星期你得应对那个可恶的瘸子了，他有可能杀死了自己的父母。他一直在哭，一直。"

"你是说我看起来有罪？"

"镜头里你一直是两眼盯着天花板躺着，维农，你怎么那么冷漠?"

"可我什么都没做过。"

"咱们别再说这些了。我只是不想让那一天到来，你知道的——你还没准备好呢——明天是三月二十八号，我的意思是，很快就会有另一场投票了，在桥底下……"

我老妈打电话来的时候，死囚牢房里总是一片寂静。我想这就像在电视节目里一样，你知道她可以给大家带来多少快乐。

"我寄给帕姆的东西你拿到了吗?"我问她。

"是的，我们俩都很感谢你。你知道，我俩当时甚至在说……"

"妈，我觉得你应该把它用在——那个时候，你知道的……"

"呃，这正是我们在说的……"我等她继续说下去，她轻轻地抽泣了几下然后擤了擤鼻子。我的两眼也模糊了。她想要让自己镇定下来，于是离开了话筒有一会儿，然后叹着气又回来了。

"那样我们就能记住你的样子了——我们只是想象你骑着自行车出门了……"

"那当然了，"我说。"这就是我寄去那张购物券的原因——你们可以在任何一家分店用上它，知道吧。"

"嗯，我们真的非常开心，尤其是如果你看到最近混合鸡肉的价格的话。我和帕姆会用上那张购物券的，魏茵就让她自己掏钱吧……"

"还有，妈，告诉奶奶她没有必要也到这儿来。"

电话那头停顿了一下。"呃——维农，我还没告诉你奶奶关于，你知道——那件麻烦事。她老了，她只看购物节目，她不会看到新闻的——我想这是我们之间的小秘密，行吗?"

"那到今年春天我不能再去帮她割草坪了怎么办呢?"

"哦，该死——维农，姑娘们都到了，我还没把魏茵的裙子做出来呢。"

"魏茵穿裙子了?"

"听着孩子，我们正在为你拉票，所以别担心——有些人就在死囚区等了好些年呢……"

打完电话，我回到床铺躺了下来，心里翻来覆去地想着。需要，天哪，人的需要。妈曾说帕米拉酷爱食物，因为这是她一生中唯一能控制的东西。它不可能从盘子里溜走，也不会反抗她。我思忖着，看到利昂娜像阳光一样吸引着人们的注意力；老多伊奇曼先生正品尝着他那长着方脑袋的颊纹鼻鱼。怜悯像水珠一样轻轻地滴进我母亲痛苦生活的海绵里。魏茵·居里，融化的奶酪。我说，给予他们所有想要的东西吧。

我知道那张巴恩店的购物券送给帕米拉是对的，那是她非常需要的东西，可我应该为妈特别琢磨出一件东西来，尽管说家里面另一个人的死亡将很可能填补她真正的需要，譬如同情。尽管羞愧的应该是我。还有，知道吗？临死之前我还想满足一个人的需要，是谁呢？莱丘加太太。她过得太苦了，我后悔对她说了关于马克斯的那些话。我认为我所做的这一切，给予别人想要的东西，无论是什么，其实就是在制作奶油馅饼，可是——那又怎么样呢。你只能死一次。

奇怪的是，我甚至觉得有必要给那家长耳大野兔般的老媒体赠送点什么。你能猜出他们真正想要的是什么。

然后还有泰勒。噢，泰勒。现如今她与各家媒体、记者和直升机等等之类打得火热，因此想要赠予她一个能够实现的愿望并非易事。她真正想得到的是一条特大新闻用来启动她的事业，也许是一通绝妙的电话或者什么可以让她成功的东西。或许那就是解决一切极难满足的需求的办法，一通绝妙的电话。

我把清单上一切有需求的人过了一遍，最后轮到魏茵·居里。她似乎现在只是偶尔碰见帕姆，其实她根本就不去那儿。我唯一能够想到的，就是她需要一个杀人狂供其特警队演练。可这并不容易。然而坦白说，我认为自己只在魏茵这里徘徊就是不想去考虑拉里的

267

需要。我知道我该做的神圣、宽厚之事便是给予拉里一个他所需要的东西，尽管他差不多已经拥有了一切。就算是件小小的礼物吧，明白吗？

星期天一大早，那些设备都被弄回来了，使得这一天有了一种轻松的感觉。三月二十八号。某人的行刑日。这次将电视机永久固定妥当并安装了一个用来在投票期间关闭它们的系统。当一沓纸质文件连同我的早餐盘一起递过来的时候，我感到自己的灵魂中似有群犬嗥吠。先是一本关于在摄像机前如何表现以及什么不能说、什么不能做的小册子。整个死囚区的犯人一定是人手一册，因为所有的人说的和做的都不正确。小册子下面是光面纸，画了一些卡通犯人，衣服上画有箭头一类的东西示意着你的最终陈述。然后另有一张表格列出了最后行刑时的音乐清单以供选择：你得选一支证人出庭的曲子，还得选一支行刑时播放。单子上列出的音乐大多都很古老。我知道当那个时刻来临我会后悔自己的选择。我只得勇敢面对。

食物在我胃里消化着，星期天的寂静如往常一样降临到了死囚区。你能听到纸张发出的沙沙响声。然后一名囚犯轻柔地喊道："维农——你还好吧，老兄？"

我翻到了那沓文件的最后一张，搁在它下面的就是处决我的命令，今晚六点生效。我看着它，它就像一张餐巾纸或者别的什么东西。接着我跪倒在地，放声痛哭，泪如雨下，我祈求着上帝。

4

行刑当天下午，大家待我友善多了。这些罪犯们不再欺负我了，尤其是我送了咔咔球的那个人更是友好。其他人都静静地对此事避而不谈。这一天我的感觉纷繁忙碌，如同母亲紧紧张张烘烤食物的其中一天出了问题，有些感受无暇顾及，感觉自己似乎忘记了什么，炉子没有关闭，门也一直敞着。我有种感觉，回来时一切就能弄好。

我的随身物品被整整齐齐地叠好放在桌上，床上的东西也拿得一干二净，这时候，来了四个执行人和一个摄影师。我拖着步子走在监牢里，监室的伙计们从他们的格栅里伸出手指冲我挥舞着并大声地祝愿："嗨，维农——干死他们，伙计，往他们嘴巴里撒尿……"

祝福他们吧。我们穿过走廊，拉萨尔就是从这里消失的。我不是要乘车去亨茨维尔①，而是去埃利斯县城那家新开的重大案件套房，就在楼下。如今这里是一家提供各样商品的一条龙商铺，店内铺有地毯，墙壁上挂着艺术画。我失去了最后一次乘车的机会，可毕竟这套房还有窗户。这里一片灰暗，房子里面很凉，只有几只虫子发出唧唧的叫声。死亡的当晚没有龙卷风和烈焰风暴，这令我有些失望。可是我以为我是谁啊，是吧？

帕姆如她所说，负责了我的最后一顿饭。混合鸡块巨无霸、炸薯条、肋条圈、玉米沙拉和两盒凉拌卷心菜。她真是很聪明啊——她让厨师把面包塞进餐盒用来吸干多余的水汽以保持底部食物的鲜脆。可是我知道卷心菜是我妈的主意，因为它有益健康。今晚我躺在轮床上的时候，那些女人们也将吃同样的食物。这是她们想要的：想象着我刚刚骑车出门去了，而不是被处死。

四点半的时候我去一个独立卫生间排便。他们居然给了我一本《新闻周刊》和一根万宝路香烟。我浑身麻木，好像是被打了麻醉剂或是别的什么，但我仍然有些感动。《新闻周刊》上说玛蒂里欧县有全球最快的经济增长率，新兴百万富翁的数目甚至超过了加利福尼亚。封面是一群居里正朝上空一边大笑一边扔着钞票。然而里面并非都是好事：要是你继续往下读，你会发现他们正在为加州的悲剧

---

① 美国德克萨斯州州立监狱，设有死刑行刑室。

事件而遭到起诉，因为他们在数据应用上出了问题。我得说，这就是典型的玛蒂里欧。

处决前一小时，我能打几个私人电话。我先试着给家里打，然后打给帕姆。没人接，我肯定是错过了时间。我想，妈已经经历了很多，帕姆也是一样。祝福她们吧。她们没有录音电话，所以我没法对她们说"我爱你们"之类的话。可是从某种程度上说，这给了我勇气去打另外几通电话。

我先试着打给拉里，我想来了结一切。在我告诉他我打电话的原因之前，他的秘书差点挂断了电话。拉里正在新玛蒂里欧购物中心开会。秘书接通了电话。他接电话的时候说："大人物啊！"我给了他所需要的东西然后告诉他我的枪藏在哪里。他似乎是很从容地接受了我的表示。

接下来我打给了莱丘加太太。好家伙，她非常吃惊，甚至试图改变说话的声音，我以为自己拨错号码了呢。"噢，我的上帝！"她说。

"嗯？"我答道。她经历了很多，祝福她吧。最后我觉得她很高兴我打电话给她。知道了她对信息和对她作为老队长职位的热爱，我肯定她会喜欢我的赠品，那是她想要的。在某种程度上，我已经将她指定为今晚所有需求的指挥中心了。

接着我的脑海里浮出了要打给魏茵·居里的想法。她正在去巴恩烧烤店见我妈和帕姆的路上。我给了她真正想要的——你想想看就知道，的确是她真正想要的。最后她真的被我说的话打动了并答应要把我的爱告诉那两个女人。我想这归根结底就是爱，只是通过我们人类拥有的滑稽方式表达了出来。

最后，我把在世的最后一个电话打给了泰勒·菲格罗亚。她亲自接的，她的声音立即将我带回到另外一个时空——一个潮湿、甜润的地方，如果这样说不算下流的话。猜猜如何：我给了她一直在等待的那个机会。她兴奋地尖叫着，告诉我要照顾好自己。听起来她也像是真心的。

挂断电话的时候，来了两个看守和一位牧师。他们护送我来到化妆室。"别担心，亲爱的，"负责化妆的一位女士说，"施点红色会使你看起来神采奕奕。"

另一位女士低声说道："你要牙膏吗？还是你觉得自己能行？"听到这儿我扑哧一笑，她看着我，很困惑。然后她似乎有点儿明白了，也跟着笑了起来。并非人人都能明白事物的讽刺意义，这是我所学到的东西。

后来来了个姑娘，她拿着一块带有纸夹的写字板，让我在弃权书上签字放弃最后的陈述。我得安静地离去，就像拉萨尔一样。作为交换，我有个特殊的请求：行刑的时候我可以脱去衬衫。她给一个制片商打电话核实了一下，然后说可以。她带着我、牧师和看守穿过一条明亮的走廊进了处决室。我双膝发软，像是闻到了医院的气味而眩晕。当我听见走廊前面播放的那首曲子时，牧师甚至挽住了我的胳膊。

"加尔维斯顿，哦，加尔维斯顿——我多么害怕死去……"

我们走过广播控制室，猜猜怎么了：他们肯定已经批准了将天气预报的音乐作为这个节目的主题曲。我讨厌这个曲子。我捂住耳朵直到我们走进这个简朴的白色房间，房子一面墙上有窗户，透过窗户，远处有像剧院一样的座位。

"我尚未拭干她的泪水……"

我脱去衬衫。现在，我身上纹着艺术品——纹身的皮肤大部分已经痊愈。"你和我在一起会痛苦"和"见到我会痛苦"这两句话十字交叉刻在我胸前，形成了蓝色纹身图案①。一名卫生员帮助我爬上轮床，这床的形状有点儿像个人，像是一个卡通人物撞穿了一堵

---

① 《你和我在一起会痛苦》"Me ves y sufres" 为英国后摇滚乐队 Hope of the States 演唱过的一首歌曲。

墙而留下的洞孔。我瞥见琼斯在后面的一个房间里。他一定是在守着州长的电话。州长是现在唯一能够阻止这一切的人。他需要该死的一些有力证据才能做到。琼斯看到我的时候就把脸转过去了。他不站在电话边上了。

看守们用配有金属扣的厚牛皮带将我固定在轮床上。接着那个卫生员把我胳膊上的一根静脉弄得鼓胀起来，轻轻地扎进去，我想是麻醉剂。他在一根从后面房间透过墙穿进来的管子上安了一个长针头。他把针推进我静脉的时候，我把眼睛移开了。一会儿工夫，冰凉的液体便开始在我体内流动。

一位女引座员出现在玻璃后面把我和见证席分隔开了，人们开始鱼贯入座。憔悴的斯佩尔兹太太是我唯一认出来的人。除了能从她不安的双眼里看到悲伤的泪水外，我事实上为她成为见证席中的亮点而感到宽慰。在我离去时，那儿没有任何东西表明我还有牵挂。然后，就在我这么想的时候，最倒霉的事儿发生了：一位穿着灰蓝色套装身材高挑漂亮的年轻女子从后排挤到她的座位上。她点燃了我沉寂已久的下半身。在她谨慎地向下拉扯裙边并落座的时侯，甚至连看守都转过身去看她。然后她看着我。她是埃拉·布夏尔，好家伙，她的"装备"也到了。那蓝盈盈的眼睛透过玻璃向我召唤。

现在乐曲"远航"开始播放，因为命运之门打开时是双扇门。我试图吞咽，嘴巴却是麻木的。我想到了生命尽头的一点儿学识：尽管报警器、游戏节目的蜂鸣器和擂鼓的轰隆声都存在于生活之中，然而安静地死去是人类的本性。我的意思是，那算什么样的一种生活？——一部部影片，谈论影片的人们以及有关人们谈论影片的节目。可我仍觉得我是自找的，因为我很消极、颓废。记得有一次我打电话让爸爸到某个地方来接我，他来的时候我却很难过，因为我已经渐渐爱上了那个地方。死亡来接我的时候就是这样。

我觉得针的周围有点儿发痒，于是闭上了眼睛。处决室里的说话声越来越弱，我感到自己从轮床上升起来，飘走了，进入了一个梦境之中。我朝下看看自己，没有恐惧，也没有猝死，我从处决室里飘了出来，飘到了外面景致的上空，在那儿，草坪上割草的味道弥漫在我的感官里。很明显，我被送回家了，到了比乌拉大道，那是波特太太家，那是我家前院。今天，就在此时此刻，一辆奔驰轿车飞快地开进了我家的车道，我的灵魂随着那螳螂状的抽油机一起跳动。莱丘加太太的窗帘颤动了几下。今天傍晚我妈不在家，这不正常。她和帕姆出去吃饭了。我看着拉里从车里爬了出来。愿上帝将这混账家伙打入地狱，让他粉身碎骨并将碎骨填满那双恶心眼睛的韧带，让他对我口交、吸入我的胆汁并中毒，毒得他意识清醒，但从他身体器官里冒出来的颤抖的蛆虫和黏液以及粪便使他浑身发冷，精神颓丧。而我却在一边大笑不已。

　　他似乎对我的赠予颇为兴奋。我知道那第二把枪的疑问一直困扰着他。他穿过厨房来到我家，然后走到我卧室的衣橱边，如同我告诉他的一样，他发现了那个鞋盒，里面有那把挂锁的钥匙。旁边是一瓶人参。你甚至看不到好几个月前我在瓶子里塞的 LSD 迷幻剂丸①。他微笑着把它拿了起来。

　　一个清晰的声音又把我从屋里引到了外面。一辆埃尔多拉多停在前面的街上，没有熄火。利昂娜有生以来第一次将车停在比乌拉大道并不时髦的一端。她、乔吉和贝蒂都没说话，也没在补妆，甚至都没有呼吸。她们坐在车里，在一棵柳树下等待。但是没有人，谁都没有无视南希·莱丘加的指令。我和这些女士们一起看着拉里爬进车开走了。她们开车跟在后面并谨慎地保持着一段距离。就在她们后面，莱丘加太太的窗帘猛地拉拢了。她是整个团队的幕后操控者，愿上帝保佑她。

　　当背景音乐不再播放一些老歌而是能够让生活沸腾起来的时

---

① LSD（Lysergic Acid Diethylamide）麦角酸二乙基酰胺，是已知的药力最强的迷幻剂。

候，妈和帕姆正在吃鸡肉并担忧着。一沓两英寸厚的餐巾纸被她们的眼泪浸透了，上面还洒落着盐粒和面包屑。我为自己的灵魂能和她们在一起而非常感动，如同往日一样，大家一起出门逛街就像是在播放一首我喜爱的音乐碟片并重温初次听到它时那种痒痒的感觉。我妈和帕姆都说着毫不相干的话，这就是美妙之处。我不知道这是不是有意的，或许这就像一种基因遗传吧，当倒霉的麻烦事儿降临的时候，人们会趋于落入舒适并毫无意义的老一套常规中去。

妈只是说："他们最近挪动过东西。"

帕姆说："天哪，你说得对，收款台以前在那边。"

我所能说的就是：一定是她们在餐店外面大概五秒钟之内有人将它挪了地方。可魏茵在哪儿呢？只要一提到吃鸡她总是非常准时的啊。

我像一缕微风迅速掠过我以前踩踏过的地方，穿过克罗克特公园，奔向基特地产。拉里到达基特地产拐角处时禁不住咯咯地笑了起来。在那条路上跳跑过去的时候，他就忍不住大笑了。等到那间密室映入眼帘、那些大剂量的迷幻药开始扭曲他的感知时，他其实是在嚎叫了。他最后一个稳当的动作就是将钥匙插进那间密窖的挂锁里，拉开门，然后拖出我父亲的那条步枪。那条步枪是我妈送给我的，条件是永远不许把它带到家的附近。爸爸消失的那天我不得不快速行动。妈真的是非常焦虑。她索性去买庭院家具，如此才度过了这一关——想想看吧。

一架直升飞机开了过来，那轰鸣声将拉里血液里流动的迷幻剂推至极顶。他眼前的景象开始溶化。他是我们这个社区里一个放荡不羁的吸毒鬼，发疯的杀人狂。他转过身，背对着从陡坡上低低斜射过来的阳光，结果却发现自己被从另一面照过来的聚光钉在了那里。

"放下枪！"一个声音高叫着。是魏茵和她的特警部队。她遮住眼睛，试图抵挡直升机降落时扬起的灰尘。

拉里困惑不已，他疯狂地绕着圈子并抚摸着那条枪并永远地抹去了母亲的指印和她的担忧。当泰勒·菲格罗亚和一位新闻摄影师弯腰从直升机里出来时，拉里举起那把步枪用怪异的声音大喊着："妈!"他嚎叫着，双手摸到了枪的扳机。"妈!"

小心，泰勒! 哦——我的天哪!

"开枪!"魏茵冲她的特警队尖叫着。

拉里的脸是我酷爱的一张面具，当子弹呼啸着刺穿夜空，它便最终永远地悬在了空中。他在半空飞舞，肢体的碎块倾盆大雨般重重落下，然后那躯体便抽搐着砰然落地。利昂娜的凯迪拉克为了躲开不得不打转方向。

"哇! 可它是不是应该是藏在，比方说——一堆屎里呢?"利昂娜喷烟吐雾，从车里冒了出来。

"南希认为那堆屎非常有价值，我觉得她说得对，"贝蒂一边咳嗽一边弹着烟灰说，"只要有那堆屎作证据，事情就错不了……"

"亲爱的，"乔吉说，"运气终归是运气，不管它是在那堆屎的里面、上面、还是周边，现在把手电筒递给我……"

"天哪，"贝蒂说着，她艰难地穿过灌木丛来到我的密窖附近，"看似好像已经有人来过这里……"

我的幻象渐渐消溶，思绪微微闪烁着又回到了轮床上，我发现自己牙齿紧咬露出了微笑，我仍然还活着。那该死的麻醉剂，好家伙! 我向上看去，看守们相互点头示意一切就绪。当今天外面的第一个雷声炸响，我转过头透过玻璃冲埃拉眨了眨眼睛。然后我闭上眼。我等候着地狱的呼唤，等候我手臂中的凉意转变为冰冷，或者根本就不会变而是在周围一片耀眼的眩光里消退，包括我笨拙的身躯。

船儿

带我走吧

到一个我听说过的

梦的地方

风儿

带我走吧

顷刻间

我将获得自由……

突然间，外面一阵巨响透过窗户涌入房间，好似隆隆炮声，噼噼啪啪在楼梯上、走廊里回响。某种无形的信号被引爆了，到处都是人声鼎沸，手舞足蹈。我猛地睁开双眼，我想看看是否上帝或是魔鬼已经来了，来收走我肮脏的灵魂。不是这样。阿布蒂尼冲进见证席，后边跟着一群摄影师。整个监狱一定都在收看电视直播。阿布蒂尼一只手上是个脏兮兮的褐色纸团，另一只手上是一支熔化了的蜡烛。他冲着玻璃把它们举了起来，又唱又跳。那是纳克尔斯的讲义，就是在那致命的一天里我用来擦屁股的纸。"化验证实啦！"他高喊着。

外面的电话铃响了。一会儿，我抻长了脖子看到琼斯踉踉跄跄地进到处决室里，他把双手握成喇叭状冲着我说："利特尔——你被赦免啦！"

5

那些女人们研究着那个信封就如同在审视一具婴儿的尸体。

"毫无疑问那是一辆意大利车，一辆罗密欧与朱丽叶，或者别的什么牌子，"乔吉说道。

"我知道，"贝蒂说，"可为什么那册子寄到了多丽丝家呢？"

"亲爱的，信封上面没写多丽丝，写的是利昂娜。只是地址写的是多丽丝家。"

"可为什么呢?"

乔吉摇了摇头。"我猜是利昂娜想让我们知道她即将拥有一辆那样的跑车吧。"

贝蒂咬紧嘴唇并发出啧啧的声音。"我知道,那她为什么不直接过来,就像平常一样,或者就打个电话呢?也许她最后去做移植手术了……"

乔吉从嘴里喷出一根烟柱,慢慢形成了个烟圈并升腾到地毯上面中央真空吸尘器的上方。"贝蒂,别烦人了,你知道那是为什么。"

"哦,天哪,"贝蒂皱起眉头说道,"可那是她的前、前任丈夫,那件悲剧跟她没有任何关系。"

乔吉转动着眼珠说:"我知道,我知道,但有些人可能会质疑她婚姻的质量,一场使得一个男人去追逐少男来满足刺激的婚姻啊——你得承认这对马里恩·纳克尔斯来说都是不可思议的,尽管他勾引的时候表面上显得畏畏缩缩。嘿,去他娘的,贝蒂,你现在搞得我也开始说'我知道'了。"

"我知道。"

乔吉磕了磕牙齿。然后她们的目光相对的时候,两人都开始不由自主地大笑起来。

"姑娘们,它来啦!"妈在厨房里叫着。"双开门的!"她试图把嘴撇下来为拉里默哀,可她的眼睛却背叛了她。我老妈就是喜欢悲情。我想这是她的一个需要。古怪的老猫。

我听到布拉德在走廊里叫喊,于是我就溜进厨房。厨房的长凳上放着一堆报刊杂志,还有我那位代理的几份合同。那堆东西最上面是下一期《时代》杂志封面的一份传真件。标题是——《粪便出现了!》,图片上显示的是我留下的那堆干屎被纳克尔斯的课堂用纸包裹着,安放在一个科学实验室里。在那后面,阿布蒂尼骄傲地举起耶稣留在密窖里的字条,是写给纳克尔斯、古森斯、情侣们和网络企业家们的。字条上用他稚嫩而又潦草的笔迹写着:"你们说这就是爱,你们这些杂种。"我为耶稣垂下了眼睛。可有一点:他的字条无意中给予了纳克尔斯和古森斯想要的东西。现在他们将会把所有本还有希望的男孩送进监狱。你能感到他们得到的或许比给予的要多一点。去他娘的,纳克尔斯会说——"乞丐无权挑选"。

厨房长凳的另一头放着一份今天的报纸,上面的标题是《熟悉的老粪便》。照片上利昂娜在基特地产,双手捧着屎块。再往下还有一篇关于泰勒的文章。她会很好的,只是臀部没过去那么翘了。也许他们能给她植入一个硅胶臀或者别的什么东西,谁晓得?

妈推着我过了门廊坐在用来祈祷的长凳上,报社资料室的那个人就在这儿候着。"让我们握个手吧,孩子,"他说,"你父亲一定会为你无比自豪的。"

"谢谢。"我一边说一边在这澈蓝的天空下呼吸。

"是啊,先生,那可是了不起的大逆转啊。你有什么秘诀吗?"

"我跪下来祈祷了,先生。"

"太棒了,"他说着并转向妈,"哦,夫人——我想我们现在可以受理早些时候的那份保险事宜了——很明显,尸体不可能找到了。"

"好吧,谢谢你,塔克。"妈说着,一只手在许愿凳抹了一回。

"威尔默先生!"乔吉在走廊里喊着。"看看你能为纳卡多奇斯市的那个可怜女人做些什么……"

"我十分乐意,博克尼太太——你现在要自己保重了,听到了吗?"

他走之后,我家车道上开过来一辆车,妈冲着车上那台送过来的冰箱皱着眉头。她眉头皱得格外厉害,不是因为她做了两回寡妇,而是因为利昂娜教过她,对于新鲜东西不能表现出过多的欢喜。你得装出它们根本没什么,这就是利昂娜教给她的,还有就是要大笑的时候如何把头向后仰去。不过可骗不着我。

我斜倚在长凳上并吸吮着妈那潮润的温暖。当那些女人们都加入到我们中间时，莱丘加太太穿过街道来到了她的窗前。她微微招了招手，我意识到了在我生命中那一整套赌注中，谁没有来——是帕米拉。可是，嘿——我想，就像你不可能每天都能在奥普拉玩上电子弹球一样的。

"维农，"贝蒂说，"布拉德迫不及待地要给你看他的生日礼物呢。"

我试图礼貌地点头，可是我的视线却被街头那棵柳树背后那隐约露出的粉嫩肌肤绊住了。是埃拉，拿着她的箱子，穿着一条宽松的棉裙，外面套了件羊毛衫，甜蜜的微风将她的裙子吹得沙沙作响。当她看到我在看她时，便咧着嘴笑了。我跟她说我会去叫辆车来，可她却执意要步行穿越县城。真是个疯丫头。无论怎样，我们会回来的。墨西哥并不遥远。

"库尔特，别走！"波特老太太砰地关上纱门，然后搬着一张桌子艰难地从草坪走下来，桌子上堆满了编织玩具。接着，我穿过自家车道去接埃拉时，布拉德在我们身后重重地撞到了门廊上。

"砰——他妈的吃屎去吧！"

"你最好别话里有话了，"贝蒂说，"布拉德利·普里查德！别再提那件事了，不然你又得回去自讨苦吃。"

我亲吻着埃拉，没理会他。然后我们俩都转过身看着波特太太把她的玩具立在马路边上。她在摆一个他妈的货摊儿。我们忍住笑。

"妈，"我隔着马路喊着，"波特太太！"

她亲切地伸出头，轻轻地挥了挥手。

"大家都走了，波特太太。一些都恢复正常了……"

著作权合同登记号　图字 01-2012-4763

VERNON GOD LITTLE by DBC PIERRE

Copyright：© 2003 BY DBC PIERRE LRD/BK/SW/09449－CN4303/CN4303/10010

This edition arranged with CONVILLE & WALSH LIMITED.

through BIG APPLE AGENCY,INC. , LABUAN,MALAYSIA.

Simplified Chinese edition copyright：

2010 Shanghai Elegant People Books Co. Ltd.

All rights reserved.

图书在版编目(CIP)数据

维农少年/(英)皮埃尔著;孤篷,陈静译. —北京：
人民文学出版社,2012

ISBN 978-7-02-009278-9

Ⅰ. ①维… Ⅱ. ①皮… ②孤… ③陈… Ⅲ. ①长篇
小说-英国-现代 Ⅳ. ①I561.45

中国版本图书馆 CIP 数据核字(2012)第 144738 号

责任编辑：马爱农
选题策划：雅众文化
文学统筹：乔振华　陈希颖
封面设计：Kid·i

维农少年

[英]皮埃尔　著　孤篷　陈静　译
人民文学出版社出版
(100705　北京市朝内大街 166 号)
山东临沂新华印刷物流集团有限责任公司印刷　新华书店经销
字数：220 千字　开本：880×1240 毫米　1/32　印张：9
2012 年 9 月北京第 1 版　2012 年 9 月第 1 次印刷
印数 1-10 000
ISBN 978-7-02-009278-9
定价：26.00 元